斎藤茂吉

生きた足あと

藤岡武雄

本阿弥書店

斎藤茂吉　生きた足あと＊目次

◎一枚のチラシから

◎短歌の出発

◎動揺波瀾

◎茂吉長崎物語

◎茂吉のヨーロッパ紀行

◎**疎開生活**

◎老残の生

コラム

装幀　大友　洋

◎一枚のチラシから

青山脳病院のルーツ発見（養父紀一の周辺）

「事実は小説よりも奇なり」――まさに斎藤茂吉の生涯は、多くの秘話に包まれた一生であった。本稿の「生きた足あと」は、新資料によってその秘話の実態（事実）を明らかにしようとしたものである。なぜならば、今後の茂吉研究のために有力な手がかりとなるからである。

さて、好奇の眼で見られた養父紀一、患者の頭に聴診器をあて「頭の中が相当腐っている」と診断した紀一が、日本一の大病院を建設した（北杜夫の描く『楡家の人びと』の舞台）そこに至るまでのルーツを探ってみた。

ところが、実に奇跡ともいうべき一枚のチラシ（次頁上段の写真）を発見、それによって紀一の最初の病院は、明治二十二年一月に埼玉県秩父郡大宮町（現、秩父市）上町、内田一郎家の離れ家を借りて「斎藤医院」を開業していたことがわかったのである。

すでに、紀一の父の記した「斎藤三郎右衛門日記」によって、その経緯を調査、明らかにしていたが、そのことを実証するチラシの発見は、紛れもない証明となった。

さて、紀一の「斎藤医院」開業前後の状況と経緯を明らかにしておきたい。

廣告

余輩本年一月ヨリ秩父郡大宮町ニ於テ醫術開業セシニ當地方ハ胃病（即急慢兩性加答兒）レーマチス及ビ眼病（即チ諸種結膜炎）最多ク因テ今回故帝國大學醫學部教授醫學博士樫村先生ニ訪問セシ所近頃右病症ニ新法藥ヲ賞用シ良結果アルヲ報答セリ由テ余輩其ノ方法ニ從ヒ治法ヲ試ルニ果メ其良効ヲ奏スルヲ得タリ故ニ右ノ症病アル患者ハ能ク其新法ノ効アルヤ否ヤヲ試ミラレンヿヲ告ス

明治廿二年十月

秩父郡大宮上町

齋藤醫院

謹白

（大宮撰文社印行）

「斎藤三郎右衛門日記」によると、斎藤紀一は脚気を患い、明治二十一年七月頃、埼玉県入間郡川越の連雀町、辻トク方に転地療養に出かけていた。その頃、知り会った川越町の山下藤兵エの病気を治療し、その娘はなと懇意となり、つきあいを始めた。そして結婚の約束をして関係をもった。その後、紀一は医学開業試験に合格し、開業許可証を取得して埼玉県秩父郡大宮町で「斎藤医院」を開業した。紀一の病院は繁盛し、日に五十名前後の患者がつめかけた。その患者の一人に青木ひさ（のちの茂吉の養母）がいた。ひさは結核にかかっていたが、紀一の治療をうけて快癒に向かっていった。青木家は紀一を大事にしたので、ひさと紀一はねんごろとなり、二人は同棲してし

青木ひさ（勝子）

斎藤紀一と長女いく子

まった。その状況を知った山下藤兵エは、娘はなとの結婚を約束したにも拘らず、青木ひさと同棲していることに怒り、結婚の約束不履行であると熊谷裁判所に訴訟したのである。その結果、紀一は結婚不履行で拘留された。裁判の過程では、紀一の父斎藤三郎右衛門にも出頭を命じ「はなが女房であることを承知しているか」との取り調べも行なわれた。結局、三拾円の示談金によって決着がついた。

青木ひさは、結核の病いに勝つという意味から占師のすすめで「ひさ」を「勝《かつ》」と改名した。しかし、戸籍上では改名届が出されていないため、ひさとなっている。したがって「おかつ」とか「勝子」と呼んだり、記したりしているが、通称と言うべきであろう。斎藤紀一も戸籍上は「喜一郎」であった。記一郎、紀一郎を使ったが、明治三十二年十月二十日付で「紀一」として改名届が出されている。

裁判事件があったことから、紀一は、ひさと新しい出発をするために、明治二十三年に上京し、浅草、東三筋町五十四番地に「浅草医院」を開業し、明治二十四年十二月二十一日、ひさを正式に妻として入籍している。

立身出世を目ざす紀一は、さらに東京大学医科大学選科に通い、勉強をしている。紀一の経営する浅草医院は、年毎に繁盛していった。

浅草医院は順調に発展していったが、後継者である子供二人〈長女いく子〈明治25・1・1生〉、二女てる子〈明治28・12・11生〉〉は女の子であったので、病院及び斎藤家の将来を考えて、養子にふさわしい少年を求めていた。丁度、その時に上山小学校高等科四年を一番で卒業する茂吉に白羽の矢がたったのである。そのため成績のよかった守谷茂吉は、隣家宝泉寺住職の佐原窿応和尚の仲介で、斎藤紀一家に迎えられることになったのである。

紀一の病院は、斎藤医院〈秩父〉に始まり、浅草医院〈東京浅草〉、東都病院〈神田和泉町〉、帝国脳病院〈青山病院と一緒〉、青山病院、青山脳病院――本院・分院と名称が変りつつ発展を続けたのである。

ところで、茂吉は「浅草区内で流行医の一人になってゐた」〈「三筋町界隈」〉紀一の浅草医院に明治二十九年八月二十八日に上京していったのである。

コラム① 両親の系譜

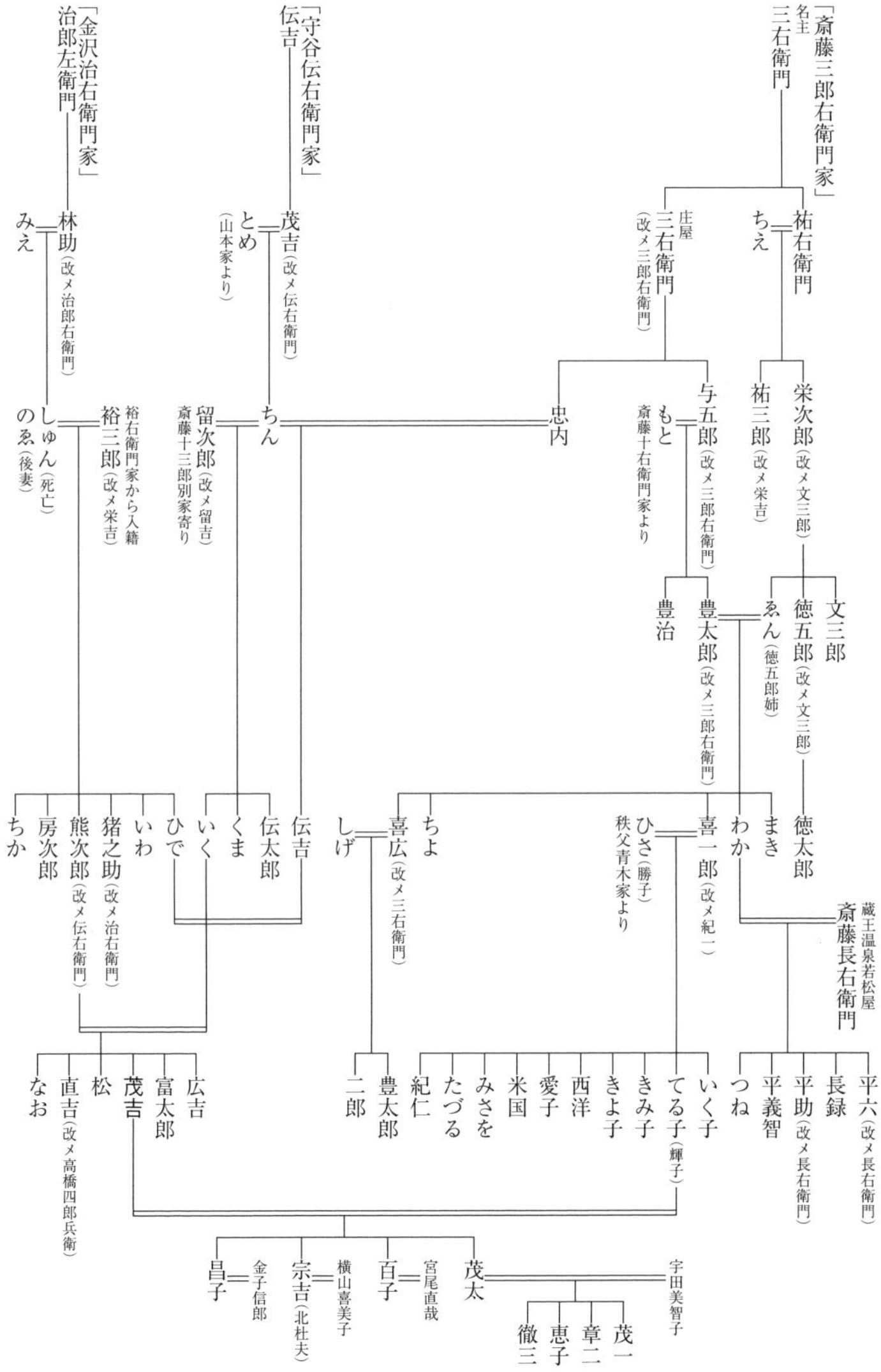
「斎藤三郎右衛門家」
名主
三右衛門
祐右衛門
ちえ
庄屋
三右衛門（改メ三郎右衛門）
栄次郎（改メ文三郎）
祐三郎（改メ栄吉）
与五郎（改メ三郎右衛門）
もと
斎藤十右衛門家より
忠内
文三郎
徳五郎（改メ文三郎）
ゑん（徳五郎姉）
豊太郎（改メ三郎右衛門）
豊治
徳太郎
まき
わか
喜一郎（改メ紀一）
ひさ（勝子）
秩父青木家より
ちよ
喜広（改メ三右衛門）
しげ
蔵王温泉若松屋
斎藤長右衛門
平六（改メ長右衛門）
長録
平助（改メ長右衛門）
平義智
つね
いく子
てる子（輝子）
きみ子
きよ子
西洋
愛子
米国
みさを
たづる
紀仁
豊太郎
二郎
「守谷伝右衛門家」
伝吉
茂吉（改メ伝右衛門）
とめ
（山本家より）
ちん
留次郎（改メ留吉）
斎藤十三郎別家寄り
伝吉
伝太郎
くま
いく
「金沢治右衛門家」
治郎左衛門
林助（改メ治郎右衛門）
みえ
裕三郎（改メ栄吉）
裕右衛門家から入籍
しゅん（死亡）
のゑ（後妻）
ひで
いわ
猪之助（改メ治右衛門）
熊次郎（改メ伝右衛門）
房次郎
ちか
広吉
富太郎
茂吉
松
直吉（改メ高橋四郎兵衛）
なお
茂太
宇田美智子
百子
宮尾直哉
宗吉（北杜夫）
横山喜美子
昌子
金子信郎
茂一
章二
恵子
徹三

養父　ドクトル・メジチーネ物語

斎藤紀一の経営する浅草医院は、区内の流行医として繁昌した。彼は内科・外科・婦人科・小児科・耳鼻科と何でもやったもので、患者から信頼をうけていた。そのうち浅草医院も手狭となり、明治三十二年に神田和泉町一番地に分院を開き、東都病院と名づけた。その頃の紀一の事を茂吉は、兄守谷富太郎宛の書簡の中で「金も溜まりたらば何も望みなからむ只名誉の事の望みあり故に子等を教育して斎藤紀一郎の家より博士にても二人も出でたらば余も本望なり故に学ばしむるなり」と報じている。茂吉もこの紀一の描いた未来図の路線にあって、養われながら医学の道を志ざしていたのである。

ところで、明治三十三年「精神病患者監護法」が出来、東京市から委託患者をあずかれば、全額市からその費用が支払われた。新しがり屋で事業家の紀一は、早速精神病院に目をつけ、その年の十一月十七日、自ら精神病研究をかねて欧州へ留学した。紀一留学のあとの浅草医院は、親戚の斎藤十右衛門（由之助）の弟貞次郎が手伝い、神田和泉町の分院東都病院は遠山椿吉（山形県東村山郡山辺町出身）にやらせたが、遠山医師は学究的な人で開業医にはむかず四か

東都病院の人々（明治36年６月）
二列目中央で腕組みしているのが茂吉、前列左より七番目が紀一

月で失敗、その上診察治療の器械類をもっていってしまった。これは留学中の三年間の面倒をみてくれれば器械類を遠山にやるという約束が紀一との間に出来ていたというのである。しかし、四か月で器械類を持って逃げたのであった。早速ひさ（勝子）は紀一の父に宛てて次の書簡を送っている。

明治三十四年六月二日　山形県南村山郡堀田村大字金瓶　斎藤三郎右衛門様
東京浅草区東三筋町五拾四番地　斎藤勝子拝
（斎藤茂吉代筆）
拝啓　度々病院の事には御心配被下感謝奉り候。又病院の器械の事は証文には遠山に呉れるといふ文章有之りて且三年後といふ文面は無之次第に候然し或る弁護士の説によればたとへ三年後といふ文句無きも如何に今は証拠裁判なればとて決して成立すべきものにあらず（即ち三年後といふ文面なきに依り直ちに病院の方を止めて器機道具のみを取る等の事は法廷にてもユルさずとの事に候文面なきも三年と見做すを得るとの事なり）故に、裁判すれば充分に勝を得るとの事に候へども留守中にてもあるし又平和に致して借りて居たる方（私の名前にて借りたるにより与へたるは先生なるにより其事には関係なし）善からむと存ぜられ候に付先づ其儘に致して置く考へに御座候。遠山という男は中々のしれ人にて落度などは先づ無き男に候先生はツマり信用したる次第に候あまり言ひ居りたるにて又証文を書く時にても落度ばかり多く有之候又、今朝男子安産、仕り候間文三郎守谷の方々へも御通知被下度先は御通知まで　早々

この事件は、紀一がドイツ国留学の留守中に起った出来事であった。結局、裁判沙汰にすることはやめて、遠山椿吉の去った東都病院に花崎医学得業士を招き、花崎の名儀で開業、遠山

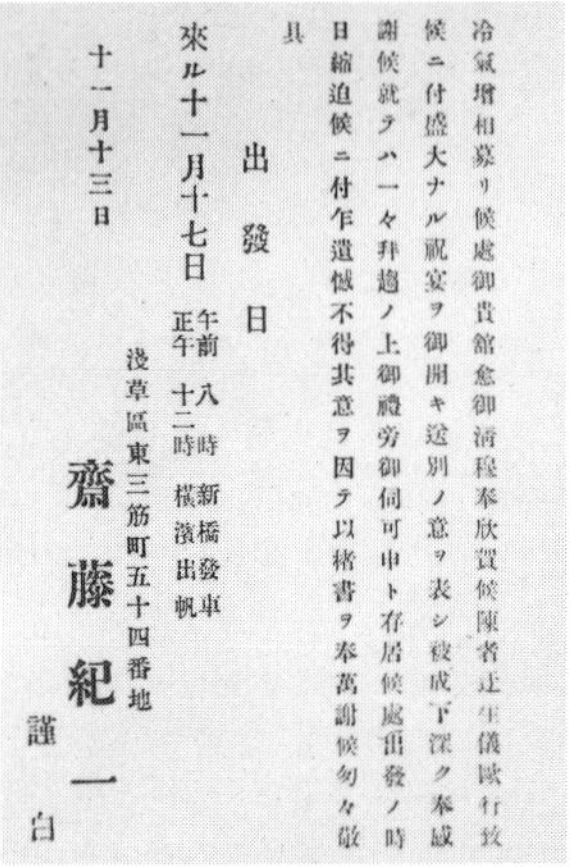
冷氣增相募リ候處御貴館愈御清穆奉欣賀候陳者走生儀歐行致候ニ付盛大ナル祝宴ヲ御開キ送別ノ意ヲ表シ被成下深ク奉感謝候就テハ一々拜趨ノ上御禮旁御伺可申ト存居候處出發ノ時日縮迫候ニ付乍遺憾不得其意ヲ因テ以楮書ヲ奉萬謝候匆々敬具

出發日

來ル十一月十七日　午前八時新橋發車　正午十二時橫濱出帆

十一月十三日

淺草區東三筋町五十四番地

齋藤紀一　謹白

渡欧出発の挨拶状
（明治33年11月13日）

留学先のハレ市からの紀一が守谷伝右ェ門（茂吉の実父）に宛てた絵葉書

医師の持っていった器械道具は九十円で買戻した。前記書簡の文末に「男子安産」とあるは、長男西洋の誕生で、茂吉は斎藤家のあととりとして養われたが、長男出生をみたことは、茂吉の一身上に大きな影響を及ぼすことになる。いわゆる斎藤家の家督相続人とはなり得なくなって、二女てる子の婿養子とされたことであり、さらに西洋が成人して斎藤家をつげば、茂吉は斎藤家から分家して独立しなければならない運命となったのである。

さらに加えてドイツへ留学中の紀一が結核にかかり、学業半ばにして帰国しなければならなくなった。ついては「壱千円入用」という連絡、その金の工面をしなければならなくなる。そこで小沢八五郎（紀一の患者で浅草アラレオコシの創業者、巨万の富をなした人）より五百円、ひさの実家青木家から五百円、電報為替の送料三百円は、茂吉の実家守谷家が都合して壱千円を送った。

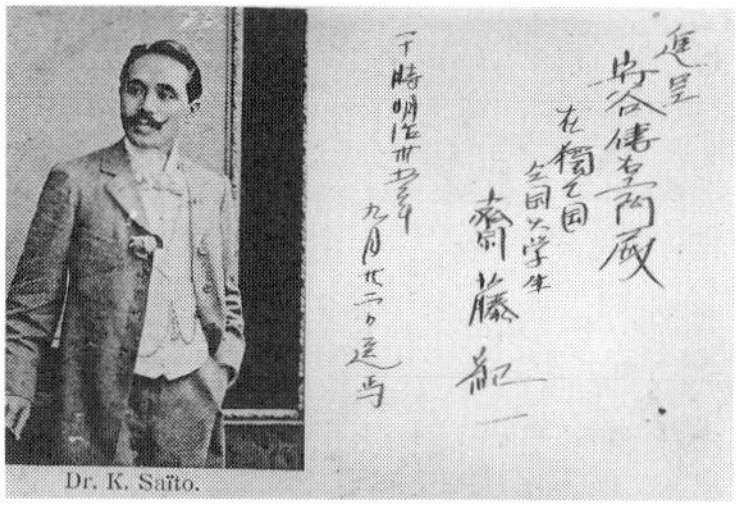

ドイツ留学中の紀一（明治35年９月）

ところが、紀一の病気はさしあたり重くもならず病勢も落ちついたので帰国をとり止め、勉強を続けた。こうしてドイツ国ベルリン大学とハレ大学で脳神経精神病学及び脊髄病学を修め、ドクトル・メジチーネ（ドイツの医学博士）の学位を受けて三十六年一月二十四日、日本郵船博多丸で帰国した。（この船では英国ロンドンに留学の夏目漱石も帰国、第一高等学校教授となり、一高生の茂吉は英語を教わった。）

紀一は、帰国するや東都病院を帝国脳病院と改称し、窓に鉄格子をはめ精神病患者を扱う病院として改造した。そして「ドクトル・メジチーネ　斎藤紀一」の看板を掲げ、多くの患者から信頼された。

紀一の脳病院経営の実現は同時に養子となった茂吉の運命にもつながり、精神科医としての道が決定づけられたのであった。

コラム② 小沢家の二男喜一郎を養子とした

養父紀一は、明治三十三年十一月十七日、三年間の予定でドイツへ留学、ところが、紀一は結核にかかり、帰朝するという手紙が送られてくる。そこでお金が千円いるということで、小沢八五郎から五百円を出して貰っている。小沢氏は神田大和町六番地に住み、浅草アラレオコシの創業者で巨万の富をなした人、紀一の患者となった縁で二男喜一郎（明治32年6月19日生母不祥）を養子として入籍していた。

茂吉は明治二十九年八月二十八日、浅草の紀一宅へ上京、九月開成中学一年に編入学するが入籍されなかった。明治三十三年五月、紀一の親戚、蔵王若松屋（斎藤長右衛門）の長男斎藤平六（茂吉と同年）が浅草の紀一家に寄宿して正則学校に入学、この平六をも養子（弟平義智の証言）の話があった。平六は明治三十四年五月三十日には正則学校をやめて家に帰る。

ところで、養子にした喜一郎は、明治三十八年二月二十四日（七歳）青山病院において死亡した。この年第一高等学校卒業の茂吉をやっと七月一日付で二女てる子（十歳）の婿養子として入籍した。

実は茂吉は紀一家に上京したのち一向に入籍してくれなかったので怒っていた。

『楡家の人びと』の舞台——日本一の青山脳病院——

「七つの塔のそびえたつ」(『楡家の人びと』)と書かれたローマ建築の青山脳病院、当時私立病院では日本一を誇った。明治三十六年にドイツより帰国した紀一は、東都病院を帝国脳病院と名づけたが、さらに脳病院経営の夢は、同年四月、赤坂区南町五丁目に敷地を買い求めたことにより実現の運びとなった。二千七百六十坪(代金一万五千円)、病院の建坪二百五十坪(予算三万円)という莫大な金を工面してその建築に着手。最初に、山形から杉の材木を送らせ、木造の建物が出来上がったのは明治三十六年八月三十日で、開院式を挙行し東都の名士を招いて披露、翌三十七年には第二期工事として増築をなし、三十八年五月には、第三期工事増築落成式を二千五百名を招待し、盛大に挙行した。さらに第四期工事として総煉瓦西洋造りを計画、煉瓦造三棟、木造七棟が三十九年五月に完成。さらに第五期工事として増築、柱は木造の杉の丸太に石膏を塗ったもの(大正十三年十二月二十九日失火で全焼となる)であった。明治四十年、五か年にわたった増築で青山脳病院(最初は帝国脳病院の看板と青山病院〈病気全般〉の二つの看板を掲げたが、のち青山脳病院となる)は十万余円の大金を投じて完成したのである。敷地四千五

青山脳病院全景

第一期上棟式
（明治36年６月）

第三期増築落成記念
（明治38年５月28日）

百坪一町五反歩、建坪一千九百七十六坪、入院患者約四百名、医師、看護人、看護婦、職員等、二百十五名。まさに私立病院中、日本一の偉容を誇った。

ここに営々五年間、親戚からも一部資金の援助をうけて、青山脳病院建設の野望を達したのである。明治四十一年十二月には世界各国の脳病院視察と医療器具購入をかねて、再びアメリカをはじめ、ヨーロッパに洋行し、四十三年七月に帰国した。アメリカに行ったときに次男が生まれたので、米国と名付け、明治三十四年に誕生の長男は、紀一ヨーロッパへ留学中であったので、西洋と命名している。

ところで、病院建設中、病院の将来をかけて二十四歳の茂吉を第一高等学校卒業四日前の明治三十八年七月一日付で二女てる子（輝子）十一歳の婿養子として入籍させ、「酒を飲むなとさとされ、煙草をのむことも叱られた。」その頃の茂吉は、将来のことを思い「元来小生は医者で一生を終らねばならぬ身」で「彼とか何んとか言って金でも出来るだけモーケ父母にも安心させ」、「今の病院を受けつげば目が廻る程多忙ならむ、斯くて小生は骨を砕き精を灑いで俗の世の俗人と相成りて終る考えにて又是非なき運命に御座候」と親友渡辺幸造に書き送っている。このような金をもうけるために医者となる俗人に今の自分は安んじていると自らの運命を一種の諦念とうけとる姿態がみられる。俗人となり俗中の俗とならんとする二十四歳の茂吉には、何か運命観による処世態度が感知できるのである。茂吉の斎藤家への入籍は「骨を砕き精を灑ぐ」苦難の道を歩むことを覚悟した出発でもあったのである。

　ところで、北杜夫『楡家の人びと』の中で「院長はカイゼル髭を生やし、ステッキをもち、自分の娘を〈――様〉と呼ばせ、代議士にもなる」また「長篇を終えて」で、「楡基一郎の一代の原型（紀一）はもっと面白いのである。何人も女をつくり、それに子をつくり、従って私の叔父と叔母は無

完成した病院の正門

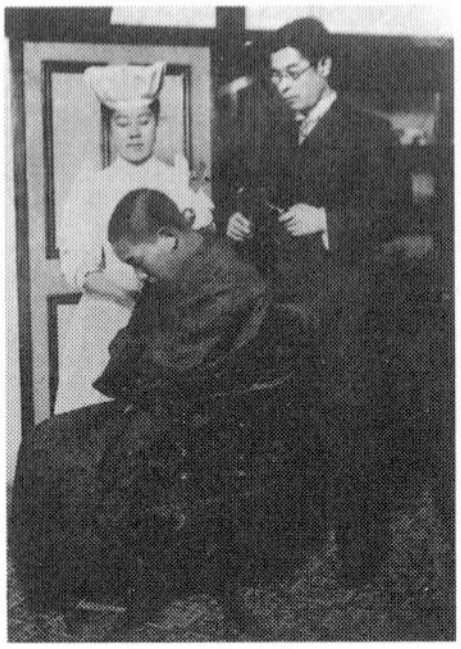

治療の様子

病院五周年記念式（明治43年）
左柱のそばに立つ白い服の茂吉

数にいるのだが、そのどこまでが本妻の子かわからないのである」と書いている。そういえば茂吉であるが、斎藤家に入籍してからは、「モキチ」では田舎臭い、野暮ったい。「シゲヨシ様」と家族や使用人に呼ばせたものである。したがって茂吉ドイツ留学時のパスポートは「シゲヨシ」と記名している。だがあくまでも「モキチ」が正しい。一部の文学辞典には本名シゲヨシと記したものがあるので注意してほしい。

さて、紀一は、次女てる子を女子学習院に入学させ、またときどき園遊会を開いて各界の名士を招待するなど、貴族趣味にあこがれ、彼が夢みた上流階級の生活に近づこうとしたのであった。

青山墓地を背景に七つの塔がそびえ立つ青山脳病院には四百名近い患者があふれ、盛況のうちに大正の御代を迎えたのである。

少年茂吉の性のめざめ――〈芸者ぽん太〉リビドーの連鎖

十五歳の少年茂吉が上京したのは、明治二十九年八月二十八日のことである。そのことを「三筋町界隈」の中で、「私は東京に来て、浅草三筋町に於て春機発動期に入った。当時は映画などは無論なく、寄席にも芝居にも行かず、勧学の文にある『書中女あり顔玉のごとし』などということが沁み込んでいるのだから、今どきの少年の心理などよりはまだまだ刺戟も少く万事が単純素朴であったのである。それでも目ざめかかったリビドーのゆらぎは生涯ついて廻るものと見えて、老境に入った今でも引きつけられる対象としての異性はそのころのリビドーの連鎖のような気がしてならない」といい、「小学校に通う一人の少女が、後年不惑を過ぎミュンヘンの客舎でふとその少女の面影を偲んだ」という。ところが、浅草仲見世の勧工場で「英雄豪傑の写真に交って、ぽん太の写真が三、四種類あり、洗い髪で指を頬のところに当てたのもあれば、桃割に結ったのもあり、口紅の濃く影《うつ》っているのもあった。私は世には実に美しい女もいれば居るものだと思い、それが折にふれ意識のうえに浮きあがって来るのであった。」とのべ、前述の少女よりも「ぽん太」の方が強烈であったことをのべている。

ぽん太は、茂吉より二歳年上の新橋「玉の家」の芸者であった。（十四歳のプロマイド写真を掲げておく）その頃、ぽん太は天下の名妓として名が高かった。（十三歳のぽん太の雑誌口絵写真も掲げておく）十五歳の茂吉が「世には実に美しい女もゐる」として幾枚もぽん太の写真を買い集めているのである。

さらに同じ「三筋町界隈」の中で、青山脳病院では毎月患者の慰安会といふものを催した。その時ある時鹿島ゑ津子（ぽん太の本名）さんがほかの芸人のあひまに踊つたことがあった。その時「父（紀一）が「なるほどまだいい女だねえ」などといつて、私は父の袖を引張つたことがある。私のつもりでは、そんな大きい声を出しなさるなといふつもりであつた」といい、遠くで細部はよく見えなかったが、この時実物を初めて見た茂吉は「人生を閲して来た味はひが美貌のうちに沈んでしまつて実に何ともいへぬ顔のやうであつた」とのべ、

上京当時の茂吉・15歳
（明治29年）

13歳のぽん太（中央）
雑誌口絵写真

かなしかる初代ぽんたも古妻《ふりづま》の舞ふ行く春のよるのともしび　『あらたま』（大正三年）

と詠み、ぽん太に想いを深めている。

ところで、森鷗外の作品に鹿島屋清兵衛の妻となったぽん太（本名ゑ津）を描いた「百物語」がある。百物語とは、多勢の人が集って、蠟燭を百本立てて、一人が一つずつ化物《ばけもの》の話をして、一本ずつ蠟燭を消して行き、百本目の蠟燭を消した時真の化物が出るという趣向で、明治二十九年七月二十五日、鹿島清兵衛の写真屋開業の宣伝目的で行なわれた。鷗外は友人に誘われてこの催しを観にいって、「百物語」を書いた。「鹿島屋清兵衛は多趣味で、能狂言の笛の名手、今紀文と称せられるほど豪遊したが、写真屋を開き、のち失敗した人である。新橋玉の家の名妓ぽん太は本名ゑ津。鹿島清兵衛に落籍されたが、落ちぶれた夫に仕え、写真の助手や踊の師

芸者ぽん太（14歳）のプロマイド

35歳頃の鹿島ゑ津（ぽん太）

匠として地方巡業もした人である」と。また、「僕はあの女の捧げる犠牲のいよいよ大きくなるのには驚かずにはゐられなかったのである」と鷗外の女性観がのべられているが、茂吉もこの文章を引いて「太郎は初代ぽん太として、天下の名妓であり、最も美しい女の一人であった。美女は概ね下等であり、閨房に於ても取柄は尠いのに、太郎は美女であって且つ上等であった」（「森鷗外先生」）とのべ、鷗外の関心を深めた女性鹿島ゑ津（ぽん太）に対し、茂吉は「美女であって且つ上等」として、理想的な女性像を見出している。茂吉はぽん太のことが忘れられず、時折り思い出しているのである。それから、茂吉はヨーロッパから帰ってきた大正十四年に、「ぽん太もとうとう亡くなりました」という友からの手紙を貰った。昭和十年になって、ふとぽん太のことを思いだし、手を廻した友人の骨折りでぽん太の墓が現代の多磨霊園にあることをつきとめ、昭和十一年九月二十六日、山口茂吉・佐藤佐太郎両門下を伴なって雨の多磨霊園にぽん太の墓を訪ねている。「鹿島清兵衛。慶応二年生。死亡大正十二年十月十日。病名慢性腸加答児。ゑ津。明治十三年十一月二十日生。死亡大正十四年四月二十二日、病名肝臓腫瘍」と記し「四十六歳で歿した」とのべ「誰か小説の大家が晩年に於けるゑ津さんの生活のデタイルス（詳細）を叙写してくれるなら、必ず光りかがやくところのある女性になるだろうと私は今でもおもっている」と書く。丁度この墓参の頃は妻てる子と別居中であり、永井ふさ子との恋愛に一抹の不安を感じていた。ふさ子が誰か他の男と交際しているのではないかと始終猜疑の目で見ていた時である。それ故にリビドーのゆらぎは一層高まったと考えられるのである。

◎短歌の出発

短歌への関心——開成中学同級生間の刺激

上京して開成中学校で学んだ茂吉は、三年生の頃より短歌に強い関心を示し、『歌の栞』を買ってきて読んだことを『短歌私鈔』の「巻首小言」に記している。それは、

明治三十一年の夏休みに、浅草区東三筋町に住んでいて、佐佐木信綱氏の『歌の栞』を買つて来て読むと、西行法師の偉れた歌人である事が書いてある。そこで『日本歌学全集』第八編を買つて来た。この書物には、『山家集』のほかに『金槐集』をも収めている。これが『金槐集』を見たはじめである。当時の予は未だ少年であつて歌書などを買つたのは覚束ない知識欲に駆られての所為に過ぎなかつたのである。

茂吉は『歌の栞』を買って注目したことをのべているが、それに当る部分は「第三篇　歌の法則　第一章　歌の手段　第廿九項　西行法師の事」の「すべて此上人の歌は、さら〳〵としたる中に、あはれふかくいひしらぬ妙こもれり。我父殊に此上人の家集を好みて朝夕とりならされたりき。其家集山家集は、歌学全集第八編に載せたれば、歌にこころざさん人は、必よみ

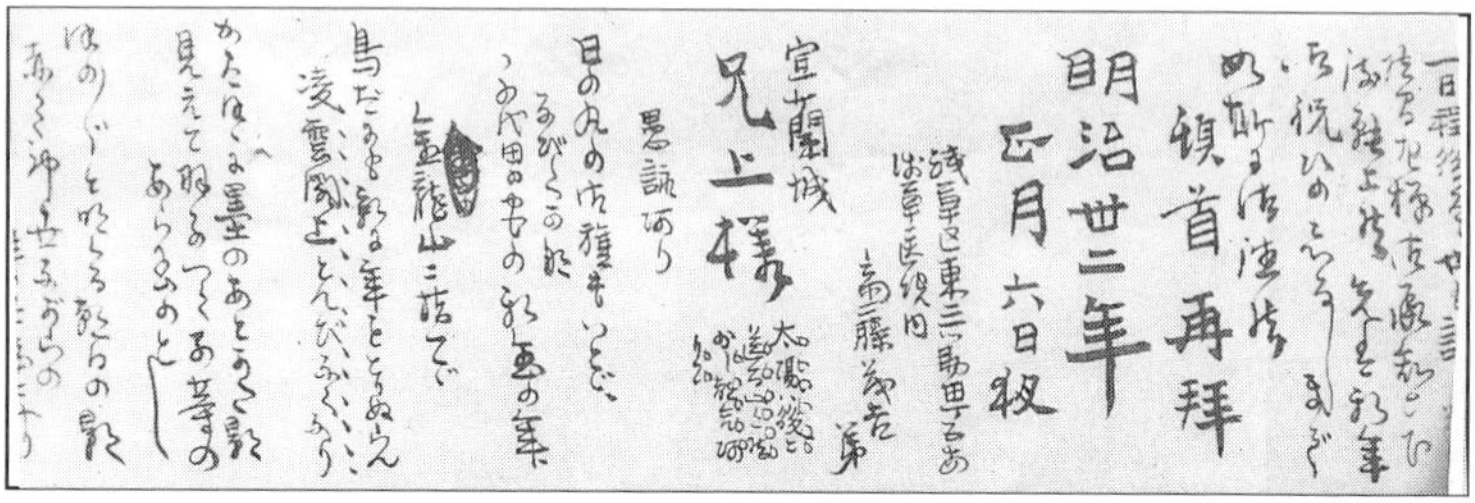

明治卅二年正月六日投

頓首再拝

斎藤茂吉

宜蘭城

兄上様

守谷富太郎宛茂吉書簡（明治32年１月６日）

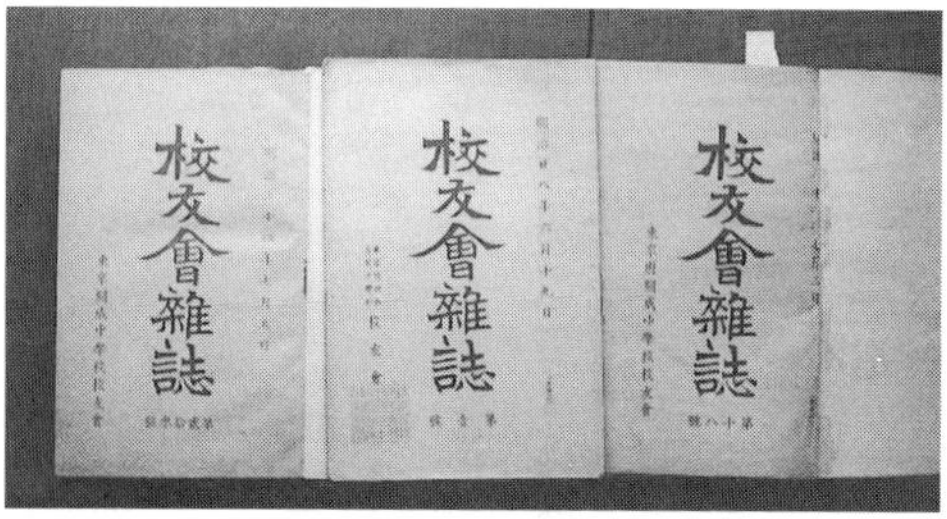

東京開成中学校校友会誌

佐佐木信綱著『歌の栞』

あぢはふべきなり」とある。茂吉はこの著者の言葉にしたがって早速『日本歌学全集』を買っている。

さて、茂吉は、歌に関心をもって、詠歌作法の書である佐佐木信綱著『歌の栞』を買ってきて読んだのであるが、この書は、明治二十五年四月二日発行、本文一四九四頁にわたる大冊で、正価金壱円であった。内容は上篇に総論・沿革・種類・法則・雅遊・書式、中篇に類題便覧・名所便覧・仮字格便覧・冠辞便覧・歌詞便覧、下篇に作法類語集・作例名歌集に分けられ、さらに章・項に細かくのべられたもので、辞書的、便覧的性質の書（今日では稀覯本）である。茂吉は丹念に読んで著者の指図通り歌書を買っている。このことは「覚束ない知識欲」にすぎないとのべているが、その程度のものとは言いがたく、かなり強い作歌への関心があったといってよい。『歌の栞』を買って読んだその年から、次兄守谷富太郎宛の書簡に短歌を書きつけているのである。

また、当時の同級生吹田順助氏は「三年級のときにテキストとして土佐日記が用ゐられたが、そんな処から日本の古典に対する興味もシゲキされた。博文館刊の日本文学全書、日本歌学全集などもボツ〳〵かつてみた。平家物語、山家集、金槐集などくりかへしよんだものである」(「開成中学校の思ひ出」)と語られている。さすれば当時の中学同級生間に、古典に対する興味がわき、それに刺激されて、日本歌学全集や山家集、金槐集等がしきりに読まれたようである。茂吉もこういった同級生の知識欲に負けまいとしたのであろう。しかし、茂吉の場合、単なる知識欲だけではなく、詠歌作法の書を求めて、自ら作歌しているという点である。おそらく開成中学の同級生間の刺激によるものであろう。すでに同級の笹子謹、松本繁吉、村岡典嗣氏らが明治三十年の「校友会雑誌」に短歌を発表しており、それに加えて渡辺幸造等のはたらきかけがあったものである。

台湾守備隊の次兄・富太郎
(明治32年)

ところで、次兄守谷富太郎に宛てた中学時代の作が三十三首残されているので一部紹介しよう。

明治三十一年十月三十日守谷富太郎宛書簡

兄上は雲か霞かはてしなき異域の野べになにをしつらん

此事も君の為めなり国のため異境の月も心照らさん

明治三十二年一月七日守谷富太郎宛書簡

日の丸の御旗もいとゞなびくかな千代田の宮の新玉の年

明治三十三年一月三日守谷富太郎宛書簡

いで吾も朝日をあびて新なる廿世紀の空気吸はばや

明治三十四年一月七日守谷富太郎宛書簡

母上は、いかにましまさん我を生みて、はや二十年《ハタトセ》となりにけるかな。

ゆるし給へ失せし祖父《オウヂ》よ、抱かれて百人一首を誦《ズ》せし我はも。

新年作二首

去年といふ夢は破れて、我立てば朝日うら〳〵天地あらた。

ひんがしの空の黒雲ほのほに焼きて今か出づらしの日の大み神

願はくは嬉しと、おぼせ。我も亦人の世に住む人にて有りけり。

これらの歌は、その場の思いつき程度のものではなく、表現、技巧においても相当しっかりしていて、最初のものより、あとになるほど表現が熟しているところがみられ、習練のあとが伺われる。兄富太郎が詠んでよこした歌に対して「真心より出で皆実境より出で」と実感を尊び、「新らしき思想にて歌はれたし」とする茂吉の作歌に対する見識は、驚くべきものであったとみられる。

コラム③　歌よみの祖父金沢栄吉

祖父金沢栄吉

茂吉の父方の祖父金沢治右衛門（栄吉）は文寿堂、真《ま》幾《き》久《く》、きく垣等の号をもつ、地方の歌よみであった。

今宵しも竹のしげみを漕出でて月に語らむ雲のきゐぎゐ　文寿堂

西の空はれ行旅の楽しさは花月雪の世もいとふまじ　まきく

など、金沢家に残されている。

栄吉は文化五年（一八〇八）十二月二十日生まれ、明治十九年十月、茂吉五歳の時に亡くなった。

若い時から百姓をあまりしないで歌を作って歩き、矢立と帳面をもって田畑に出た。

中学時代の文学グループ

茂吉の短歌の出発に際しては、中学時代の文学グループの力が大きい。茂吉のグループを紹介すると渡辺幸造を中心とした地方出身者の言語にコンプレックスを抱いた人々であった。とくに渡辺を中心にして、茂吉、小林千寿、市来崎慶一、斎藤源四郎らのグループ形成は入学当初から同じクラスであったことが素因であるが、特に通学方向が同じであったところからの交遊に端を発している。

即ち幸造は下谷区二長町五十二番地に、源四郎は浅草区北富坂二十四番地にそれぞれ住居があり、開成中学に登校するには、北富坂の源四郎から新堀→阿部川町→東三筋町の茂吉→鳥越神社→柳盛座（芝居小屋）→二長町の幸造→秋葉原駅→倉庫脇→昌平橋→江木写真館→開成中学校（当時神田淡路町二にあった。）といった道順を毎日一緒に往復したのである。この三人は四級（二年生）の時には別のクラスに分かれる。ところが、この三人はそれぞれ緊密な連携を保ちつつ、互に励ましあって学業に専念した。「校友会雑誌」第十三号によればその成果が次のように掲げられている。

抜群者　第二学期試験に於て学業の競争場裡に先登の栄を得、組の首位を占められたる諸子
及前学期より引継ぎ首席の諸子とを挙ぐれば左の如し
四級（二年）一之組　斎藤源四郎　四級二之組　斎藤茂吉　四級三之組　渡辺幸造

さらに渡辺幸造らのグループには、友情を深める契機があった。それはお互に地方出身者としてもつ言語によるコンプレックスから生じた同情心である。斎藤茂吉の山形弁、野口健吉の仙台弁、市来崎慶一の鹿児島弁、さらに言語障害者であった吃音の渡辺幸造、松宮三郎らがそれである。なかでも茂吉のズウズウ弁は友達から嘲笑され、教師からも笑われた。級友松宮三郎氏の語るところによると「ズウズウ弁で漢文の読みがはつきりしないため、皆よく笑つた。その教師に笑はれると茂吉はむきになつて、こんどは教師にくつてかかり、けんかなどした。茂吉が友人間に嘲笑される度に、同情態度を半狂《はんきち》といふアダ名でよんだ」ということである。

開成中学時代の茂吉

渡辺幸造（開成中学時代からの親友）
中学時代から漢詩・短歌・俳句をつくり、同級の茂吉に文学的影響を与え、作歌の手ほどきをした。

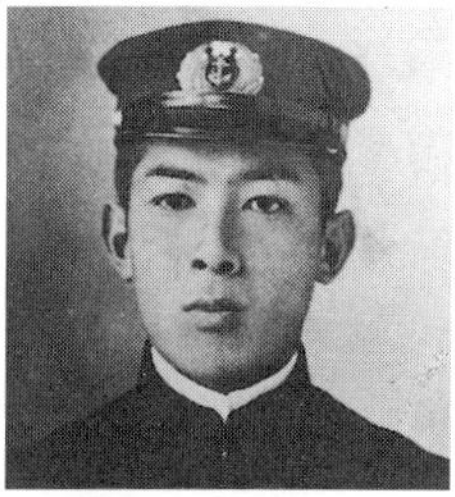

市来崎慶一（開成中学時代の親友）
茂吉は市来崎が日露戦争から凱旋したときの歌を『赤光』に収めている。

山の手グループの「桂蔭会雑誌」
（明治33年11月）のメンバー
後列　江南・橋・菅原・今津
前列　吹田・新井・村岡・樋口・菊池

桂蔭会雑誌（明治33年）

して気勢をあげる仙台弁丸出しの野口健吉があった。彼が援軍すればするほど、二人の東北弁がさらに友人間に面白がられて、大いに嘲笑されたのである。武家出身の市来崎慶一は父と上京、二人暮らしの境遇で、その鹿児島弁は友人間に通じなかった。それでなるべく口をきかないようにしていたが、あるとき鹿児島弁を馬鹿にされ、嘲笑されたので、嘲笑した同級生十名ばかりをなぐってしまった。幸造も同情して応援した。先生から証人として呼ばれた幸造は、ひどい吃音であったため、そのいきさつを話して弁護することが意のままにならず、ただ先生の前にうなだれていた。幸造は非常にひどい吃音で国語も英語も声に出しては読めず、友人間でも筆談で話すことがしばしばであった。当時、府下の代表的な中学校として多くの都会出身者が集まっている中で、地方出身の生徒らは、みな言語によるコンプレックスを感じたのである。

　茂吉・幸造らはこの言語によるコンプレックスが特に強かっただけに、それを媒介として、固く結ばれていったのである。茂吉と幸造の結びつきにも、幸造と市来崎・松宮との結びつきにも、みなそういったことが伺われる。

　一方これらのグループに対して、早熟な文学少年のグループが三年頃から形成され、そのリーダー格は、村岡典嗣《つねつぐ》であった。吹田《すいた》順助、今津栄治、橋健行、菅原教造、樋口長衛、菊池健次郎、江南武雄、新井昌平の九名で、桂蔭会と称し、回覧雑誌をも作った。これらのメンバーの住居が本郷区を中心としていたので山手グループともいわれ、幸造・茂吉らは下町グループであった。とくに桂蔭会のリーダー格の村岡は親戚に当る佐佐木信綱家に出入りして、古典の知識や文学の知識を得、二年生の時から和歌を作って「こころの華」第二号に発表し、創作活動を行っている。「茂吉も彼の吹聴する『八犬伝』を読んで、その文体に似せて作文をかき、佐藤先生から甲を貰った。」と同級山川一郎氏は語られた。

開成中学校「校友会雑誌」22号（明治33年12月17日発行）に茂吉の作文「筆」（おなじく）が掲載された。

　こうして、二つの文学グループは、お互に刺激をしあいながら、文学活動を続けていった。

　幸造は朴山、市来崎は春舟、南山、斎藤源四郎は春水、松宮は寒骨と号して俳句や短歌や文章を作って茂吉を含め互に批評会をもち、文学に興味と関心を深めていったのである。特に茂吉においては、この三年生の頃には、短歌に興味をもち、前回発表のように、次兄守谷富太郎に宛てた中学時代の作が三十三首残されたたのである。茂吉は、四年五年生の頃は、短歌よりも、文学グループの中にあって、紀行文や作文をしきりに書き、「校友会雑誌」第十八号（明治三十二年七月二日）に作文「落花を惜む」二級（四年）一組斎藤茂吉、同第二十二号（明治三十三年十二月十七日）に作文「筆」五年生斎藤茂吉、が掲載された。この頃の茂吉は、幸田露伴の文学に心酔し、その文体を模倣した文章を書き、のちの『赤光』の歌にもその影響がいくつもあらわれている。

コラム④　幸田露伴の「処生訓」を指標

幸田露伴

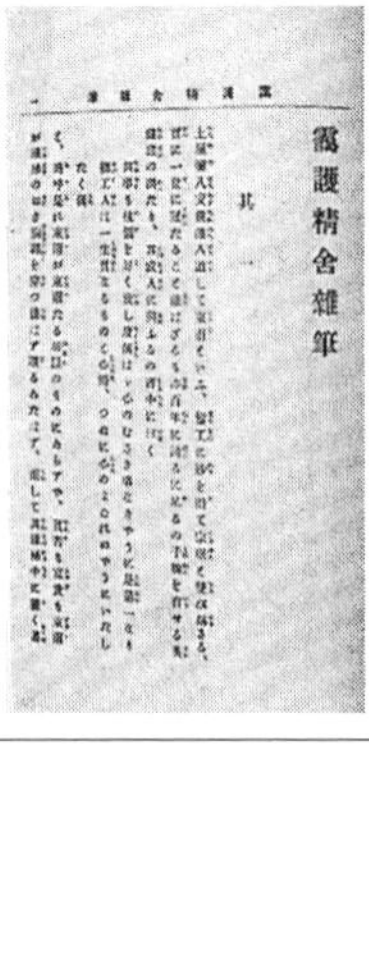

靄護精舎雑筆

其一

幸田露伴『ひげ男』付録の「靄護精舎雑筆」にとりつき傾倒、露伴一流の「処生訓」を一つの指標として少年時代をおくる。

『赤光』おひろのモデル解明——茂吉付女中「福田こと」

歌人茂吉の研究は、当然作品論が中心になるべき筈であるが、茂吉がつねに〈生《いのち》〉を歌う作家であるため、その文学は人間性と密着して捉えられるのが当然である。

したがって、中野重治の『斎藤茂吉ノオト』以来、茂吉の人間に密着した論が展開を続けた。上田三四二もその著『斎藤茂吉』の中で、中野の論が「茂吉の人間に密着した文学論」となっていることを指摘し、茂吉の場合「人間を措いて文学論は成立しがたい」ことをのべている。『赤光』についても、その大半の研究が「生のあらはれ」としての「生」の具体相をとらえようとしているのである。そうした結果、悲哀・寂寥に閉ざされた孤独・絶望を歌う人間茂吉の特異性の実態を追求することになるのである。

そのような特異性を具現する生の実態は何であったかという命題に基づいて、作品の背景であるところの創作主体に照明をあて、その実態を究明し、かつその作品に照らして正確によみとる一助としたい。

連作「おひろ」（四十四首）と題し、離別の歌がうたわれるこの作品のモデルについて、今日

斎藤平義智（明治40年代）
茂吉の動静を知る人

「おひろ」のモデル
茂吉付女中福田こと

まで色々の説があげられてきた。この大作を作らせた「おひろ」とは、茂吉とどういう関係にあった人か、そういったことが明らかになることによって、この作品をより実態に即して解明し、鑑賞ができるのである。

さて、「おひろ」の作品の女性については「売笑婦（売春婦）説」「照井ひろ説」「白山の女説」等があげられてきたが、いずれも陳述資料によるもので「おひろ」の実在説の根拠になる決定的な資料は発見されていなかった。ところが、茂吉と同じく青山脳病院で書生として生活していた斎藤平義智《へいぎち》（のち精神科医）から「おひろ」は「おこと」という女中であることを教えられ、柴生田稔の女中説の有力な裏付けとなった。

私は、さらに平義智氏から「おこと」は「浅草観音様の周辺にあった写真館の娘である」という証言を得ていたので、当時の浅草観音周辺で営業していた写真館の調査に当った。まず、明治初年からこの地で営業を続けている鴨下写真館（浅草三丁目）を訪ね、当時の写真業の仲間の様子を古老鴨下清二郎氏に聞くことが出来た。その結果、浅草寺周辺にあった写真館は鴨下をはじめとして、江崎・渡辺・福田・勅使河原・小林・萩原等の名前を教えられ、当時出稼ぎなどをふくめ十七軒の写真屋がいたということであった。そこで一つ一つ現住所を調べ「おこと」という娘がいたかどうか、丹念に調べていった。一方では、台東区役所にゆき戸籍の調査に当った。一年間かかった。

調べを進めると、浅草千束町（当時は浅草公園と称し、浅草観音の周辺に当る）の写真館福田平吉の娘に「こと」（明治24年11月8日生）がいることが判明した。茂吉と恋愛関係にあって離別した大正二年には、二十二歳の娘盛りである。しかし、この女性が青山脳病院に女中としてつとめ、茂吉身辺を世話したということを確かめる必要がある。だが、福田家の人々はすでに昭和十二年には亡くなっていて、今日では跡が絶えてしまっているのである。ところが、この福田写真館が斎藤家とかかわりがあったかどうか、その裏付け資料をその後の調査で発見することを得た。それは斎藤紀一の妻ひさの実家を調査していたところ、紀一ら家族を撮影した写真二葉を発見、「東京浅草公園福田平吉製」と印刷されているのである。平義智氏の言う、女中「おくに」（『赤光』によまれている）の亡くなったあと「茂吉付女中は浅草寺周辺の写真館の娘ことであった」という証言通りとなった。この「おこと」と茂吉は深い関係と

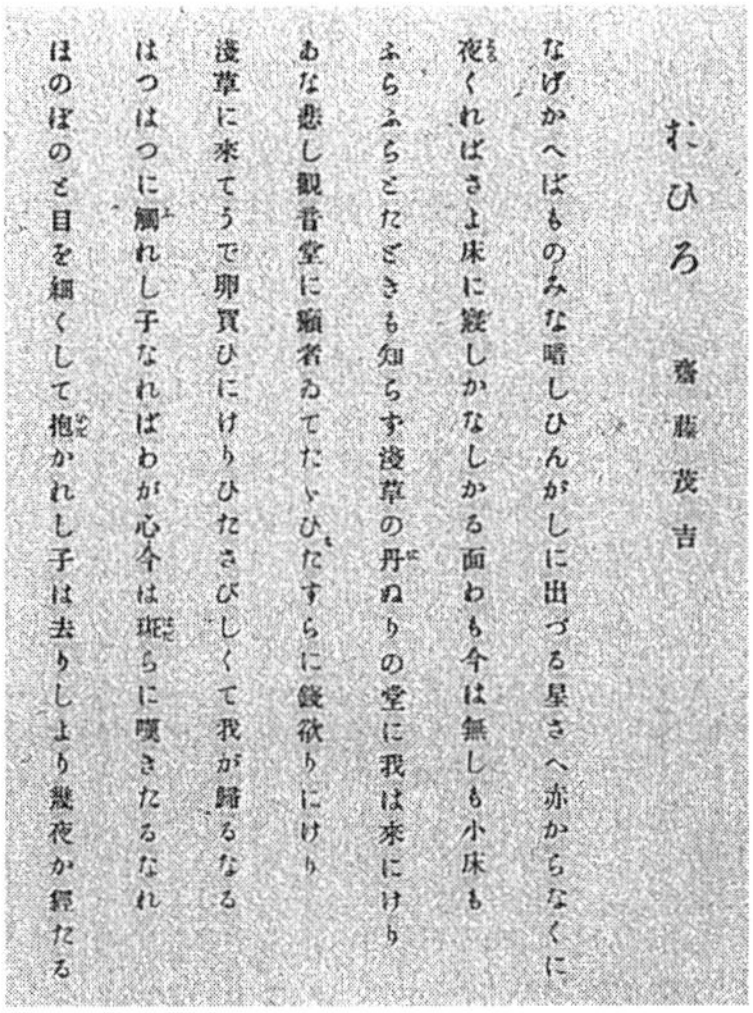
おひろ　齋藤茂吉

なげかへばものみな暗しひんがしに出づる星さへ赤からなくに
夜《よ》くればさよ床に寢しかなしかる面わも今は無しも小床も
ふらふらとたどきも知らず淺草の丹《に》ぬりの堂に我は來にけり
あな悲し觀音堂に癩者ゐてたゞひたすらに錢欲りにけり
淺草に來てうで卵買ひにけりひたさびしくて我が歸るなる
はつはつに觸れし子なればわが心今は斑《はだ》らに嘆きたるなれ
ほのぼのと目を細くして抱かれし子は去りしより幾夜か經たる

「おひろ」三部連作
（「詩歌」第3巻第10号／大正2年10月）

斎藤平義智《へいぎち》（明24生）
山形市、斎藤長右衛門二男、明治四十年紀一の許に上京、千葉医専卒業。青山脳病院医師、戦後熱海に病院開業。明治末年から大正にかけて茂吉と生活を共にした人。（昭和40年75歳逝去）

当時の浅草公園（右端十二階の凌雲閣）

なっていったことが、養父紀一に発覚して「おこと」は暇を出された。それが大正二年四月頃のことである。

女中「おこと」は、浅草公園にあった福田写真館の娘ことであることを八十年ぶりにつきとめることが出来た。当時の女中おことの写真を掲げておく。

このことは作品の上からも解明できる。「おひろ」一連の冒頭に、つぎのような歌が作られている。

ふらふらとたどきも知らず浅草の丹《に》ぬりの堂にわれは来にけり

あな悲し観音堂に癩者《らいしゃ》ゐてただひたすらに銭欲《ぜにほ》りにけり

浅草に来てうで卵買ひにけりひたさびしくてわが帰るなる

このように、浅草観音にことと別れた後にやってきている茂吉は、おことに逢いたさの一心を秘めて浅草公園に「ふらふらとたどきも知らず」（方便も知らず）もしかしたら逢えるかも知れない。だが逢えなくて「ひたさびしくてわが帰るなる」（むなしく帰る姿）である。

作品鑑賞には「おひろ」の実在のモデルは必要としないというが、しかしこの一連の作品を理解していく上で、実在のモデル解明が、創作主体の立場に即した作品鑑賞の大きい手だすけとなる。「おこと」がこの浅草寺の傍の写真館の娘で、茂吉付の女中であって、二人の関係が養父紀一にわかり離別させられたとなれば、なぜ浅草寺近辺を一連の中に歌うかが解明されるのである。

さらに、この「おこと」との別れは『赤光』大正二年「屋上の石」につながってゆくことになる。城跡で二人は抱き合った歌がのせられるのである。

コラム⑤　女中「おくに」とは

『赤光』の明治四十四年の項に「おくに」と題した十七首の歌が収められ、その内容は、おくにの死を悲しんだ歌である。最初の「アララギ」（明治44年4月号）発表の歌を抄出すると、

女中おくに

なにか　いひたかりつらむその言《こと》もいへなくなりて汝《なれ》は死にしか

はや死にてゆきしか汝《いまし》いとほしといのちのうちに吾《あ》はいひしかな

これの世に好きななんぢに死にゆかれ生きのいのちの力なしあはれ

てる子談「不器量な女ですが、本当に忠実で気立てがいいので茂吉も可愛がつておりました。」土屋文明も「房州生まれで、ひどく田舎染みた、忠実従順で、亡くなつた時には厄介になつた者一同皆悲しんだ」といい、「背後に恋愛関係はない」と記す。茂吉付女中「おくに」の死で、そのあとの茂吉付女中がおひろ（福田こと）であった。

信州擬装の旅――「しら玉の憂のをんな（おこと）」と忍び逢い

さて、『赤光』は、巻頭に近い「死にたまふ母」「おひろ」の二大連作によって「声価」を得たといってよい。しら玉の憂《うれひ》の女「おひろ」との離別、たらちねの母「いく」との死別等、悲劇的な発想が強烈な生命感にささえられて、ひたむきな抒情をうち出したからである。

ところで、前章で「おひろ」のモデル「福田こと」を明らかにしたが、『赤光』には、そればかりか「屋上の石」と題して「しら玉の憂《うれひ》のをんな」をたずねて、忍び逢いをしたことがうたわれているのである。そこで当時の茂吉の情況を知るために調査に当った。「屋上の石」と題した八首は、「悲報来」と同じ旅で信州へ向った折の作品である。茂吉の信州の旅は、この時が最初であった。何の目的で信州諏訪へ赴いたのであろうか。大正二年の「七月作」と注記する「屋上の石」一連の歌が、その大きい理由をほのめかしているのである。即ち「しら玉の憂《うれひ》のをんな恋ひたづね」ることが目的であったと思われる。一連八首は、前半と後半に分かれ、後半では信州諏訪に着き、布半旅館から街並をみての作と考えられる。前半は憂の女との忍び逢いであり、相抱く場面であるが、この場所はどこであるか。このことについては後でのべるとしてまず、信州への旅の目的にふれておこう。

茂吉が島木赤彦に宛てた書簡（大正二年七月二十一日付）に「拝復、御手紙拝見、一日の講話の事甚だ名誉に候へども今年は見合せる事にして、いづれ僕が組織だつた専門の知識を頭の中に納める時期が必ず来るに相違ないからその節二度でも三度でもやります。（中略）○廿五六日ごろ出発して途中に寄るところがあるから御地へは確かな時日は言へない。廿七八日ごろ兎に角布半にゆく事にする。どうか停車場までの迎へなど心配しないでくれたまへ。○どうか信州の大山と高原の秋花を見せてくれたまへ、それより以上のぞまない。」とある。

実は赤彦は七月二十四日、長男政彦の眼病治療のため上京をかねて茂吉に紹介をうけていた小川眼科医院に入院していた。茂吉が諏訪に着いたのは二十七日で、赤彦は三十日に帰郷、その夜、伊藤左千夫死去の電報をうけとった。

茂吉の信州への旅の目的が、書簡にあるような講話のためではないことは文面からも明らかであろう。文面に「途中に寄るところがある」と書かれているように第一の目的がそこにあって、赤彦を訪ねることは二義的であると考えられる。表向きは赤彦と逢って「アララギ」のことなど相談することを理由にしたことであろう。第二の目的は「信州の大山と高原の秋花」に親しみ、狂人守の生活からひとときの間をのがれたかった。第一の目的「途中に寄るところ」が「憂のをんな」との忍び逢いである。この女性との久々の交情を終えて諏訪の布半旅館に宿ったのである。

「屋上の石」は直前の作「悲報来」を一括したものである。「屋上の石」一連の歌の前半を掲げよう。

あしびきの山の峡《はざま》をゆくみづのをりをり白くたぎちけるかも
しら玉の憂《うれひ》のをんな恋ひたづね幾やま越えて来《きた》りけらしも
鳳仙花城《しろ》あとに散り散りたまる夕《ゆふ》かたまけて忍び逢ひたれ
天そそる山のまほらに夕《ゆふ》よどむ光りのなかに抱《いだ》きけるかも

「しら玉の憂のをんな」という句は、「おひろ」一連の歌の中に「しら玉の憂のをんな我に来り流るるがごと今は去りにし」と詠んでいることから「おひろ」のモデルと同一人物とみてよい。左千夫の恋愛相聞の歌に「白玉のうれひをつつむ恋人がただうやうやし物も云はなく」「白玉は色は透かぬと透かずとも底にうたがひありやと思へや」（『左千夫歌集』明41年作「玉の歌」）といったように、白玉によせて恋の思いをのべる左千夫の影響をうけた茂吉も「おひろ」の中で詠み、「屋上の石」でも恋人に使用している。

「おひろ」のモデルは、青山脳病院の茂吉付女中「おこと」であった。茂吉とおことの恋愛は、紀一にわかかって引き離され、のち「おこと」は甲府の花街に行った。この作品が詠まれている七月には、すでに甲府にいた訳で、茂吉は信州へ向う途中に甲府で汽車を降りて、駅に近い甲府城址で「おこと」との再会を果たすことになる。

実は、青山脳病院に茂吉と同居していた斎藤平義智氏を昭和三十二年十月二十日に訪ね、そのいきさつを聞き出していた。柴生田稔氏も「「屋上の石」の一連が「おひろ」の連作を受けたものであることは私も考へてゐたのであつたが、その後話し合つて見ると、土屋文明も佐藤佐太郎も前から同意見であつたことがわかつた。」（「アララギ」昭33年11月号）とのべている。

あわせて後半の歌をみると諏訪に着いて赤彦の常宿としていた布半旅館に宿った時の作である。現在の布半旅館は大正九年に造られた別館であって本館は中町にあった。したがって茂吉の泊った布半は、中町にあった本館の方である。この布半旅館本館三階建ての写真を次頁に掲げる。三階からは隣の屋根が真下に見え、屋根には石が並べられている。つまり茂吉の詠んだ「屋上の石」の作品である。

大正二年七月三十日午後六時、左千夫は脳溢血で死亡、その夜半電報をうけとった茂吉は赤彦の家へ急を知らせに十一時過ぎの道を走った。赤彦はこの日の夕方実家に帰ってもう就寝して

斎藤平義智氏
紀一の親戚で茂吉と同じく青山脳病院に寄宿、のち精神科医として勤める。

明治40年代の茂吉

いた。その時の歌が「悲報来」で、「蛍を殺すわが道くらし」である。

コラム⑥　左千夫の死

伊藤左千夫（明44）

悲報来

ひた走るわが道暗ししんしんと堪《こら》へかねたるわが道くらし

ほのぼのとおのれ光りてながれたる螢《ほたる》を殺すわが道くらし

「悲報来」の歌は初版『赤光』の巻頭を飾る歌で大正二年七月作、師伊藤左千夫の死の報を旅先諏訪の布半旅館滞在中、電報を受けとり、諏訪高木村の島木赤彦宅へ駈けつけた時の歌、途中で人力車にのって、着いたのは夜中の一時をすぎていた。二日前に左千夫に逢った赤彦の驚愕は大きかった。

この歌の「わが道くらし」は、現在歩いている道と合わせて歌のわが道をも暗示した意味で迫ってくる。緊迫の中で「螢を殺す」と、心境との融合を計る茂吉一流の手法上の特色ある歌。

布半旅館本館（隣の二階屋根に石が並ぶ）

◎動揺波瀾

歌集『あらたま』――重い悲劇的なモーメント

歌集『あらたま』は、大正二年九月作「ふり灑《そそ》ぐあまつひかりに目の見えぬ黒き蛼《いとど》を追ひつめにけり」の歌に始まっていて、茂吉自身編集手記に「内面にはいろいろな動揺波瀾があつた。（中略）一首でも怱卒には読過し難い。かう思ふ事がせめてもの僕の慰安になる」と記している。

寺田寅彦は『あらたま』を評して「此歌集の底を流れて居る気分の中には何かしら悲劇的な要素がある。（中略）『あらたま』には何かしら特別な重い悲劇的なモーメントの暗示があって、どうかすると、突然吾が門をたたく運命のおとづれのやうなものを思はせる」という、まことに茂吉の内面生活を洞察した至言というべきであろう。こういった「悲劇的」な要素を明らかにしてこそ、作品を深く理解することが出来るのである。とくに「生を写す」という制作理念に基づく茂吉の作品はその隠された内的生活を知ることによって理解は一層深められるのである。このような意味から、彼の内的生活と作品を照らし合わせながら『あらたま』の歌境の進展と特色を考察する一助としたい。

『赤光』の恋歌「おひろ」の女性が、女中「おこと」であることについて前回で明らかにし

歌集『あらたま』
（大正2年9月～
6年12月の歌）

てる子の恋愛相手の医師T氏を前列にふくむ
（明治40年代）

た。茂吉の恋愛が噂にのぼるようになって離別させられたのが、大正二年三月かと思われる。その月には「わがこころ恋ふるものなしきさらぎの梅のはな園に月さむくして」（「和歌」大正2・3月号）と歌われている。

一方、その頃の斎藤てる子側では「青山脳病院に勤務していた医師（あえてT氏としておく）と親密になり、両者の関係は深い交渉があった。」と斎藤平義智氏（当時の青山脳病院で茂吉と生活をともにし、てる子の動静を目のあたりにみてきた人）の証言がある。さらに昭和三十八年三月二十三日訪問したてる子の親しい学習院の同級生古市千穂子夫人は「てる子さんは卒業後も専修科に通っておられた。その頃、深い恋愛関係があった話をおききした」と語られた。この両者の証言は、茂吉・てる子の結婚前後の事情を物語るものであり、『あらたま』の苦渋に充ちた「動揺波瀾」が茂吉の生をゆすぶった最も大きい謎をとく鍵ともなるのである。その『あらたま』巻頭の歌（大正二年九月）を次に掲げよう。

をさな妻あやぶみまもる心さへ今ははかなくなりにけるかも
わが妻に触《さや》らむとせし生《いき》ものの彼《かれ》のいのちの死せざらめやも
いきどほろしきこの身《み》もつひに黙《もだ》しつつ入日《いりひ》のなかに無花果《いちじゆく》を食《は》む
うつし身《み》のわが荒魂《あらたま》も一《ひと》いろに悲しみにつつ潮間《しほかひ》をあゆむ
わがこころせつぱつまりて手のひらの黒き河豚《ふぐ》の子つひに殺《ころ》したり
われつひに孤《ひと》り心に生きざるか少女《をとめ》に離《か》れてさびしきものを
くろぐろと昼のこほろぎ飛び跳ねてわれは涙を落すなりけり

このように歌われている「いきどほろしき身」とはなぜなのか、黙し孤独にありて「涙を落とす」姿は、何を物語るのであろうか。青山脳病院の後継ぎともいうべき茂吉・てる子の身辺はただならぬ状況に置かれていたことになる。

こうした中で紀一としては、何とか早く茂吉とてる子を結婚させなければならないと考えたに違いない。両者の相手をそれぞれ引き離して、「二人の結婚はズバリと云えば紀一の命令である」という茂太の説が肯定出来る。

さらに茂吉の留学の話が「おひろ」との離別の歌のあとに突如として起り、大正三年初めにかけて、その準備が進められている。しかし、その出発が遅れている間に大正三年八月、第一

当時のてる子（19歳）

当時の茂吉

次世界大戦が始まり、日本も大戦に参加し、ドイツに宣戦を布告したため、茂吉のドイツ留学は延期のやむなきにいたった。

いちはやく湧くにやあらむこの身さへ懺悔《さんげ》の心わくにやあらむ

この夜は鳥獣魚介《てうじうぎよかい》もしづかなれ未練をもちてか行きかく行くわれも

あきらめに色なありそとぬば玉の小夜なかにして目ざめかなしむ

切迫した異状な衝動のあと、孤独をかみしめ懺悔の心を抱いたりしながら、定められたコースを歩もうとする諦念の姿が浮かんでくる。茂吉・てる子の結婚を背景とした頃の悲痛感は、寂しい「諦念」の世界へとみちびかれてゆくのである。茂吉・てる子の結婚はいつ行なわれたのか。当事者の亡き今では、闇となってしまったのである。

闇に消えた結婚日——大正二年十二月か？

歌集『あらたま』の歌の始まる前後には最も大きい結婚（実婚）という問題がある。このことは伝記的に極めて重要である。なぜならば、茂吉と斎藤紀一の二女てる子との結婚は、いつであるか、いまだにはっきりしないのである。茂吉自身、結婚について一度も書き残していないし、自筆年譜にも結婚についての記載はない。茂吉長男の斎藤茂太氏は、その著『茂吉の体臭』で「仲人は岩田正道先生の父君がつとめ、内輪で行なわれた」と書かれている。この紀一の親友である岩田正弘医師が仲人をしたことが正しければ、岩田医師は明治四十五年二月に没しているので、結婚はそれ以前のこととなる。そうするとてる子は、学習院四年在学中のこととなるが、それを裏づける証言も関係者の発言も一つもない。

この結婚についていては、花嫁であるてる子夫人がいまだ健在であったので直接聞けば判然とする筈であるが、長男の茂太氏が訊ねても「父の服装が、洋服であったか、和服であったかよくわからない。肝腎の母が覚えていないのだから話にならぬ」といった状態である。さらに茂太氏の『快妻物語』の中で、「私はかつて母からきいたとおり、佼成病院長岩田正弘先生が仲人をつとめたとある本に書いた。この方は紀一の外遊中の留守を手伝って下さったりして、我が家とは大へん親しい方である。ところが、この先生がこの日より約二年前に亡くなっていることを、茂吉研究家の藤岡武雄がしらべた。そこで再び母にうかがいをたてると、話がぐらついてきて、そんな昔のことはもう覚えていないわ、と逃げられた。当日、その式に列席された方はもう一人もいない筈であるから、これはどうしようもないのである」と述べられている。私も昭和五十七年六月十日に直接てる子夫人にお聞きしたが「忘れた」と言われた。(この頃はてる子氏は、世界各国を旅行していて呆けてはいなかった。)

その頃の紀一は何事も華やかに行なって派手好みの人であるから、自分の娘の結婚式をなぜ派手に挙行しなかったかという点に疑問が生じてくる。毎年、東京府下の名士千名以上を招待して園遊会まで催していた時である。

ところで、斎藤家の戸籍謄本によると「明治参拾八年七月壱日山形県南村山郡堀田村大字金瓶字北百六十二番地平民守谷伝右衛門三男ニテ弐女てる子女婿トシテ養子縁組届出　同日受付入籍以下空欄」と記載されているように、すでに明治三十八年にはてる子の女婿として入籍しており、紀一の嗣子は長男の西洋であった。茂吉は養子であっても養嗣子ではなかった。単に二女てる子の配偶者という位置におかれていた。法律的には婿養子として入籍しているので形式的にはすでに結婚は成立している。てる子と結婚したときに婚姻届は出さねばならなかったはずだが、その届は忘れられていて、長男茂太(大正五年三月二十一日生)の出生届を出した大

大正６年初め
てる子・茂吉・茂太

大正３年斎藤家の人々
前列　左より、西洋・養母ひさ・養父紀一・清子
後列　てる子、茂吉

正五年三月二十七日に、当日の日付をもって未届けの婚姻届を提出した。こういった事情によって、戸籍上からは、結婚の日を探る手がかりは無いのである。ただし、「アララギ」（昭和28年10月号）の「斎藤茂吉追悼号」の山口茂吉編年譜と『斎藤茂吉全集』第五十六巻所載の童馬会製作年譜に初めて大正三年四月と記入された。しかし、この記載の根拠を聞いてもはっきりしないのである。果して大正三年四月であるかどうかは、わからないのである。しかも四月としか書かれていない。四月何日とはっきり記録されるべきものである。なお決定しがたい問題を含んでいる。

さて、二人の結婚がいつ行なわれたか、その手がかりとなるものに、次のような「一心敬礼」の歌がある。実は大正三年一月初旬に、てる子と推測される女と房州方面の海岸に旅行した歌である。

松風が吹きゐたりけり松はらの小道をのぼり童女と行けば
目をとぢて二人さびしくかうかうと行く松風の音をこそ聞け
松ばらにふたり目ざめて鳥がなく東土の海のあけぼのを見つ

これらの歌は、初出の「読売新聞」大正三年二月五日に発表された歌とはかなり異同がみられるが、てる子と二人での旅行であったことは確かと思われる。歌集編集時に補った歌として、

東海の渚に立てば朝日子はわがをとめごの額を照らす

が、あるが、後年、編集時の回想の中で、当時の状況に近づけておきたいといった思慮が働いたと考えてよい。いずれにせよ、「童女」といい、「わがをとめご」という相手の女性は「幼妻てる子」である。この旅行吟は、二人の事実上の新婚旅行ではなかったか。これ以前の大正元年から二年にかけて、てる子と旅行した形跡は見当らない。

大正二年九月二十五日付古泉幾太郎（千樫）宛に「又一つ御願、『わかき妻われに抱かれ』の代りに『いきどほろしきこの身もつひに黙しつつ入り日のなかに無花果を食む』として下さい」と書き、入れかえた歌の中に「わかき妻」を歌っている。『中村憲吉全集』第四巻の日記にも、茂吉が大正三年一月七日、中村憲吉を訪ね、幼妻のことについて話す記事がある。これらを考え合わせると、茂吉・てる子の結婚は大正二年の後半から大正三年一月上旬にかけて挙

2　一心敬礼

海岸《かいがん》の松《まつ》の木原《こはら》に著《つ》きしかば今日《けふ》のひと日《ひ》も暮《く》れにけるかも
潮騒《しほざゐ》をききてしづかに眠《ねむ》らむと思《おも》ひやまねばつひに来《き》にけり
松風《まつかぜ》が吹《ふ》きゐたりけり松《まつ》はらの小道《こみち》をのぼり童女《どうぢよ》と行《ゆ》けば

ほのぼのと諸国修行《しよこくしゆぎやう》に行《ゆ》くこころ遠松《とほまつ》かぜも聞《き》くべかりけり
父母所生《ふもしよじやう》の眼《まなこ》ひらきて一《ひと》いろの暗《くら》きを見《み》たり遠《とほ》き松《まつ》かぜ
ともしびの心《しん》をほそめて松《まつ》はらのしづかなる家《いへ》にまなこつむりぬ
目《め》をとぢて二人《ふたり》さびしくかうかうと行《ゆ》く松風《まつかぜ》の音《おと》をこそ聞《き》け
松《まつ》ばらにふたり目《め》ざめて鳥《とり》がなく東土《とうど》の海《うみ》のあけぼのを見《み》つ
ゆらゆらと朝日子《あさひこ》あかくひむがしの海《うみ》に生《うま》れてゐたりけるかも
東海《とうかい》の渚《なぎさ》に立《た》てば朝日子《あさひこ》はわがをとめごの額《ひたひ》を照《て》らす
目《め》をひらきてありがたきかなやくれなゐの大日《だいにち》われに近《ちか》づきのぼる

事実上の新婚旅行の歌か

古泉幾太郎（千樫）

実弟、高橋四郎兵衛

行されたとみることができる。

ここで問題となるのが大正二年作の「黒き蜱」「折にふれ」「野中」、大正三年作「諦念」の歌群である。茂吉が結婚した直後には喜びの歌ではなく「諦念」の歌である。

さて、二人の結婚は、内輪（二十名位）で一応結婚式は行われたと思うが、両者は父の

4　諦　念

橡《とち》の太樹《ふとき》をいま吹《ふ》きとほる五月《さつき》かぜ嫩葉《わかば》たふとく諸向《もろむ》きにけり
朝風《あさかぜ》の流《なが》るるまにま橡《とち》の樹《き》の嫩葉《わかば》ひたむきになびき伏《ふ》すはや
朝《あさ》ゆけば朝森《あさもり》うごき夕《ゆふ》くれば夕森《ゆふもり》うごく見《み》とも悔《く》いめや
しまし我《われ》は目《め》をつむりなむ真日《まひ》おちて鴉《からす》ねむりに行《ゆ》くこゑきこゆ
この夜《よる》は鳥獣魚介《てうじうぎよかい》もしづかなれ未練《みれん》もちてか行《ゆ》きかく行《ゆ》くわれも

あきらめに色《いろ》なありそとぬば玉《たま》の小夜《さよ》なかにして目《め》ざめかなしむ
この朝明《あさけ》ひた急《いそ》ぐ土《つち》の土 竜《もぐらもち》かなしきものを我見《われみ》たりけり
豚《ぶた》の子《こ》と軍鶏《しやも》ともの食《く》ふところなり我《わ》が 魂《たましひ》ももとほるところ

大正 3 年結婚後の歌

命令によるもので披露宴は行われなかった。まだ健在であった弟の高橋四郎兵衛を訪ねたとき「披露宴は無く、結婚式の案内も無かった」と語られた。このような形の結婚であったと思われるが、当事者が亡くなっているので、永遠の闇となった。ところで、一年後には、斎藤家から脱出したい意をのべた茂吉のハガキ三葉が発見されているのである。

コラム⑦　幼な妻「盲目《めしひ》になりて抱かれて呉れよ」

斎藤てる子

茂吉は、明治三十八年七月一日付でてる子の婿として養子縁組が行なわれた。茂吉二十三歳、てる子十歳である。茂吉は上京して中学生の頃、てる子を背負って子守をしたり、友人に「僕の未来のワイフだ」とすましていた。茂吉が幼な妻という言葉を初めて使ったのは、明治四十二年四月二十六日付古泉幾太郎宛書簡の中で、のち「アララギ」第二巻第一号「折に触れ」の歌である。

　をさな妻あやぶみ守るわがもひのえぐしごゝろに慎むろかも

茂吉のいう幼な妻の意味は、結婚している妻ではなく、いわゆる許嫁《いいなづけ》の関係にある少女に対していっているのである。

大正元年作「或る夜」には、

わが友は蜜柑むきつつ染《しみ》じみとはや抱きねといひにけらずや

水のべの花の小花の散りどころ盲目《めしひ》になりて抱かれて呉れよ

とうたい茂吉のやみがたい、ひたぶるな熱情が「盲目となりて抱かれて呉れよ」とてる子の上にそそがれている。

新婚生活の秘話——靴下ものがたり

茂吉・てる子の結婚日を前章で「大正二年十二月か」とのべたが、もう一つの理由をあげると茂吉のドイツ留学の話が六月に突如としてもち上り、大正三年一月には、すでに出発しようとする準備が進められていたことである。青山脳病院の後継者として期待をかけていた紀一が、茂吉留学の前に二人の結婚をかためさせることを考えたとしても当然といえよう。（実は紀一は衆議院議員の選挙に出馬をもくろみ、政治家への転進を考えていた。）

草づたふ朝の螢よみじかかるわれのいのちを死なしむなゆめ

朝どりの朝立つわれの靴下のやぶれもさびし夏さりにけり

こころ妻まだうら若く戸をあけて月は紅しといひにけるかも

わくらはに生《あ》れこしわれと思へども妻なればとてあひ寝るらむか

（『あらたま』「朝の螢」）

これらの歌は、茂吉の新婚生活を歌っているが「靴下のやぶれもさびし」といった状況である。これは、その頃勤務していた東京府巣鴨病院（東京帝国大学医科大学付属病院）の医局日誌

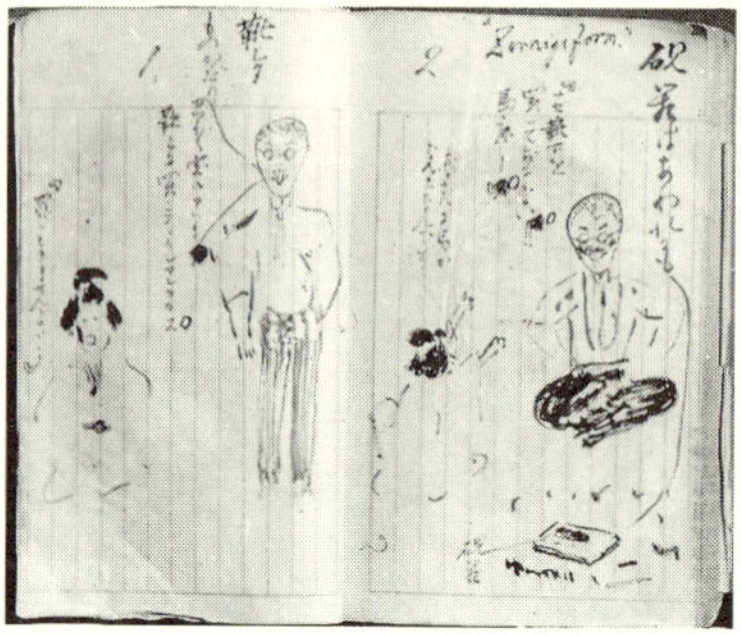

「靴シタものがたり」
穴のあいた靴下の足の部分にスミをぬってごまかすあわれな茂吉の姿が描かれている

『卯の花そうし』の中で「靴シタものがたり」と題して、茂吉が家庭で怒っている図がかかれたもので、さらに靴下の穴のあいた部分を墨でぬりつぶしてごまかすさびしい茂吉の姿が描かれていることは、新婚生活がどのようなものであったかの実態を物語るといってよい。大正三年六月二十二日付の阿部次郎宛ての書簡に「小生も幼妻の事などにつき少々心配あり、弱き男にて困り居り候」と書き送り、また七月二十六日の長塚節宛てに「この世で一人のたふとい女人が小生とつれそふたならば、小生は何も彼も黙ります」と記し、「熱いでて臥しつつ思ふかかる日に言《こと》よせ妻は何をいふらむ」とうたっている姿は、新婚生活の満たされない気持を端的に物語っている。「一人のたふとい女人」や「言よせ妻」はあるいは「おひろ」（福田こと）に対する思慕の情ともうけとれよう。結婚当初から茂吉とてる子との間には不和が幾度も続いた。八月二十日から月末にかけて妻てる子と神奈川県三浦郡長井浜田中屋方に結婚直後からの不和を解決する目的で滞在した。その時の歌に、

たどり来て煙草ばたけに密《ひそ》ひそと煙草の花を妻とぬすみぬ　「海浜守命」

妻とふたり命まもりて海つべに直《ただ》つつましく魚くひにけり
入日には金のまさごの揺られくる小磯の波に足をぬらす
ひたぶるに河豚《ふぐ》はふくれて水のうへありのままなる命死にゐる　「三崎行」

このような歌は、自ら『梁塵秘抄』や印象派絵画からの摂取を指摘しているが、平福百穂に宛て「とうとう輝子つれてここにまゐり候。行商人などの宿りこむ処なり。交合しようと存じたれど未だ出来ず」「その後喧嘩せず、具合よろしきやうに候」と書き送る。

据風呂《すゑふろ》のなかにしまらく目を閉ぢてありがたきかなや人の音《と》もせず
夜おそく風呂のけむりの香《か》をかぎて世にも遠かる思ひぞわがする　「秩父山」
ゆふされば大根の葉にふる時雨いたく寂しく降りにけるかも　「時雨」

大正三年初冬に秩父を訪ね、養母の実家青木家に結婚の報告に行った折の作で、茂吉自身「やはり梁塵秘抄ばりの一つの変化であつて、自分は骨を折つて此処まで歩んで来たやうな気持がした。」と記している。ここに、現実肯定の歌としての歌境をみることができる。

ところで、大正四年三月から六月にかけての歌を抄出してみよう。

日のひかりの隈《くま》なきに眠る豚ひとつまなこをひらく寂しとぞいはむ　「雑歌」
日を経《へ》つつ心落ちゐぬ我ながら今夜《こよひ》しづかにすわりて居らな　「春雨」
朝みづにかたまりひそむかへるごを掻きみだせども慰みがたし
こらへゐし我のまなこに涙たまる一つの息《いき》の朝雉《あさきじ》のこゑ
朝森にかなしく徹る雉子《きじ》のこゑ女《をみな》の連《つれ》をわれおもはざらむ
尊とかりけりこのよの暁《あかつき》に雉子《きぎす》ひといきに悔《くや》しみ啼けり　「雉子」

これらには、現実肯定の中で孤独にじっと堪え忍ぶ姿が彷彿として浮んでくる。大正四年一月から茂吉の生活は荒れていた。妻てる子とも別居にひとしい日を送ることが幾度か続いたようである。その現実の孤独の心をかみしめながら短歌に表現しているのであるが、実際の生活は孤独と憤懣に堪えきれなく荒《すさ》んでいたのである。そのために毎晩毎夜の如く中村憲吉と飲み歩き、その果ては憲吉の下宿部屋に泊るということが度重なっており、それは次にかかげる『中村憲吉日記』からも証明される。

大正四年一月六日　○午後斎藤来る。夕共に鳥又に行く。「おふく」といふ女給仕す。二人酔ふ。芝居にゆく話、それから浅草にゆく。ヨカローによる。二人ひどく酔ひ、車にのりて帰る。途中おでん屋による。帰りて斎藤しをれる。気の毒になりて僕もしをれる。

同年一月七日　斎藤なほしをれてゐる。気の毒になる。
同年一月十二日　斎藤よりきのふも今日も電話。
同年一月十四日　斎藤君来る。
同年二月八日　斎藤と鳥又にゆく。気分どうしても滅入《めい》る。斎藤僕のところにとまる。
同年二月十二日　○茂吉・千樫、予と三人にて上野動物園にゆく。ヨカローにて夕食し、酔ひて三人僕の宿にかへる。

中村憲吉らとよく飲みに行った浅草「よか楼」の広告

同年二月二十二日　古泉、斎藤居る。四人にて酒をのむ。三人はいろは館にとまる。
同年二月二十五日　○斎藤と二人にて日比谷にゆく。斎藤の妻輝子さんまちて居る。風寒し。斎藤機嫌悪し。僕にしても宣しからざれど、余り斎藤くどし。

斎藤茂吉　中村憲吉

こうして憲吉と飲み歩くこと甚だしかったために、ついには痔や胃腸を患い臥床し、治癒まで一か月半かかった。さらに茂吉の実生活上の問題を示す書簡を新資料として次に提示したい。

①大正四年五月二十二日付渡辺幸造宛書簡

「この間失敬、御話いたした後から苦しみ候、何卒ほかの人には御話し下さる間敷候。ほかの人に話されては困り候。何卒大兄だけ御ふくみのほど願上候。くれぐれも願上候、今後どうなるか分かり申さず候故大兄とても可成忘却下され度願上候。（後略）」

②同年五月二十六日付渡辺幸造宛書簡

「御たより有難く、先日のこと、妻と別居生活も同然にて、斎藤家より離れ独立したき考えにて苦しみ候。（後略）」

③同年五月二十八日付渡辺幸造宛書簡

「御手紙拝誦小生の事につきいろいろ御同情下され涙こぼれんばかりに御座候、只今は両親旅行中にて話も出来ずに居り候。（後略）」

これら三通の茂吉書簡は極めて重要であって、大正二年頃からの憤怒、懊悩、諦念へと向ってゆく歌境は、こういった実生活上における問題を氷山の如く、底深く沈めながら短歌にうたわれているということである。てる子と結婚して一年余りしか経っていないとみられる時期に、斎藤家からの脱出を図ろうとする茂吉の心中、しかし、ついには脱出をはかり得ないのであった。この茂吉の精神的悩みは、てる子と医師の恋愛、そのあとの結婚、留学計画の挫折といった幾つもの障壁の中に、孤独の身を沈め、その果は諦念を考えながらも諦念できない茂吉の思念であったに違いない。茂吉は生涯において、斎藤家からの脱出を数回試みるが、成就することは出来なかった。それは一つには、生活上において諦めが悪く、ものに執着して、決断が中々つかない性格であったためである。前出の「尊とかりけりこのよの暁に雛子ひといきに悔しみ啼けり」を自釈して「彼の雛子のこゑといふものは、切実で、聴けば懺悔のこゑとも受取れる。さう思つて自分は『尊かりけり』の語を以てした。また彼岸ではなくて、此岸なるこの現世の暁である」と記しているが、まさに茂吉の精神的苦悩を云い表わしているものといえよう。

ところが丁度この時期に、茂吉の勤務先の巣鴨病院の宿直の夜を自由奔放な遊蕩生活を楽しむことで、青山脳病院での満たされない家庭生活の憤懣は、代償されていったことであろう。

コラム⑧ 赤茄子の歌—新しい手法

赤茄子《あかなす》の腐れてゐたるところより幾程《いくほど》もなき歩みなりけり

『赤光』の「木の實」(大正元年一月作)の中に収められた作。「赤茄子」はトマトのこと。トマトは十八世紀の頃日本に渡来、南アメリカのアンデス高地で作られ、明治初期に世界に広く栽培され、日本では、真っ赤な毒々しさから入ってきたものの、明治の人々は食べなかった。明治生まれの人にきくと「毒がある」といって食べなかったという。「毒のトマト」という当時の認識。赤く腐ったトマトは、大体八月の終り頃か。この歌を作ったのは冬一月のこと。回想の歌。場面がよみがえってきた歌。「ああ、そうだ、ここのところの向こうにトマトが腐っていた」というのが頭に浮かんだ。そこからそんなに歩いていないなァ。刹那的なものを捉えて、その気分を表現したもの。浮かび上った写象を象徴化していく過程の一つの作り方。連想の気分を味わえばよい。心の動きを捉えた新しい手法。

舌出し文覚の遊蕩生活——医局日誌「卯の花そうし」秘録

茂吉が遊蕩生活を送った巣鴨病院は、小石川区駕籠町四十五番地にあり、東京帝国大学医科大学教授呉秀三が院長に、助教授三宅鉱一が副院長を兼ね、助手、副手が医局員として常時勤務していた。明治四十四年二月二日、東京帝国大学医科大学副手となった茂吉は、付属病院（東京府巣鴨病院）に勤務を命ぜられ、精神病学の研究生として通い、同年七月二十八日、巣鴨病院医員に任命された。（月給二十円〈税金二円のため手取り十八円〉）

同年十月には、駒込病院の二木博士のところに通い「ワッセルマン氏反応」の実験について伝授をうけ、明治四十五年四月、山羊の血をとったり、脳の切片を染めたりして研究をはじめ、春の学会において「麻痺性痴呆とワッセルマン氏反応」の研究報告をした（これが巣鴨病院勤務七年間にまとめた研究の唯一のもの）。大正元年十一月十四日、助手に昇任したが、以後、もっぱら、短歌に専念し、遊蕩生活を送った。それは茂吉自身、次のようにのべている。「巣鴨病院勤務七年間は特有の雰囲気を形成してゐたもので、学位の事などは余り念頭に置かない飄々乎とした勤務ぶりを示してゐた」（全集「友を語る」）と記す。

この発言を実証するものとして新資料「卯の花そうし」を筆者が発見したが、これは大正四年一月から七月までの巣鴨病院時代の茂吉ならびに医局員の遊蕩生活やかくれた医局のもろもろの光景が生々しく記録されていて、その青春像を知る上に有力な手がかりとなった。もちろんこれは正式の医局日誌ではないが、それだけに秘録として、自由に精細に、しかも絵入りで書かれているので、宿直の夜の行動や日々の生活が窺われ、知られざる茂吉の側面を新たに推測することが出来る。

巣鴨病院同僚還暦同人自祝会（昭和17年４月24日）
左より池田隆徳・斎藤茂吉・氏家信・黒沢良臣・後藤城四郎

一緒に勤務した斎藤玉男氏の思い出によると、「この秘録は医局員のしきたりとして、明治四十四年頃から昭和に至るまで書きつがれたもので、数十冊に亘る」と言われた。それは、巣鴨病院の宿直の夜、同僚と共に、一キロ足らずの白山花街（本郷区小石川指ヶ谷町一帯）を中心とした場所でのことである。

さて、「卯の花そうし」（大正四年）が書かれた頃の巣鴨病院における医局員の顔ぶれは次の通りで、この中の丸印を付した人々が執筆メンバーであり、茂吉と肝胆あい照らす仲間であった。

院長　呉秀三、副院長　三宅鉱一、医局長○杉江董、助手

秘録『卯の花そうし』
（大正４年）
巣鴨病院の医師たちが自由奔放な生活を送り、白山花街において遊蕩生活を楽しんだ事実がうかがえる。

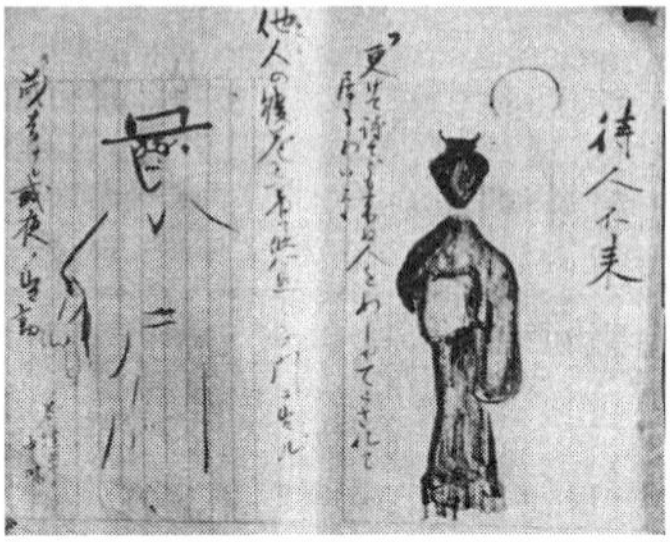

茂吉サン或夜ノ出勤　　待人不来

斎藤玉男、助手○下田光造　○橋健行　○斎藤茂吉　○大成潔　○高瀬清　○樫田五郎、副手○黒沢良臣　○木村男也　菊池甚一、元区局員○池田隆徳、その他　小峰・長谷川介補・松本慎一郎事務員、小池給仕　椎葉小使　以上の人々が医局員のメンバーであった。

　まず「年頭の感」の文面中には「黒沢大なると斎藤小なるを論ぜず」と記されていて、それは、二人のペニスをさすもの。この文章の欄外に、これをよんだ人々の感想が書きつけられているが、茂吉の筆蹟と思われるものに「どうしても卯年を産み年と洒落れたがる御連中ス」「御覧なさいアノ岩かげに魚ナが泳いで居るではないかいな」とある。卯年を産み年と洒落れたり、精游会としてヒルメンに河岸を変えるとかいうことばが見えたりすることから、茂吉たちのグループの生活態度の一面は、ほぼこれを窺い知ることができる。このあと「黒沢学士寄贈　やとなの名刺」として「月の家君江」の名刺をはりつけ、「やとな、宴会の席に上野やとなを倶楽部のやとなを御使ひになれば経済で亦理想です」の新聞広告を切抜いてはったり、「七草の宵」と題し「窓外六花粉、ストーヴの周囲には五合徳利、竹の皮、葱等散乱し火鉢を擁せる四人　興益湧く」と記して、杉江、茂吉、下田、黒沢の四人のラウス（毛虱《ケジラメ》）についての蘊蓄を傾けた論議がのっている。「再ビ、ラウスニ就テ討論、杉江君、樫田君、斎藤君、大成君」と記された絵や橋が「ヤトナを当直部屋に置かう」と提案し、下田が「ソレガイイ」と賛同している図がある。こうした医局の光景を最もよく伝えているものに「〇一日中の楽しい時」として各人の楽しい時が書きつけられ、茂吉は「午後八時　斎藤君　樫田君と談判不調になり、九時の廻診には間があるのでポツネント顰眉をやって居る時、赤彦から電話がかかつて来た時」と書かれている。

なお、茂吉に関する記事を拾うと、一頁いっぱいに「舌出し文覚」（話に熱がこもるとペロペロ舌を出してシャベル癖をもつていた）として茂吉の肖像（別に舌を出す動作を分析した絵図もある）。また茂吉の筆蹟で「朝鮮飴ヲ食フ図」として、朝鮮飴をペニスにたとえ、性交に関する話を文と絵で書いている。こうして「年頭の感」にはじまるこの「卯の花そうし」は、次々に驚くべき光景を展開し、さすがに医者の秘録だけに大胆な性に関する描写と、自由な宿直の夜を楽しむ彼らの行動とが克明に記録されているのである。遊蕩の場所も、上野の「まさの家」、白山の「万金楼」などが行きつけのところであったらしく、これまた絵入り日記の形でなまなましく描写されている。当時の茂吉の同僚であった斎藤玉男氏（昭和三十七年十月二十一日）、黒沢良臣氏（昭和三十七年十月二十二日）を訪ねた折に「卯の花そうし」の真実性を保証された。

なお、この秘録には次のような白山花街を舞台とする茂吉たちの遊蕩生活を歌った詠草が書かれている。

　万金で白山芸奴二度上げて芸者美を説く医学士のきみ
　其名をばエスと名づくる女あり男の膝にもたれて泣きぬ　（注）筆者（啄木の歌をまねた茂吉作か）
　われをのこ酒飲みをればをみならの尻《ケツ》うるはしき春の宵かも

一首目の「医学士のきみ」は誰をモデルとしたものかは明らかでないが「茂吉サン或夜ノ出勤」として、サックを片手に「他人《ひと》の寝巻を着て悠然トシテ門ヲ出ル」茂吉の姿が書かれており、右頁には「待人不来」と題して、その「茂吉サン」を待つ白山芸者の後姿が描かれ、さらに「更けて待てども来ぬ人をわしやてらされて居るわいな」という注記まである。この「卯の花そうし」が書かれたのは、茂吉の巣鴨病院時代の終りに近い大正四年であり、在職時代後半は、いわゆる歌集『あらたま』の時代である。自ら「しづかなる『諦念』に類するものに集中せられていた感がある」と心境を物語っているが、「卯の花そうし」には、そうした『あらたま』の歌人とは全く趣を異にする茂吉の側面が絵日記の形で驚くほど詳細に記録され、彼の隠れた青春の一面が記録されている。

また「茂吉大人の七ツ道具」として、1、タバコ　2、ハールラウス（毛虱）ヲ捕ル器械

〈ピンセット〉3、驚カヌ器械〈鎮静剤か〉4、ズボンヲシナル器械〈細ひも〉5、汗ヲ拭ク器械〈タオルを腰に下げる〉6、一切ノ秘密ヲ入レル器械〈タバコ入れにサックを入れていた〉7、ムッテルヲヘコマス器械〈クツ下がかかれ、ムッテルは母の意〉が描かれており、前回紹介の「靴シタものがたり」と関係ある養子茂吉の一面がみられる。これらの絵日記や、前記の短歌は、当時の医局員たちがたわむれに書いたものであろうが、精神病院という彼らの青春を抑圧する灰色の雰囲気の中で、そのレブレッションとたたかい、青春の憂うつを白山花街の酒と女にまぎらわす若い医師たちの行動が、明るく伸びのびと描写されている。秘録のみではない。次は「狂人守の歌と茂吉」を探ってみたい。

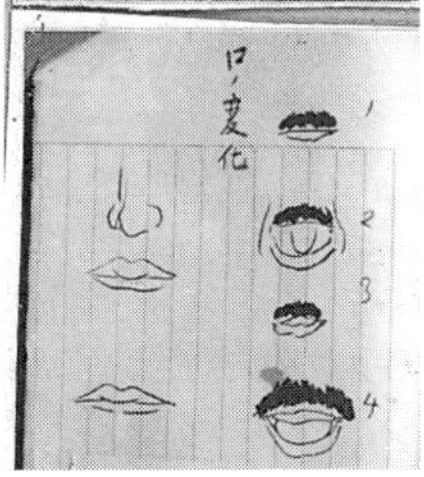

舌出しの口の変化がかかれている

巣鴨病院時代の医局員たちの戯画
茂吉の隠された側面が活写されている。

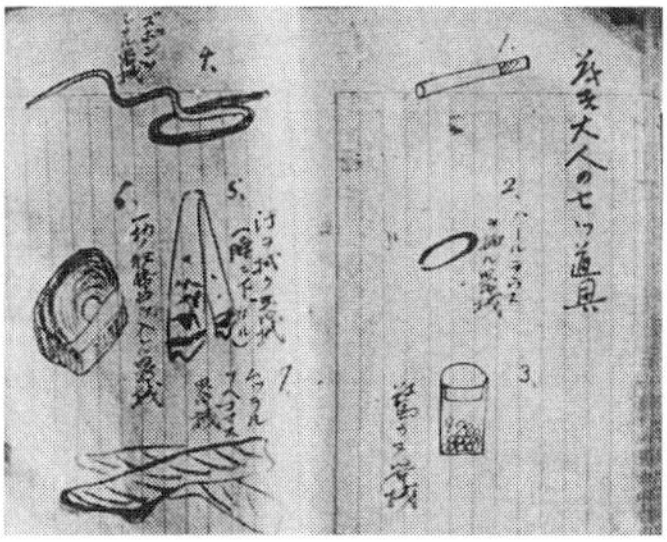

茂吉大人の七ツ道具

狂人守のうた——芦原将軍

朝刊の新聞を見てあわただしく蘆原金次郎《あしはらきんじらう》を悲しむ一時《ひととき》
入りかはり立ちかはりつつ諸人《もろびと》は誇大妄想《こだいまうざう》をなぐさみにけり
われ医となりて親《した》しみたりし蘆原も身まかりぬればあはれひそけし　『寒雲』

これは昭和十二（一九三七）年二月二日、芦原金次郎が八十八歳で巣鴨病院の後身、松沢病院で亡くなったときの茂吉の歌である。

茂吉は「回顧」の中で巣鴨病院当直のことをつぎのようにのべている。

医員となれば、当直をせねばならぬ。当直には夜の回診がある。夜のは未だ馴れないうちは気味が悪い。男の方は男の看護長、女の方は女の看護長が随行する。この全体の回診は優に一時間はかかりかかりした。重症などがあると、まだまだ時間を費す。そのころの有名な将軍、蘆原金次郎といふ者がゐて、長い廊下の突きあたりに、月琴などを携へて待つてゐる。

さうして赤酒の処方を強要したりする。これは前例で既に黙許のすがたであつたから、又気味悪くもあるから、私も彼のために赤酒の処方を書くといふ具合であつた。

この茂吉の文で触れているように、茂吉勤務中の巣鴨病院には、将軍という異名をもつ蘆原金次郎が入院していた。

その頃、医局員をつかまえて「お前なんぞ相馬事件の頃にやまだ生まれてもいめえ、あの時殿様や家来が皆毒殺されてのう、それでお前、毒が回ると歯がポロポロおちたものだよ、これがほんとの歯なしだよ、ハッハッハ」と語っていたという。

彼は巣鴨病院の前身、東京府癲狂院に明治十五年に入院、当時三十二歳であった。

彼が有名になったのは、日露戦争後、将軍を気取ってからのことである。参観者に勅語を売り、手製の大礼服を着て写真の撮影料を要求したという挿話も残っており、茂吉もこの患者の診察にあたったことがある。

右　芦原金次郎
左　呉秀三教授

ところで、この将軍こと、蘆原金次郎について不明の点が多かったので、ここに明らかにしておきたい。

まず、姓であるが、戸籍をみると「葦原」「蘆原」ではなく、正しくは「芦原」である。彼の略歴は、嘉永三（一八五〇）年東京本所松倉町で生まれ、父の孫右衛門は櫛職人であった。十三歳頃から家業の手伝いをはじめ、二十歳頃にはかざり職人として仕事をしていた。二十四歳のとき結婚、ただし妻とは半年で別れている。

明治十三年六月十二日「東京自由新聞」に「去る六日千住の電信分局へ一人の男が飛んで来て、拙者儀は何を隠さう正三位勅任官勲一等左大臣芦原将軍藤原の諸味《もろみ》なり。今日眉を焼くの大事件あつて至急支那の李鴻章へ、電報打つて貰ひ度と四辺《あたり》を白眼《にらん》で申立てしを該局の者は吃驚《びっくり》して、事実如何と最寄りの分署へ照会せしところ兼て有名なる下谷金杉村芦原金次郎と云ふ」と書かれていてすでに有名になっていることがわかる。

芦原将軍の死は、写真入りで各新聞とも大々的に記事とし、松沢病院にテント村ができて取材合戦が激しかったという。

昭和十二年二月三日「読売新聞」の記事では、「明治、大正、昭和の三代を通じて政局を睥睨《へいげい》して来た誇大妄想の大将芦原将軍は、二日午後零時三十分、老衰病で死んだ。実にネムるがごとき大往生でありました、と松沢病院の先生はいつてゐる。享年米寿の八十八。／三十二歳のとき妄想精神病患者・芦原金次郎として、社会から隔絶されてから病院のなかでも韓国の高官から貰つたという大礼服を着て、威張つて将軍になつてしまつたが、今年になつてからは老衰病になつて着慣れた大礼服をドテラに着替へてさびしく病臥してゐた。二、三日前から精神はやうやくハツキリと常人らしくなつて来たが、それは死の前ぶれであつたらしい。」

さらに、その日の「読売新聞」の夕刊には「松沢悲劇芦原将軍と猫、形見の大礼服を慕うて離れず」という四段見出しで、「武蔵野の樹も凍つた雪の朝、松沢病院南病室二号、七畳といふハンパな室の中で古今の大将軍・芦原金次郎閣下のハンパな脳細胞も『東洋の安危興廃は余の掌中に有り』とあくまで天下を憂へた絶語を最後に、悠々と活動を止めてしまつた。（中略）この室の中でやがて閣下の後目を襲はうとする、これも狂つた若林副将軍〈六〇〉が黒白ブチの小さな猫を抱いてサメザメと泣いて居た。いや副将軍だけが泣いて居るのではない。猫が泣いてゐたのだ。」

芦原将軍が大礼服を着て、胸にはオモチャの勲章をさげて箱火鉢にあたっている写真がある。それをみても、畳敷きの芦原将軍の部屋の中央には、木製の箱火鉢、茶卓、茶道具、将棋盤があり、台の上には鶴の剝製が飾られている。壁には金モールの大礼服、木製のサーベル、シル

巣鴨病院長呉秀三教授

東京府巣鴨病院（東大精神科付属病院）
茂吉は呉秀三教授のもとで精神病学を専攻。
明治44年２月から大正６年１月まで勤務した。

巣鴨病院同僚会（昭和17年２月28日於伊豆栄）
前列左より金子準二・植松七九郎・後藤城四郎・茂吉・杉田直樹・氏家信・斎藤玉男・小峯茂光・谷口本事
後列左より関根真一・菊地甚一・黒沢良臣・中村隆治・荒木直躬

クハットが掛けられ、部屋にはいつも二、三匹の猫がいた。猫好きだったことと寒い冬の夜はコタツ代りにするためであったという。窓際には休息用の籐製の肘かけ椅子がある。

病院の見学者コースというのが決まっていて、そのコースの最後が、芦原の部屋であった。見学者がやってくると、彼は待ってましたとばかり、用意していた『勅語』とよばれる色紙をもって廊下にでて、『勅語』の希望者を廊下に並べて、片手でシルクハットをつき出し、これに金を入れさせた。見学者は、芦原将軍のお墨付きだとして買わされるのだが、晩年には、患者の若林副官が代筆したものであったという。また将軍の写真撮影はべつに写真代を請求した。その金が入ると正門前の雑貨店で買い出しをし、それを患者の同僚にわけ与えた。買ってくるものは菓子が多かった。昼間は見学者がいつもごった返していたということである。昭和十一年の新聞広告のカフェーのうたい文句に、景品として松沢病院見学の招待をすると書かれている。

『卯の花そうし』に描かれた記念日の医局

ところで、巣鴨病院勤務中の狂人守の歌を紹介して、茂吉の勤務ぶりをみてみよう。

をさなごの遊びにも似し我がけふも夕かたまけてひもじかりけり

屈《かが》まりて脳の切片《せつぺん》を染めながら通草《あけび》の花をおもふなりけり

自ら注釈して、「これは東京府巣鴨病院研究室（東京帝国大学精神病学教室）内の歌で、指導者は教授呉秀三、助教授三宅鉱一の二先生で、そのほかに数人の先輩がいた。医員としての用務を済ませ、暇があれば病脳を切片にし、それをいろいろの方法で染色して、その標本をば顕微鏡でのぞくのであった。（後略）」

　身ぬちに重大《ぢゆうだい》を感ぜざれども宿直《とのゐ》のよるにうなじ垂れゐし

自ら注釈して、「その頃巣鴨病院には当直の義務があり、夏などは暑くて終夜ねむれぬことなども往往にしてあつた。自分は夏負けがするので、終夜汗ながれて眠れず、苦しまぎれの挙句に、事務長に迫りて扇風機を備付けてもらつたことがある。（略）私は或夜などその宿直室に蚊帳を吊《つ》り扇風機をかけて良寛の歌を評釈したことなどもある。（以下略）」

　うけもちの狂人も幾たりか死にゆきて折《をり》をりあはれを感ずるかな
　くれなゐの百日紅は咲きぬれど此《この》きやうじんはもの云はずけり
　くれなゐの鶴のあたまに見入りつつ狂人守《きやうじんもり》をかなしみにけり

以上、歌集『赤光』の中にある歌「狂人守」と自己を基底した数首を紹介した。（当時の「狂人守」ということばは、歌の心情を端的に伝えることばであるのであえて使用した。）

養父紀一——代議士へ転身はかる

明治末期、精神病院に着目し、ローマ式の宏大な青山脳病院を建設、その卓越した経営に手腕をふるったのは、茂吉の養父斎藤紀一である。

紀一は茂吉と同じ山形県南村山郡堀田村大字金瓶（現上山市）に生まれ、茂吉の生家守谷家とは親戚の関係にあった。紀一は立身出世を図るために医師の道を志し、済生学舎に学んでその志を果たした人である。彼が浅草に医院を開業していた時代に、茂吉の生家の隣りの宝泉寺住職、佐原窿応の仲だちによって、茂吉をひきとり、医学の勉強をさせ、その成績がよければ養子としようとしたのであった。茂吉は紀一の期待通り、第一高等学校、東京帝国大学医科大学と進み、医師となったのである。

明治四十年、宏大な青山脳病院の完成により、茂吉と養父ら家族のものは、青山脳病院で暮らすようになった。ここでは茂吉の人と生涯を知る上で、養父となった紀一を調査し、その相互影響や実生活をみていきたい。

茂吉と紀一は同じ村に育ったとはいえ、その生い立ちはまるで異なっていた。とくに、紀一は名誉心にとりつかれ、とてつもない事業をやってのける事業家としての手腕をもち、一方茂吉には、決断のできない世事にうとい生活者としての一面をとらえることが出来る。実生活における茂吉が終生田舎者であったのにくらべ、同じ東北の出身でありながら紀一は派手好みの都会人としての生活様式を果敢にとり入れた。日本一の精神病院を築きあげ二女てる子（輝子）四女清子を女子学習院に入学させ、ときどき園遊会を開いて各界の名士を招待するなど、事業に成功し、名誉欲をみたしていくと同時に、貴族趣味にあこがれて、上流階級に近づこうとしているのである。その揚句、婿養子とした茂吉の本名が「モキチ」であったのを、それでは「田舎臭い」「野暮ったい」として家族や使用人に「シゲヨシサマ」と呼ばせているのもこの間の紀一の消息を伝えるに充分であろう。（したがって茂吉留学のパスポートはシゲヨシと記されている）

青山脳病院には四百名近い患者があふれ、盛況のうちに大正の御代を迎えた。経済的な地盤

代議士時代の紀一

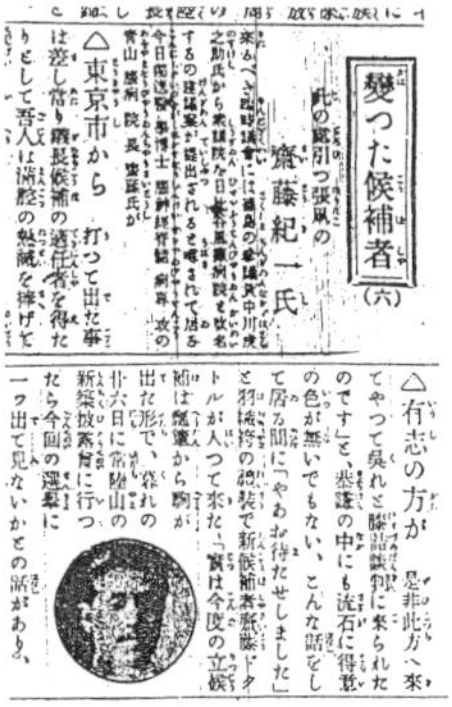

變つた候補者（六）

齋藤紀一氏

△東京市から

△有志の方が

読売新聞
大正四年一月十二日（火）

を確立した紀一の野望は、今度は政治に向けられた。彼の名誉欲は代議士になることに、無上の喜びを得ようとしたのである。

そこで大正四年三月二十五日、第十二回衆議院議員選挙に出馬をもくろんだのである。

大正四年一月十二日の読売新聞の記事によると、紀一は「当選の栄を得た暁には医科大学開放、背徳の医師取締法施行、医薬分業絶対反対の三要綱を提《ひっさ》げて議会に戦ふ積りである。医科大学開放は開業医にして研究の意ある者をして自由に大学に出入せしめ、充分研究せしめる事、背徳医師取締は近頃実費診察などの如何《いかが》はしい看板の下に重曹《ぢゅうそう》や苦味丁幾《くみちんき》位の安薬を以《もっ》て患者を誤麻化し、世を毒する挙《きょ》を法律を以《もっ》て取締るのである。医薬分業反対は目今《もくこん》の薬剤師の数では到底患者の需要を充《みた》す事能《あた》はざる為めで、之《こ》れに関しては詳細なる意見あるも、他日《たじつ》、日《ひ》を期《き》して発表の事とする」とのべている。同記事によると「此《こ》の処引つ張凧の斎藤紀一氏」というタイトルで「斎藤氏が東京市から打つて出た事は差し当り議長候補の適任者を得たりとして吾人は満腔の熱誠を捧げて歓迎する」とし「祖先は出羽の城主最上の末裔斎藤右馬頭義則の子孫と聞いては敬意を表せざるを得ない」とのべ、「山形の有志の方が、山形から立候補するように膝詰談判にきている」など記されている。ところが、一週間後の一月十九日付読売新聞では、「斎藤院長召喚せらる—心痛の余卒倒、或は候補断念か」の見出しで、「ドクトル、メジチーネ斎藤紀一氏（五五）は十六日選挙法違反の嫌疑を以て東京地方裁判所秋山検事の取調べを受け爾来《じらい》甚だ心痛の模様に見受けられたが、翌十七日午前九時頃自宅の浴場で突然卒倒昏睡状態に陥《おちい》り、入澤博士、平井赤十字病院長等の治療を受け、十八日朝漸《ようや》く覚醒《かくせい》するに至つた。（中略）親戚《しんせき》では断然今後選挙運動を中止せよと勧告しつつあれば或いは之にて中止するに至るやも知れないさうだ。」と記されているように大正四年三月二十五日の出馬は断念したのである。第一回の計画は失敗に終ってしまった。しかし、彼の野心は体の恢復とともに次期選挙の機会をねらっていたのである。

大正六年四月二十日、第十三回の選挙が行われ、紀一は郷里山形の郡部から立憲政友会所属として立候補をした。熾烈な選挙戦の結果、三、四三二票を獲得して見事当選したのであった。望み通り代議士に転身を図ることができ、この三か年間続いた代議士生活が紀一生涯の最も得意とした時代であった。如才ない彼の応待と独特な弁舌は、多くの人を一種の暗示にかける力をもっていたのであった。彼は国会議員として勤めた頃は、土井・関根代議士らと親しく、どんなに遅くなっても必ず青山五丁目電停近くで将棋や碁を打って帰ったものであった。

病院の大世帯の元締は養母ひさで、自然に自分の郷里の出である秩父勢に目をかけることが多かった。茂吉はそういう中で精神的苦悩を味わうことが多く、上京して紀一家に入った当時はつねに養母ひさが気に入るように心がけ、その信用を得ることを第一に考えていた。

さて、紀一の代議士生活は派手な交際と名誉心を満足させ、まさに一代の幸福の絶頂にあった。しかし、三年後の大正九年二月、国会解散となり、再出馬することになる。

大正九年五月十日、第十四回衆議院議員選挙が行われたが、今回は山形選挙区が六区となり、紀一は三区（南東西村山・定員二名）から出馬、――(当)四、一〇八西沢定吉・(当)三、八〇一佐藤啓・(次)三、六九三斎藤紀一となり落選したのである。在任中、たいした業績をあげず選挙民からの支持を失い、立候補三名（定員二名）の中で、紀一は百八票の差で敗れた。この落選を契機として紀一の運命は下降をたどっていくのである。選挙に多額の金を消費し、家計の逼迫を深める結果に終ったのであった。事業家の紀一は、その挽回につとめ、青山脳病院の外側に糞尿会社の設立を計画したが、結局は実現を見なかった。落選した紀一は、それにも懲《こ》りず、次の選挙に望みをかけ、その準備を着々と進めていた。その第一の足がかりとして、茂吉の長兄守谷広吉を県会議員に送りこんで地盤固めをしようとした。それは大正十二年八月末のことである。選挙資金の準備とその相談のため、茂吉の実弟高橋四郎兵衛が箱根の別荘に滞在中の紀一を訪ねての折であった。ちょうど、九月一日の関東大震災に遭遇したのである。紀一と四郎兵衛は共に箱根からの帰京の途次、小田原で難に逢い、小田原からほとんど徒歩で東京へ辿りついたのである。青山脳病院は瓦や壁にかなりの被害をうけた。そのために広吉の県会議員立候補も中止となり、翌年の国会議員選挙には、周囲の事情から出馬を断念するに至った。留学中の茂吉はウィーンの旅舎にあって紀一の出馬に反対した書簡を送っている。大正十二年四月三日、前田茂三郎宛に「オヤヂも内心は代議士の候補に出たくてたまらん様子です。それに山形からどしどし誘惑者がを《ママ》しかけて来てゐる様子です。一つ手きびしく手紙かいてやりました。代議士は猿よりも下等なものだと書いてやりました」と書いている。

こうして代議士再出馬を断念した紀一は、翌年、その偉容を誇った宏大な青山脳病院を一夜にして失ったのである。大正十三年十二月二十九日未明、餅つきの火の不始末から忽ちのうちに全焼、営々と築き上げた自慢の病院は灰燼に帰してしまった。茂吉は、帰途の船上でこの災難の電報をうけとり、焼跡に悄然と帰宅し、紀一を助けて病院再建に奔走するという苦闘の第一歩を踏み出さねばならなかった。

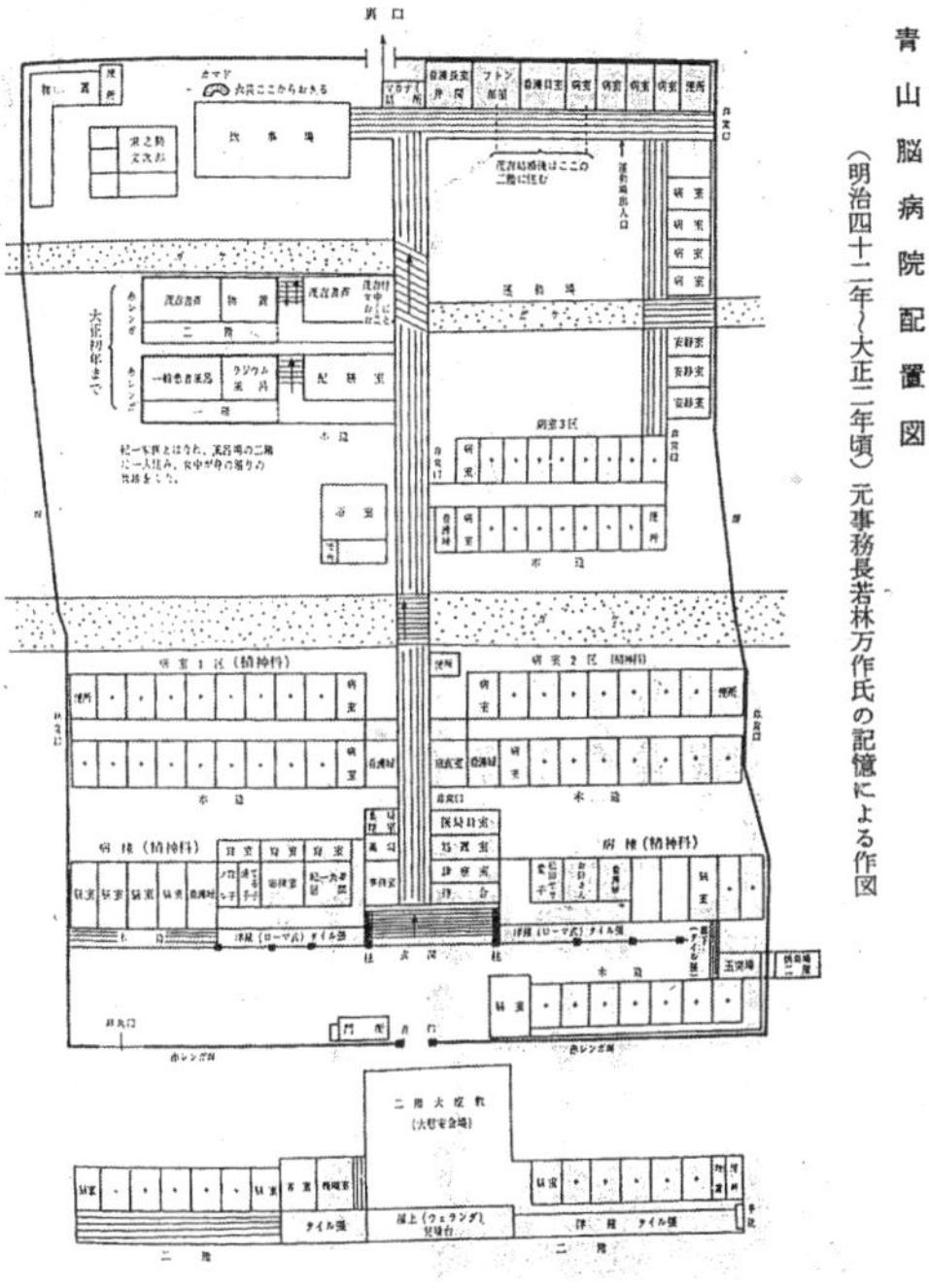

全焼した青山脳病院配置図
（明治42年～大正２年頃）
元事務長若林万作氏の記憶による藤岡の作図

家族そろって応援――巨人出羽嶽文治郎

茂吉は、随筆「山房雑文抄」の中で、

私の次男に宗吉といふのがゐる。昭和五年にとつて四歳になつたこの子は出羽嶽の顔を見るといつも大ごゑを揚げて泣いた。昭和五年一月某日、出羽嶽は突然玄関から這入つて来た。するとそれを一目見たこの男の子は大声に泣叫んで逃げた。畳を一直線に走つて次の間の畳を直角に折れて左に曲つて、洗面所と便所の隅に身を隠すやうにして泣いてゐる。ある限りの声を張りあげるので他人が聞いたらば何事が起つたか知らんとおもふほどである。狭い部屋に出羽嶽は持てあますやうに体を置いて、相撲の話も別にせず蜜柑などを食つてゐると、からかみが一寸明いて、『無礼者！』と叫んで逃げて行く音がする。これは童が出羽嶽に対つて威嚇を蒙つたその復讐と突撃とに来たのである。突然のこの行為に皆が驚いて居ると、童が泣きじやくりしながら又やつてきた。唐紙障子を一寸またあけて、『無礼もの！　無礼もの！』と云つた。今度は二度いつて駈けていつた。この『無礼者！』では皆が大いに笑つたが、幼童は出羽嶽の威嚇にあつて残念で溜らず、号泣してゐる間にこの復讐の方法を思ひついたものらしい。

と書き記している。

ここに登場する次男宗吉は、即ち北杜夫の本名である。また出羽嶽は、斎藤家で養育され、当時は相撲取りとなっていた。四歳の宗吉は巨大な出羽嶽の顔を見るといつも大声をあげて泣いたということである。この出来事を材料に茂吉は随筆を書き、（宗吉が）水戸黄門漫遊のポンチ絵を老婢から見せられ、「ブレイモノワシハミトミツクニデアルゾ」という文句を突如応用したところが面白いとのべる。

ところで、出羽嶽《でわがたけ》文治郎は、山形県南村山郡中川村大字永野の佐藤家に、明治三十五年十二月二十日に誕生した。彼は、親孝行者であり「小心」で内気な性格であった。幼少から巨大な

斎藤宗吉（のちの北杜夫）と兄茂太

大正７年・初土俵のころ

斎藤紀一と17歳の出羽嶽

出羽嶽の生家

養父斎藤貞次郎

体となり、小学校三年頃には一六七センチもあった。当時の貧農の哀れさ、巨体の彼は「穀へらし」のため（一食に一升めしを食べた）身のふり方を考えねばならなかった。

　そこで隣村の出身者である斎藤紀一の許で養育をしてもらう話がすすんで、大正二年三月二十五日、青山脳病院の斎藤家に出京したのである。戸籍は同番地に住む紀一の親戚で、病院で働いていた斎藤貞次郎の養子になっている。

　青山の青南小学校五年生に編入、卒業して青山学院中等部に進み、身長は一八二センチあった。相撲ぎらいな彼だったが斎藤紀一の強引なすすめによって、ついに大正五年五月相撲取りになることを決意、大正六年出羽ノ海部屋に入門した。大正八年一月、序ノ口につけ出され、三勝二敗と勝ち越し、五月場所では序二段で全勝をなした。大正八年の十月、彼は序二段として九州巡業にゆき、長崎にいた茂吉と逢っている。

巡業に来ゐる出羽嶽わが家にチャンポン食ひぬ不足もいはず　『つゆじも』

と茂吉は当時のことを歌っている。

大正九年には三段目、十年には幕下五枚目、十一年一月には十両に進み、十二年には西十両二枚目、十四年一月、東前頭九枚目に入幕して八勝三敗の好成績をあげた。

この直前の十三年十二月二十九日、出羽ノ海一門の相撲取りたちが、青山脳病院の正月餅をつく手伝いにきて、そのあとの火の不始末から青山脳病院は全焼してしまった。（鉄筋コンクリートの病院ではなく、杉の丸太で建て石膏をぬって洋館風に仕立てたものであった）

出羽嶽は、大正十五年には、小結を通りこして西の関脇に昇進し、全国的に人気の的となり、たちまち評判となった。

茂吉は出羽嶽に強い関心をもち、日記に勝負を書きとめている。

大正十五年一月十四日　出羽嶽勝ツ。
十五日　出羽嶽勝ツ。
十六日　出羽嶽　大蛇山ニ負ク、足ヲトラレテヒツクリカヘル。
十七日　出羽嶽勝ツ。
十八日　輝子、茂太相撲見ニ行ク。出羽嶽下痢シテヰル。若葉山ニ敗ル。

十九日　出羽嶽ガ小野川ニ敗レタ。腹ノ工合ガ悪イト云フカラドウモ力ガ出ナイラシイ。
二十日　出羽嶽負ク。
二十一日　出羽嶽勝ツ。

この日記をみても、茂吉の熱の入れ方がわかる。昭和三年一月には東関脇まで昇進した。一月十八日の日記に、「ソレヨリ相撲ノ Radio ヲキク。番数ガ段々進ンデ来テ東ガバタバタト倒レルノデ気ニシテキルト出羽嶽ト宮城山ノ取クミトナツタ。母上モ気ヲモンデ神棚ニ灯明ナドツケタマフ。サウスルト出羽ハ四ツニナツテ上手ヲ引イテヨリ倒シテシマツタ。アナウンサア、鏡餅ノ上ガ小サイノデナクテ下ガ小サイデシタナドト洒落タ。出羽嶽ハコノ一番デモ親孝行ヲシタ。」

斎藤家の出羽嶽応援は大変なもので、紀一の妻ひさまで灯明をともして神頼みという姿である。茂吉もラジオを一心に聞き入り、勝ったことに「親孝行」をしたと喜んでいる。

一月二十日には、国技館に茂吉は観戦に行き、つぎのように日記に記す。

「僕、茂太ト国技館ニ大相撲ヲ見物スル。東方連敗スル。出羽嶽ハ能代潟ヲ破リ、大ノ里ハ南ノ海ヲ敗ル。若常陸ニヨイ相撲ヲトル。男女ノ川ハ将来タシカニ有望ナリ、ソノ顔貌モ出羽嶽ヨリモ鋭シ。」

その翌日も、

「出羽嶽ハ小野川ニ負ク。茂太らぢお（ラジオ）ヲ聞イテ居リテ黙リコンデヰタノハ出羽嶽負ケタレバナリ。」

茂吉は、ここに二メートルの巨人が出羽嶽のほかにも出現し、男女ノ川という強敵が現われたことを受けとめている。

昭和三年一月の東京場所の関脇出羽嶽を「読売新聞」紙上で記者が次のように評している。

「出羽嶽は組みてのち、攻勢に移りての強味はものすごく、小手投げ、巨体を利しての寄り身、鯖折りなどを用い、当場所も二横綱、一大関を倒し、大物の真価を発揮せしも、一面、朝響、大蛇山などの小冠言にもろくも破れ、腰の危うきと右足の欠点を暴露する等、巨人特有の恃み難き点あり。彼の大成も未だ疑問圏のあるが如し。」

一月の千秋楽に負けた出羽嶽を、茂吉は「ツマリ、ノロクテ負ケルナリ」と評している。

関脇に返り咲いた昭和三年一月場所では、一つ勝ち越したが、三月名古屋場所では一つ下って小結であった。やはり六勝五敗の成績であった。しかし、勝負の世界である。常に勝たねばならないのである。

茂吉親身の世話——悲劇の力士出羽嶽

作家尾崎士郎は、出羽嶽《でわがたけ》を評して、

「観客にとって必要なことは、彼がいかに負け越したり番付面でカン落したりしても、何処かにのどかでゆう長な感じ（当人の心境がどうあろうとも）を与えられることである。それがためには彼は必ずしも成績が良好でなくとも、観衆の心に平気で笑ったり喜んだりする余裕を残すだけの地位に踏みとどまっていなければならぬ。彼の強さは、奇怪的とでも言わなければ表現の方法がない。——彼の巨体にうつ積された力が統制されさえしたら、それはもはや悲劇的巨体ではなく、天下無敵の大横綱の記念像ともなり得たであろう。」

とのべるように、観客側からみた評である。どこかにのどかな悠長な感じを人々に与えるので人気はあった。

茂吉は出羽嶽をしきりに応援する。そして出羽嶽の成績ぶりを文章や日記にしるすのである。

ところで昭和三年三月、名古屋場所で一つ勝ち越した出羽嶽は、東京五月場所に向け稽古に励んでいたが、同門の新海を相手に練習をしていたところ、新海の蹴返しで大怪我をすることとなる。新海は外掛けなど足運びのうまい力士で、出羽嶽の突き出しと新海の蹴りとが同時になって、この事故となった。出羽嶽の膝に当たり、腱と血管とをいためて皮下出血をおこし、治療につとめたが、翌年一月の東京場所まで休場した。昭和四年三月、大阪場所から前頭五枚目として土俵に上ったものの、三勝八敗のみじめな成績であった。したがって、次の五月場所では幕内の尻から三枚目となったが、平幕同士であったので八勝三敗という成績をあげた。その後十月名古屋場所では、膝の故障で休場、翌五年一月場所でも幕内の一番下になった。茂吉は、その頃のことを「山房雑文抄」に、次のように書いた。

「昭和四年になつて幾らか相撲をとつたけれども、自由が利かずに他愛もなく負けた。そして昭和五年一月場所の番付では、幕うちの一番びりまで下落して行つた。その位置は幕尻とかいふのださうであつた。併し相撲は彼の専門であるから強くなりたいと常に思つてゐたのであらう。蝮の粉末などを呑んでゐるといふことであつた。さういふことを聞くと私の如きも一種の愛憐を感じた。一月場所の番付といふのは、東方、横綱常の花寛市、大関大ノ里万助、関脇玉錦三右衛門、小結若葉山鐘、前頭の順序は天龍三郎、武蔵山武、和歌島三郎、信夫山秀之助、玉碇花太郎、鏡岩善四郎、山錦善治郎、清水川米作、外ヶ浜弥太郎、新海達

出羽嶽と近所の子供たち

昭和15年、出羽嶽結婚
後列左より２人目西洋、茂吉。前列左より３人目新婦登代、出羽嶽

蔵、荒熊谷五郎、常陸島朝次郎、伊勢浜寅之助、常陸嶽理市、そして一番びりは出羽嶽文治郎で、張出大関は常陸岩太郎であつた。」

この年、正月に茂吉の許へ年賀にきた出羽嶽の名を日記に書きとどめている。昭和五年、東西両軍の編成替えがあって出羽海部屋の力士だけは東方に残り、他は全部西方にいった。茂吉は五月場所を日記に記している。

五月十五日　出羽嶽、豊国ニ負ク（初日）
　十六日　玉錦に負ク
　十七日　宮城山に負ク
　十八日　朝潮ニ負ク
　十九日　宝川ニ負ク
　二十日　雷ノ峰ニ負ク
二十一日　出羽嶽雷ノ峰ノ勝負ニテ、日日ノ記者
「雷双差となるを出羽まいて右で小手をふつたの

が却つて悪く雷耐へて一層下に組みついて寄り立て土俵際で左の下手段を打てば出羽の出足天に冲して真逆様にひつくりかえる」また他の評に「出羽嶽の全敗は巨軀のみ何等なすなきを知る」トアル。

出羽嶽の勝負に強い関心をもっていた茂吉は、日記にその成績を書き、酷評まで写しとっている。昭和六年一月場所の茂吉日記に、「一月十二日　出羽嶽勝ツ。十三日　太郎山ニ負ク。十五日　木曜日。天気吉。ソレヨリ国技館ニテ相撲ヲミル。夜、豊田屋ニテ出羽嶽ニ猪肉ヲ御馳走ス。彼ノ臆病ヲ叱シタルニ彼ハ残念ガリテ泣ク。ヤウヤクキゲンヲ取リナホス。自動車ニテカヘル。」

このことを、茂吉は「山房雑文抄」で、

「私が場所に行く日にはかへりによく両国の豊田屋に連れていつた。ある時、出羽嶽の取口について批評したところが、『相撲は、先生（私）のやうな素人には分かるものではない。春日野親方ぐらゐにならなければ分かるものではない』と主張してきかなかつたことがある。座には出羽海部屋の若物、後輩が三四人居て、出羽嶽が涙をこぼしたりするので、私も弱つたことがある。一たび三役にもなつたことのある出羽嶽が、まるで子供のやうなところも残つてゐた。」

と書き、ひとかたならぬ気持を茂吉は出羽嶽に抱いていたことがわかる。この年は好調をとりもどし、三月場所では七勝四敗と勝ち越し、十枚目となっている。

巡業の組に入りつつ上海に相撲取る出羽ヶ嶽をおもひ出でつも　『たかはら』

昭和五年に茂吉が詠んだ歌で、このころ中国大陸まで海外巡業に回っていた。

ところが、平幕で波乱にとんだ三年間を送っていた出羽嶽は、昭和七年一月五日、相撲協会に反旗をひるがえし、大井町の春秋園にたてこもった一行にまき込まれて参加している。それは彼の所属していた出羽海一門の全力士が相撲道の改革を唱えて春秋園にたてこもった事件である。この動きは前年の十月頃からあったようで茂吉の日記にも「昭和六年十月二十六日、出羽海妻女ヨリ使者トシテ山響来ル。十一月二日、出羽嶽文治郎来ル」。茂吉の許へ、出羽嶽の去就を心配して親方からの使者が来たりしているのである。

一月六日、関脇天龍を首謀格として新興力士団が結成され、協会の会計の明確化、茶屋制度の撤廃、力士の養老年金制度の確立、生活の安定化、力士協会設立、共済制度の創設など十項目の要求を掲げて協会側に迫った。これに対し、藤島・春日野両親方が、力士と協会側との仲介に再三入ったが、ついに話し合いは不調に終って、一月九日には出羽嶽を含め三十二名が脱退届を出したのである。茂吉は、出羽ヶ嶽にもの話さむとこのゆふべ相撲争議団の一室に居り　『石泉』

新興力士団は四月十六日から日比谷音楽堂でも、新興力士団の対抗挑戦相撲という看板をかかげ気勢をあげたのである。ところが、このあとに出羽嶽の心境は変化する。

茂吉の日記に、「四月二十一日　夕方出羽嶽文治郎来リテ、相撲スルトコロアリテ新興団ヲヤメテモヨイト云フコトヲ話ス、彼モ実行ガムヅカシイカラコマルナリ。」

彼は百二十日ぶりに帰参、協会にもどった。相撲争議から帰参した出羽嶽は、勝ち越しを続け、昭和八年一月の東京場所には西方の前頭まで昇進した。しかし、玉錦や男女ノ川双葉山といった強豪がそろっていて、五勝六敗と負け越し、その後は再び上位にはあがることができず、場所ごとに番付は下る一方となった。直接の原因は昭和三年春の膝の怪我がもとになっていて、思うように相撲がとれなくなっていた。出れば負けるという悲惨さは、昭和十年には幕尻に落ち、それ以後は十両、幕下、三段とふり出しに逆もどりするといった具合であった。

ところで、彼は孤独の天地を求めて、暇さえあれば釣りに出かけた。雨で釣りにゆかれない日は、小説を読んだり、玉突きなどをしたという。また、盆栽いじりを趣味としていた。青山脳病院の裏手の空地にサツキの鉢を並べていた。巡業の先々でひいき客から貰ったサツキの鉢が溜って数百にもなった。

出羽嶽は、休場続きとなり、幕下三段目まで陥落していた。彼の休場は昭和十一年、十二年と続くのである。昭和十四年一月、五月場所には幕下十枚目であったが、場所が始まると惨敗がつづいて、ついに一勝五敗という無惨なものとなった。

五月二十六日　出羽海春日野挨拶

出羽ヶ嶽引退をすることに極め廻るべき処に吾はまはりぬ　『寒雲』

こうして出羽嶽は、昭和十四年五月場所を最後に、土俵生活の幕を閉じた。大正八年の初場所以来、二十一年間出場し、勝率五十四パーセントという成績であった。引退した彼は、茂吉らの世話もあって、昭和十五年一月から年寄名、田子ノ浦親方となり、出羽ノ海部屋でもっぱら若い者の指導にあたった。また本場所では、国技館入口の木戸係をして、観客整理の役をした。

この十五年六月十二日、三十八歳の田子ノ浦こと出羽嶽文治郎は、藤島親方の媒酌で石井登代（二十七歳）と結婚し小岩に住んだ。時局は、太平洋戦争が始まろうとする頃で、若手の相撲取りも兵隊に召集されることになった。ついに昭和十九年一月場所を最後に両国国技館は軍需工場として徴用された。本土空襲が激化して、茂吉も二十年四月、故郷金瓶に疎開して、時代は大きく転換していった。両国国技館も昭和二十年三月十日の東京空襲によって被災し、付近の相撲部屋もほとんど焼失したのである。

終戦、そして、戦後の苦しい食糧難の時代が続いた。彼は郷里に疎開をすすめられたが、小岩を離れなかった。小岩駅近くで「文ちゃん」というのれんを掛けて焼鳥屋台を出したこともある。戦後の五年間、巨人文治郎は苦しい生活であった。子供にも恵まれず、犬を可愛いがっていた。昭和二十五年六月九日、四十七歳で亡くなった。茂吉はこの文治郎の面倒を、親身になって世話したのである。

長崎医専土俵開きにきた横綱大錦関の土俵入り（大正８年10月２日）出羽嶽はこの九州巡業にゆき、長崎にいた茂吉と逢ってチャンポンを食べる。

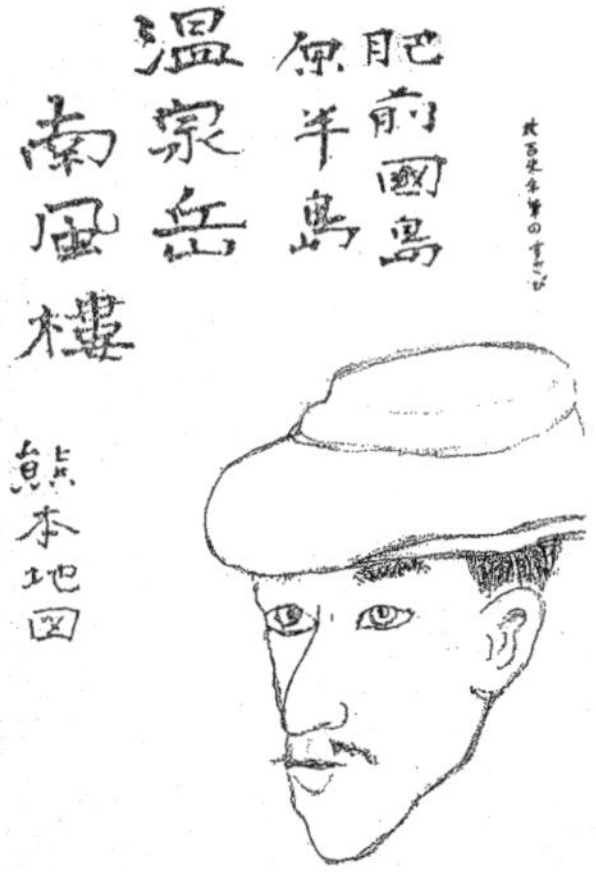

『十年会誌』の口絵となった茂吉の筆のすさび
（大正十年三月卒業の長崎医専会誌）

◎茂吉長崎物語

医専教授エピソード

長崎医専赴任のいきさつ

長崎医学専門学校では、精神科の教授であった石田昇が、米国への留学を志し、自分の後任教授を探していた。石田は東大医科の後輩で、茂吉と巣鴨時代の同僚であった黒沢良臣にたのんだが、石田の留学が決まらないままに夏もすぎ去ってしまったので、あせっていた黒沢は、内務省の方へ就職を決めてしまったのである。

それがため、石田の留学が本格的に決定した秋には長崎医学専門学校教授の後任者がなく、さしあたり自家の診察だけで自由の身であった茂吉が最有力候補に挙げられた。茂吉としては石田留学中の期間だけで長く務める必要もない訳であったから、別に異論はなく承諾した。

大正六年十二月八日、長崎にあわただしく赴任した茂吉は今町みどりや旅館の二階に落ちついた。

あはれあはれここは肥前《ひぜん》の長崎《ながさき》か唐寺《からでら》の甍《いらか》にふる寒《さむ》き雨《あめ》

朝《あさ》あけて船《ふね》より鳴《な》れる太笛《ふとぶえ》のこだまはながし並《な》みよろふ山《やま》

茂吉は長崎医学専門学校と同時に県立長崎病院精神病科部長を嘱託され、年俸千八百円の支給をうけた。

講義ノートを忘れ立往生

茂吉の担当した講座は四年生の精神病学と法医学であった。大正七年一月八日、茂吉の第一回の講義が行なわれ、その授業をうけた井上凡堂は次のように語っている。

当日吾々はその教室で例の如くガヤガヤと騒音を立てながら先生を待つて居た。期待と好奇心をゴッチャにさせながら、やがて扉を排して先生が入つて来られ、吾々は一瞬水を打つた様に静まり返つた。抱えて来た二冊の本を壇上にドシンと置かれた。先生はチョビ髭に眼鏡のお顔を挙げ、口をとんがらして一と渡り教室を見廻してから一寸口角を右に引いて『プシャトリーは講義の判らぬ学科である』と云われたのが如何にもおどけて見えたのでドッと皆笑つた。

このように、いかにもとぼけたかっこうが学生に親しまれた矢先、赴任まもない茂吉が、前任者石田昇教授から譲り受けた講義ノートを忘れ立往生し、学生の前に頭を下げてあやまるという失敗談も語られている。

「諸君！僕は悪かつた。諸君に申しわけがない。ゆるして呉れ給え」と頭をさげて舌をペロリと出す。「諸君！どうも相済まぬ。きようの講義は免して呉れ、お願いする」と頭を下げた。学生達はどつと笑いこけた。

当時の丸山花街

黒板に「茂吉先生登楼の図」の落書

大正七年三月七日付中村憲吉宛書簡に「僕、住宅きまり妻来ないうちは心落ちつかず、（中略）丸山だけは吉原よりよし」と記しているように丸山花街にしばしば足を運んだ。ある時、丸山の妓楼の中で学生と鉢合せしたところ、翌日の教室の黒板に「茂吉先生登楼の図」と落書されていたと云うことである。（学生談）

気つけ薬として学生に日本酒をのます

長崎医学専門学校発行の『研瑤会雑誌』（第一四一号・大正七年十二月十五日）に学生片岡克己の温泉《うんぜん》地方旅行記がのせられ、その文中に「十月二十五日朝絶好の天気、七時四十五分佐藤先

部長室での茂吉（大正９年）

当時の長崎医学専門学校正門

生、斎藤先生を始め寮生五十四名は車中の人となつた。寮歌軍歌を合唱したり時には斎藤先生の面白い御話に腹をかかへて汽車の進行も忘れて居た。九時四十五分これから一同徒歩にて温泉《うんぜん》に向ふのである。斎藤先生と二人の生徒は明日の登山を心配して馬車にのつた。（中略）妙見嶽の山の端を越すのであるが、一歩一歩険しくなつていく。二三人の病人も出たが斎藤先生の診断で興奮剤として日本酒を与へた所が奇妙に奏効した。かくて待ちに待つた普賢嶽が見える様になつた。」

日本酒を携えて登山し、気つけ薬として学生にのます茂吉、面白い話をしては腹をかかえて笑わせる茂吉、舌出し茂吉は、学生に人気のある教師であった。

職員リレーのアンカーで一等

大正八年十月十六日付杉浦翠子宛書簡で「明日は学校の運動会なので小生も駈けこをやります。頭が禿げてからの駈けこはつらいものです。二三日稽古したところが脚が痛くて為方ありません。」と報じているが、この運動会には茂吉は職員リレーのアンカーをつと

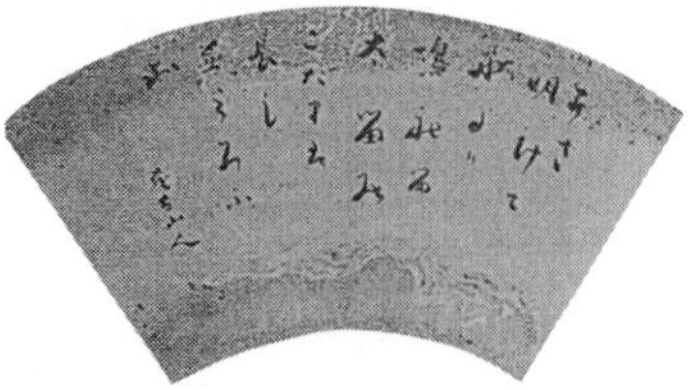

あさ明けて船より鳴れる太笛のこだまは長し竝よろふ山

『研瑤会雑誌』大正７年３月15日発行

め見事に一等となったのである。当時学生であった右田邦夫は、その様子を「部長室で床《ゆか》を叩くように運動会の足ならしを続け、誠に真剣で気魄がこもつていた。運動会には飛ぶような格好をしてゴールに突貫された。丁度、競馬うまの走るごとく、前足と後足が一緒になつてとび上るごとく走るという批評がでたし、見事に一等の栄冠を獲得された」（『長九会誌』六号）と語っている。

学生立石と美人探し・素裸で日光浴

立石源次「小浜の思い出」（『十年会誌』）に、

十月の小浜の気候は案外暖かで、お目にかかつた時は浴衣姿のようだつた。挨拶をすると『ヤーッ』といかにも人なつこくニコニコとされた。それから一緒に散歩して別れたが翌朝はまだ寝ている時に来られた。『君、女中に、客の心付けは皆で分配するのか、どうか訊いてくれ』といわれた。その時僕はどんな返事をしたか忘れたが、覚えていることは、女中に渡した祝儀を先生が取り戻されたことである。数日後には、また過分祝儀をやられたそうだが、柳川屋の女中は、『良か先生ですばつてん、少し変つておられます』と話した。

当時、別嬪の顔を拝見しようと朝つぱらから彼等（柳川屋旅館）の部屋を覗き廻つたこともあつた。また、日光浴をやろうとて、浴衣を帯にくるんでフンドシ一つになつて適当な場所をさがして歩く二人の姿には、村人等も怪訝《けげん》な顔をして見守つていたようだつた。

土手《どて》かげに二人来りて光浴《ひかりあ》む一人はわれの教ふる学生　『つゆじも』

大正九年十月半ば、小浜の柳川屋旅館に投じ、学生立石源次と静養中のことである。

前任者石田教授の刑務所入りで二年間の約束が四年間となった

先に留学した石田昇の功績を『研瑤会雑誌』第一四〇号（大正七年十月一日）は次のように報じている。

石田教授の動静

米国ボルティモア大学に見学中なる石田教授よりの最近通信に由れば同教授の発表せられたる早発性痴呆に対する療法は同国各地の大学病院に於て実験し、其効績大なることを証明せられ其結果米国精神学会は同氏を名誉会員に推薦せりと言ふ。蓋し同教授の名誉たるのみならず我校及び本邦医界の大なる名誉とす可《べ》きなり。

ところが、大正八年三月一日発行の『研瑤会雑誌』（第一四二号）によるとこの米国で好評を博した石田教授が突然休職を命ぜられた。石田は雄島浜太郎という筆名で小説を書いた文学膚の人で、米国では女子学生に恋文を送り、校長に怒られたり、看護婦と複雑な関係ができたということで、それが原因でニューヨークにおいて精神病となり、ドクター・ストロング（ジョージ・B・ウルフ）を射殺するという悲劇を演じ、ボルチモアの刑務所に拘留されてしまったのである。

茂吉は石田留学中の二年間という約束で長崎医専教授となってきたものの、石田が殺人事件で拘留されるはめになってしまったので、大正十年までの四年間をやむなく長崎ですごすことになってしまった。

長崎港（大正７年）
「朝あけて船より鳴れる太笛のこだまはながし並みよろふ山」

長崎医専運動会（大正８年）
ムカデ競走に参加の茂吉（右側チームの最後尾）

「玉姫」今日も見つつ帰り来る

茂吉は楊貴妃（四海楼の玉姫）といって武藤教授と恋のサヤアテ

「あるとき、長崎の小さい新聞のゴシップ欄に、医専の斎藤教授と高商の武藤教授とが四海樓の玉姫をば楊貴妃だなどと云つて寵愛して居るといふことが、さも面白く出て居つたが、相棒が武藤教授のやうな謹厳な学者なので噂を信ずるものもなく話は少しも発展せずにしまつた。何しろ私の長崎にゐたのは未だ三十代であつた。」（「長崎便」）と茂吉は語っている。

大正八年九月十二日、長崎港においてドイツ潜航艇を観た夕べ、新地の四海樓を訪ね、

四海樓に陳玉といふをとめ居りよくよく今日も見つつかへり来　『つゆじも』

と歌をよんでいる。

ところで茂吉は、昭和十一年七月四日付の吉井勇ら三人の寄書を貰ったことを『童馬山房夜話一』の「長崎便」の中で次のように語っている。

玉姫

「七月四日に、三人の寄書ハガキをもらつた。それは支那街四海樓から出したものである。

噂を立てられた昔もありましたね（よしゐ）――㊟吉井勇

時々古きづにさわる人があつて困ります。相変らず浮気しております（玉姫）

吉井先生とゆくりなくここで御噂してゐます（効月）

とある。このハガキの中にある、「玉姫」といふのは、支那飯店四海樓の娘で、お父さんは中華民国人、お母さんは長崎人であつたとおもふ。私が長崎にゐた大正七・八年ごろは、幾歳ぐらゐであつたか。かがやくやうに美しかつたから、もう二十歳ぐらゐにはなつてゐたかも知れない。私は医局員などを連れて、四海樓に飯食ひに行くころ、玉姫のことを楊貴妃だといつて褒めて居た。それから、長崎の歴史家古賀十二郎先生だの長崎高商の教授武藤長蔵だとも一しよに四海樓に行つていつまでも居たことがある。

大正十年春に私は長崎を去つて、その年の十月に欧羅巴《ヨーロッパ》に立ち、帰朝後忙しく過ぎて玉姫のことなどはすつかり忘れてしまつてゐた。その忙しい生活のうちに、玉姫が東京に居るといふことを誰かから聞いたやうな気もするが、余り忙しいので忘れてしまつてゐた。

吉井君の文中、『噂を立てられた昔もありましたね』とあるのは、これは追懐である。事実は無くとも、歌人吉井勇を仲介として報ぜられると、恰も事実の如くに活躍して来るやう

当時の二階建四海樓

噂の二人
（左）茂吉（右）長崎高商　武藤長蔵

な気持ではないか。
私は吉井君をおもひ、玉姫をおもひ、長崎をおもつた。そして玉姫は一体今年は幾つになるだらうかなどといふことに顧慮せずに、あのころの面影を眼前に彷彿せしめた。」

また、昭和二十一年三月「吉井勇に酬ゆ」の中で、「おもかげに立つや長崎支那街の混血をとめ世にありやなし」（『白き山』）と、玉姫のことをしのんでいる。この混血の美女、茂吉の嘆賞した陳玉姫とは、いかなる人であったか。

玉姫は、明治三十六年二月十一日、長崎市広馬場町に生れた。父は陳平順、母は柴田光野（島原深江村出身）という日本人。二人の間には三女二男があり、玉姫、小夜姫（夭逝）、清姫、楊俊、楊春と名づけられた。父平順は明治三十二年、支那飯店四海樓を創業し、長崎名物チャンポン、皿うどんを創始した人。玉姫は、大正八年に活水女学校を卒業し、店の手伝いに出た。二十三歳の頃、十人町の素封家森田家の養子であった清と親しくなる。清は東大工学部を出て、長崎中学校教師になっていた。二人は周囲の

「四海樓」陳一家
右より玉姫・母光野・長男楊俊・父平順・二男楊春・清姫

四海樓にて
左4人目より茂吉・奥田童山・玉姫・永見・林

反対を押し切って結婚したため、森田清は、養家から勘当となり、新夫婦は銅座のドブ川臭いところに新家庭をもったが、満州政府樹立とともに、同国政府鉱山技師に招かれて、玉姫とともに満州にわたった。昭和十七年に養父が亡くなり、養母のとりなしで勘当がゆるされて帰国、その直後長崎の地に流行していたデング熱のため、玉姫は四十歳で亡くなったのである。夫清は、両たび渡満、終戦後引揚げて昭和二十九年雲仙に、四海樓支店を開業した。本店の四海樓は清姫・楊俊・楊春の三人姉弟で長崎新地町において経営され、現在は新築された四海樓となっている。

茂吉は「短歌新聞」昭和十二年一月二十日号の「わが公開状集」の企画に応えて、「吉井勇君へ」をかき、「特に長崎からの便りは何ともなつかしくて為方がない。君は『長崎に茂吉のあらぬ寂しさは』と歌つたのは既に以前だが、あの頃は十、三四年まへのことだから、未だ元気があつたではないか。僕が玉姫のことなど偲ぶと、直ぐエロチシズムだの、茂吉を色魔でもあるもののやうにおもふが、必ずしもさうでなく、なかなかスケプチックなことは君も知つてゐるだらう」という。茂吉の中には女学校を卒業したばかりの「をとめ」の玉姫が固定して住みついていた。美女玉姫を吉井勇は「どつちかといふと母に似てゐて中国服よりも銀杏返しに黒繻子の帯といつたやうな、粋な姿をしてゐる方が、よく似合つたやうに思ふ」とのべている。

私は四海樓を経営している陳楊春氏に逢い、その際姉の清姫さんにお逢いしたが、目の大きくて美しい方で、玉姫・清姫姉妹はすこぶる美人という評判通りであったことを思い出す。輝くように美しく楊貴妃だといった茂吉の心情がしのばれた。

黒チリメンの女

茂吉は、長崎赴任に際しては、妻てる子は同道しなかった。茂吉は女中いちと長崎で暮らすことになる。半年経ってやっと妻てる子がやってきたのであるが、二人の家庭生活はうまくゆかず、不和が絶えなかった。

かりずみの家に起きふしをりふしの妻がほしいままをわれは寂しむ　『つゆじも』

てる子の派手な身なりと行動が、茂吉には耐えられなかったのである。時々爆発的にいさかいが起る。大正九年十二月三十一日付久保田俊彦宛書簡に「小生には夫婦喧嘩は非常に毒にて頭の工合が悪くなり候が、愚妻の性質（先天的・遺伝的）はどうしても時折小生をして喧嘩せしめ申候」と書き記しているように、いさかいが絶えなかったのである。こういったことからてる子夫人は長崎に永くは住まず度々東京に帰り、そのために茂吉は女中と二人の孤独な生活が多かった。したがって、茂吉が丸山遊廓に通うこともしばしばあったのである。人妻杉浦翠子へすら「寂しきまま丸山の妓樓にもまゐつて見候へども」とうちあけるなど、無遠慮に性欲や閨房のことにふれたりするのである。

この茂吉の女遊びもスポンサーにあたる永見徳太郎（オランダ貿易商で巨万の富をなした）や林源吉らがいて、丸山花街で大尽遊びが出来たという。

茂吉らの行きつけの場所は、丸山の「三波樓」「金波樓」「花月」などであった。吉井勇は「二人でこつそり丸山の廓に出かけて往つて、花月といふ娼樓に遊んだりした」という。

長崎に来れば忘れむかなしみか丸山ゆけば消えむうれひか

と勇が歌っているとおりである。

ところで、ある日のこと、永見らの案内で丸山の公娼はやめて、私娼の家を探訪することに話がきまり、一行四、五人が参加した。もちろん茂吉もその中の一人であった。

その家には黒チリメンの羽織をきた面長の女がいた。美人とまではゆかないが艶なる女であった。茂吉はその女を抱いてよりよくそこを訪ねた。某月某日、仲間四、五人とその家に上っていたところ、警察の手入れがあるという事件が起きた。いちはやく情報をキャッチした一行は、あわてて逃げだした。ところが逃げだした一行の中には茂吉の姿が見当らなかったので、てっきりつかまったものと思っていた仲間は、あくる日、茂吉の姿を見つけて、昨夜の一件をたずねたところ「なに、僕はいつも上るときには、ちゃんと逃げ道をまず考えているよ。二階の窓から屋根づたいに降りたまでさ」と平然としていたのには、一同開いた口がふさがらなかった、という話が長崎の地に残っている（奥田童山・島内八郎談）。この黒チリメンの女を訪ねての茂吉の遊びも周到な用意の上になされたという、茂吉の一面を知りえておもしろい。

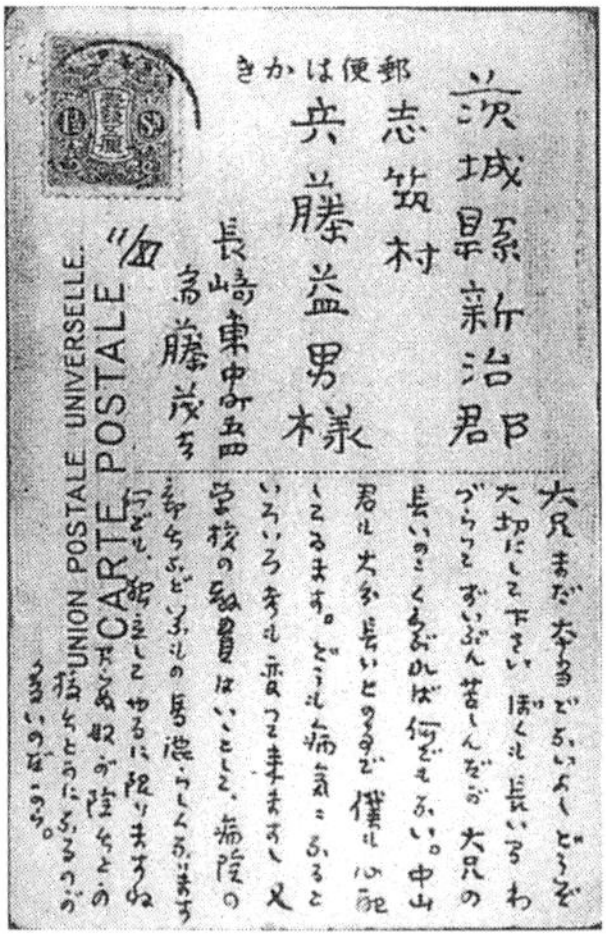

大正9年11月11日兵藤益男宛茂吉ハガキ〈全集未載〉

浦上天主堂（大正8年）

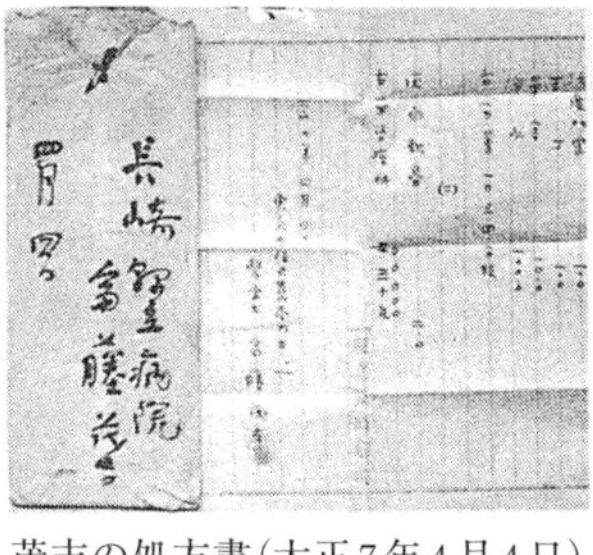
茂吉の処方書（大正7年4月4日）〈全集未載〉

茂吉夫婦のコントラスト

箱枕に添寝のピナテール

うらがなしき夕《ゆふべ》なれどもピナテールが寝所《ふしど》おもひて心なごまむ　『つゆじも』

茂吉がピナテールを詠んだ歌である。茂吉は長崎生活を送っていた頃の話を、こうのべる。

「そのころ長崎にピナテールといふ爺さんがゐた。爺さんはとほに七十歳を越えてゐたかと思はれるが、非常に古びたフロックコオト―そのフロックは油じみてもの細かい亀裂を生じてゐた―を着、大きな靴―その靴もかわかわと堅く乾いて古びてゐた―をはき、大浦の港どほりなどを歩いて居るのを見かけ見かけしたが、実によぼよぼしたものであつた。もとは商人だつたといふが、何時渡来したか、自分は余り興味もなくて過ぎたが長崎高商教授の武藤長蔵君が、切支丹系統のエキゾチズムについて研究することが好きで、（中略）或日二人は町を歩いて来て噂がたまたまその爺さんに及んだが、『これから奴つこさんのところへ行つて見ませんか』

と武藤君が云ひだしたので、私はさういふことにして付いて行つた。爺さんの家に行つてみると爺さんは留守で、雇婆さんが一人で洗濯などをしてゐた。武藤君はかまはず二階に上つて行くので、私も付いて行つた。二階に上ると廊下があつて、そこにテーブルなどが据ゑてある。武藤君がベッドに近づいたかとおもふと、吹き出すやうな恰好をして私を呼ぶので、私は行つて見た。武藤君が私を呼んだのは、私にピナテール爺さんのベッドを見なさいといふ意味であつた。ベッドには、枕が二つ行儀よく並んで居る。一つはくくり枕でこれは普通西洋人向きの男枕である。一つは朱塗りの箱枕で、これは日本婦人が徳川時代あたりから用ゐた様式のものである。武藤君はつまりこの朱塗りの女枕を私に見せたかつたのであるし、武藤君はこの女枕に一つの空想的意味を持たせたかつたのである。爺さんの委しい伝が分からぬ以上、永くただの空想的所産として残留するに過ぎないことになる。二人はその時から二回ばかり爺さんを訪ねた。二回とも爺さんは在宅であつたが、街頭でのよぼよぼに似ず、武藤君といろいろな話をした。」（「断片記」）

ピナテール（大9）

この茂吉の書いた随筆に出てくるピナテールは、ビクトル・レオポルド・ピナテールで一八四六年八月十七日、仏蘭西リヨンに出生し、文久三（一八六三）年、十八歳の時に長崎にやってきて出島五番で貿易商を営む父の手伝いをし、父の死後、貿易商のかたわらオランダ代理領事をした。

ピナテールは三十歳頃丸山の随陽亭（後の角海老）の遊女に恋をし、足しげく通ったが彼女が病死したため、失望落胆の末、せめてもの慰めにと彼女の朱塗りの箱枕を貰いうけ、自分の寝室に添いふして四十年の孤独な生活を送った人である。大正十一年一月三十日、七十七歳で没している。

茂吉はこのことに大変興味をもって、彼の寝室を無断でのぞいたのであった。「ピナテールが寝所《ふしど》おもひて心なごまむ」と詠んだ茂吉の心情も以上のような状況を明らかにすることによって、よく理解されるのである。

茂吉夫婦のコントラストに驚く

長崎において初めて二人だけの夫婦生活を味わうことができた筈であるが、いざ二人となっても生活がうまくゆかず不和が絶えなかった。

かりずみの家に起きふしをりふしの妻のほしいままをわれは寂しむ　『つゆじも』

五月十九日付中村憲吉宛書簡に「只今愚妻を精神の修養に東京に帰したり○医学の仕事も手につかずされどとて歌もつくらず、へんな生活なり」と嘆いている。

この別居生活を心配して茂吉に忠告したのが平福百穂で、茂吉もこの忠告にしたがって妻を呼びもどしたのである。大正八年十一月二十日頃、てる子夫人は長男茂太をつれて長崎にやってきた。その頃高価な品で普通の家では所持していなかったピアノがきこえるので、近所の人や学生が驚いたということである。

ところで、茂吉は勤めから帰ると、「丈の短いツンツルテンの袴をはいて、平気で街中を潤歩された。足袋のコハゼのかかっていないのを見て、町の小娘が笑うこともあった」し、このように身なりに無頓着な茂吉に対して、てる子夫人は「美しい長振袖、厚いフェルト草履、それにピアノ。長崎の地の者の眼に、驚くほど華美に映じた」ということである。（『十年会誌』第十六号〈昭和28年9月〉「桃吉〈茂吉〉先生」三平〈岡田保治〉執筆。大正十年長崎医専を卒業した同級会雑誌）

長崎東中町54　茂吉宅
（大7.4〜大10.3）

茂吉夫婦
（大9.7.26　雲仙よろづ屋）

いわゆる、古びた丈の短かい袴をはいた茂吉とどこかのお嬢《じょう》さん〈長振袖〈娘姿〉フェルト草履〈当時は東京銀座でしか見られなかった〉ピアノ〈当時の長崎では家庭用は二台しかなかったという〉〉、すなわち、乞食とお姫様のように夫婦の織りなすコントラストはあまりにも対照的であったために周囲の人々は奇異を感じたという。茂吉のもとに出入りした歌の弟子原道子さんも、私にその状況を次のように語ってくれた。「てる子夫人は二尺四寸（普通二尺）の振袖を着てその華やかさが人眼をひいたが、その長い振袖が音楽の仲間にも流行、外人仲間のダンスパーティにも出入して長崎の田舎町に異彩をそえていた」。

ジョルダン合奏団員となりてる子夫人はヴァイオリンをひき歌を唱った

てる子夫人は、外人の主宰するジョルダン合奏団に加わり、歌を唱ったり、ヴァイオリンをひいていたりしたという。この合奏団は一方では社交的な色彩をもち、団員青地キチ宅を中心として、名流夫人やその子女の社交場として華やかな存在であった。

このジョルダン合奏団の主催者カロリーヌ・ジョルダン（Caroline Jordan）夫人は、デンマークの宮廷音楽学校出身のピアニストである。同じくヴァイオリンをひく夫オーゲ・ルードウィック・ジョルダン（AAGE Ludvig）は大北電信会社長崎支店長として明治三十四年頃長崎に来て南山手十六番に居を構えたが、大正七年に病没。大正八年てる子夫人の参加した頃は、ジョルダン夫人を中心に伊藤辰一郎、青地キチ、深町秋子らが主要メンバーだった。ジョルダン合奏団の世話役をしていた伊藤辰一郎は、マンドリンをひいていたが、大正二年当時五十五歳のジョルダン夫人にヴァイオリンの教えを乞い、その後、長崎シンフォニー・オーケストラを創立し、同氏は「てる子夫人の入会されたのは青地キチ女史の紹介であった」と語られた。

この「ジョルダン合奏団の人々」の写真は、「生誕百年記念斎藤茂吉展」（昭57・3・5〜10日小田急新宿店）に提供したところ、てる子夫人が「よく見つけられた」といってびっくりされていた。てる子夫人と筆者の写真は、その時のものである。

ジョルダン合奏団の人々
左より１人目深町秋子・７人目伊藤辰一郎・９人目ジョルダン夫人・10人目青地キチ・11人目斎藤てる子夫人

茂吉を門司で置き去り夫人が一足先に帰る

茂吉は大正七年十二月二十四日一年振りに上京、あけて大正八年一月十六日、夫人同伴で長崎に帰った。この帰途門司でバナナを買いにでた茂吉を置き去りにして汽車が発車し、夫人が一足先に帰るという飄々とした茂吉の姿も語られている（右田邦夫氏談）。

生誕百年記念斎藤茂吉展
昭和57.3.7
てる子夫人と筆者

長崎アララギ歌会と『紅毛船』

長崎アララギ歌会を設立

茂吉は慣れない教員生活と休暇の少ない病院勤務（県立長崎病院精神科部長）のために疲れて、東京での旺盛な作歌活動も長崎に来てからは、すっかり衰えてしまった。長崎に在住した大正六年十二月から大正十年三月までの三年四か月の間に、十数首の歌を「アララギ」に発表するにとどまり、作歌を一時中絶したのであった。加納曉に宛て「長崎に来ても歌一首もなく、いまだ茫々乎として消日いたし居り」（大正七年一月十二日付）と報じ、その後も度々、在京の歌友に気が落ちつかぬため作歌の出来ない旨を書き送っている。

しかし、茂吉はその間全く作歌を放棄したのではなかった。短歌にはつねに関心をもち、何とか努力して作歌したい気持は充分にもっていたのである。事実、当時の手帳には歌がいくつも書きつけてあり、整理して長崎時代を中心にした歌集『つゆじも』（昭和二十一年刊）に七百六首の歌を収めている。（もちろん、手帳を整理して歌集に収録の折につぎ足した歌が多くあるが）

一方、茂吉は長崎に赴任早々の大正七年一月六日には、古町二八番地の土橋青村宅で開かれた歌会に出席した。青村は前田夕暮門下で「心響」社を主宰していた。茂吉の出席したのは心響社の歌会で、歴史家の古賀十二郎の顔もみえ、坂本紅花、西杏花らが集まっていたのである。この頃の長崎歌壇は、牧水系中村三郎らの「うねび短歌会」が盛んで、アララギ派の歌人は皆無にひとしかった。（実は前川明人氏の「茂吉余話」に中村美津波・松本松五郎の二人がいたと記述）早速、茂吉は土橋青村をアララギ準同人に誘い込み、アララギ陣営を作ろうとしたのである。大正七年三月一日付久保田俊彦宛（島木赤彦）書簡で「土橋氏御歓迎下されありがたく候土橋氏は前田夕暮門下ゆゑ、前田君ヘンな顔すべし。長崎にはアララギ専門の歌人一人も無し」と書き、青村は「アララギ」五月号の誌上から歌を発表しはじめた。それと同時に五月号には茂吉選歌欄「瓊浦《たまのうら》歌篇」を設け、小国李果、市花照子ら八名の出詠をみ、茂吉が長崎に赴いて五か月の間にアララギ派の同行者を獲得したのであった。その年の十一月十一日には茂吉宅で最初のアララギ歌会が開かれ、土橋青村、松本松五郎、原勇、中村三葉ら九名が集まり席上課題「夜」が出されて、夜十時半に及ぶ盛会をみた。その後、大正八年八月三十日、土橋青村宅にて歌会を開き、翌年五月十二日は自宅等でアララギ歌会を開いたり、同志を集めて文学活動を試みた茂吉の積極的な面を見逃すことは出来ない。

茂吉の写生論（実相観入）の確立

長崎に来てから、落ちつかぬ生活のために、「アララギ」に短歌を発表することは中絶とな

左より永山時英・古賀十二郎・大槻如電・武藤長蔵・国友鼎・斎藤茂吉（大正7年）

ったが、歌論は、大正八年になると毎月のように「アララギ」に発表し、特に写生論に精力を傾けていることは、瞠目すべきことであった。

茂吉の写生に対する考えは大正三年頃から表われ出し、五年には「活々と自己の生を写さざるべからず。『写生』の義ここに尽く」とのべ、写生は自己の生を写すことだという観念に到着したとみられる。その頃「アララギ」誌上でも、赤彦や文明らが書き、写生論議が盛んになった。大正七年、半田良平が「国民文学」（二月号）に発表した「啓蒙運動としての写生」を文明が「アララギ」四月号で駁論したことから論議が再びおこり、赤彦がしきりに写生説を展開した。茂吉はこの赤彦の写生説に駆り立てられるようにして、「短歌に於ける主観の表現」（大正八年四月号）「万葉調」（五月号）「短歌連作論の由来」（七月号）「短歌に於ける人事と自然」（九月号）等で、これらの論が、茂吉流の写生論を形づくる基調をなしていったのである。こうしていよいよ大正九年四月号の「アララギ」に「短歌に於ける写生の説（一）」を発表、その後八回にわたって写生説を展開し「実相に観入して自然・自己一元の生を写す。これが短歌上の写生である」という、茂吉一流の写生論をうちたてた。この写生論を熱中して書き継いだ時期は肺炎から恢復したのちで、喀血から療養生活を送る病中、病後にまとめられたものである。

　こうして形成された茂吉の写生論は長崎時代における文学活動の最も重要なものであった。丁度この長崎在住の大正八年八月、すでに発表していた歌論を集めて春陽堂から『童馬漫語』を刊行し、明瞭に自己の立場を示し、実相観入の説を強調したのである。

文芸同人誌『紅毛船《おらんだぶね》』の短歌を指導

　旺盛な歌論、評論活動を行なって自己の写生論を確立した長崎生活の時期において、一方では医専の学生らによる文芸同人誌『紅毛船』の短歌を指導し、幅の広い文学活動を行なったことは、長崎時代における大きい業績といわねばならない。このことは一般的には世に知られていないことであり、全集未載の文章の一部を掲げておこう。

　まず、『紅毛船』は西牟田盛健（衣川歌之助）が友人の大久保仁男（日吐男）や門司如水らをさそって作ったプリント刷の回覧誌で、第一号は大正八年五月五日に発行された。なお会員は前述の他、右田邦夫、前田毅、大塚九二生、高谷寛（絵咲三千之助）らであった。

　茂吉はこれらの人々の短歌を指導し、その選をすると同時に、その第一巻四号（大正八年八月号）から文章を掲載しはじめた。『紅毛船』は三号から活版印刷となり、内容も充実した。この『紅毛船』に執筆した茂吉の歌評、評論は、のちに単行本『童牛漫語』（昭和二十二年刊）や『近世歌人評伝』（昭和二十四年刊）に収録され、全集に入ったが、最初の単行本に収録をみ

長崎アララギ歌会の人々（大正10年）
前列（左）清水黄灯・高谷寛・茂吉・原道子・松尾千代
後列（左）前田毅・渡辺与茂平・大庭耀・立石瓊華・前田徳八郎

左より奥田童山・茂吉・三上友治（洋画家）・林源吉・永見夏汀
三上友治画伯歓迎会（永見邸にて）

なかった幾つかの歌評が、忘れられて茂吉全集に収められずに終ってしまった。

茂吉全集の後記で、『紅毛船』は未見とことわっているように、特にこの『紅毛船』は多くの人の眼にふれることが少なかった。幸いに筆者は、永島正一氏の御厚意により全巻を閲覧することができたのである。

茂吉は写生論を「アララギ」に発表していた同時期において、一方『紅毛船』にも十回にわたって評論を書き、写生論の具体化された意見が、この医専の学生の歌を懇切に批評した文章にもみられ、茂吉の写生説を理解する上で重要な手がかりを提供するものと思われる。紙面の都合でほんの一部を掲げよう。

歌評　　斎藤　茂吉

憂愁の鐘の音渡りぬ永劫に恨みつきざる鐘の音渡りぬ（紫水氏）

「憂愁」「永劫」などの漢語「恨みつきざる」の主観

語は、あまり力瘤を入れすぎて、書生肘を張るの相で女性の歌らしくない。又何の為めに「恨みつきざる」のか一寸分りかねる。「鐘の音わたる」の「わたる」も「鳴りわたる」と云ふ方が順直だが、たゞ「わたる」場所を云はねば、言葉が曖昧になつて来る。かういふ力《りき》んだ歌を作らなければ歌に深味が無いやうに思ふかも知れんが、もつと平淡で単純なもので佳作はいくらでもある。力んで深さうに見せかけるよりも素朴に平淡に、ありのまゝに流露せしめるやうに心がける方がよいではあるまいか。僕は歌評を書くのは何だか息張《いば》つて居るやうで厭だと云ふけれども編輯者《へんしふ》は僕を歌の大家だと云ひ、「大家」といふ褒め詞で、たうとう僕に如上の評を書かせた。現世は面白いではないか。

（八年・九・一六）

このように未熟な学生に対して、細かにその欠陥を指摘し、懇切丁寧に指導しているのである。

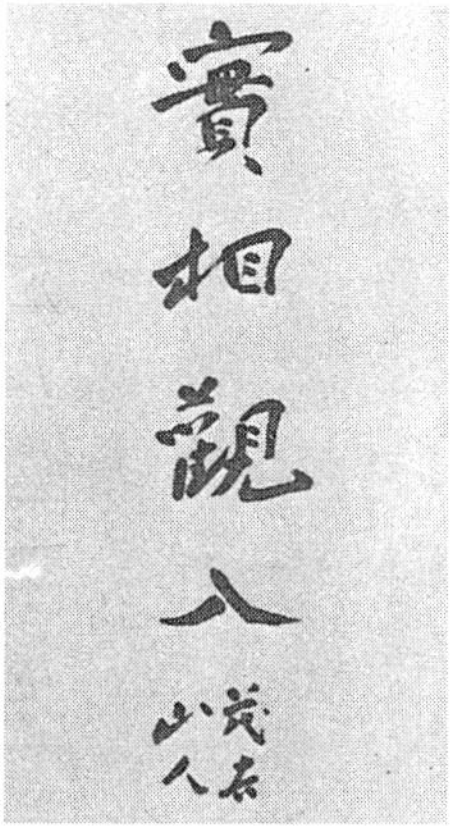

長崎時代に確立された写生論
「実相に観入して自然・自己一元の生を写す」

『紅毛船』
第一巻四号
（大正８年８月号）

◎茂吉のヨーロッパ紀行

船旅四十日間

留学の準備と静養

茂吉は大正初年頃から、留学をひそかに計画しており、その準備を進めていたが、出発が遅れている間に大正三年七月、第一次世界大戦が始まり、八月に日本も大戦に参加し、ドイツに宣戦布告をしたため、茂吉のドイツ留学は延期のやむなきにいたった。同級生等大半も留学し、多くの研究業績をあげていたので、医学上の業績をもたない茂吉は、つねにひけ目を感じていた。しかし、留学すれば、新しい医学の研究もでき、学位もとれるという気持をもっていた。事実、学位をとるには留学が一番の早道であった。

ところで、長崎医学専門学校は官立であるから、教授は順番で、官費の補助をうけながら留学できた。茂吉も順番を待てば官費での留学ができたのであった。

ところが流感、肺炎で倒れ、続いて肺結核を患い、学校、病院を半年近く休んでしまったし、その間、校長の交代もあった。茂吉は西欧への留学熱がさかんであった当時の情勢を身に感じながら、焦慮していたものと思われる。ついに病気療養中でありながら、自費留学を決意したのである。さらに拍車をかけたのは文学を軟弱なものとして排斥する山田基新校長を嫌ったこともある。

そこで、長崎医学専門学校を退職することを決意し、満三年四か月、住みなれた長崎の地をあとにした。

長崎をわれ去りゆきて船笛の長きこだまを人聞くらむか

長崎より東京へ帰った茂吉は、父や兄弟親戚に留学のあいさつをするため、郷里金瓶に赴いた。父との相見はこの時が最後となった。一週間滞在して帰京したが、まだ結核が完治していなかったので、八月五日長野県富士見町原ノ茶屋、名取才吉氏隠宅を借りて九月始めまで静養

富士見高原名取宅静養
（大正10年８月）
（左）名取才吉（右）茂吉

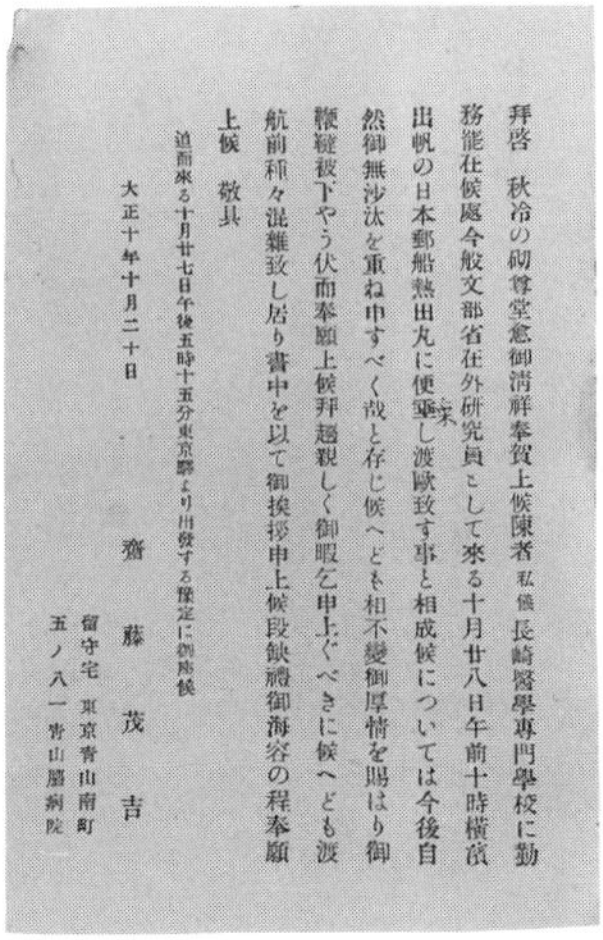

拝啓　秋冷の砌尊堂愈御清祥奉賀上候陳者私儀長崎醫學專門學校に勤務能在候處今般文部省在外研究員として來る十月廿八日午前十時横濱出帆の日本郵船熱田丸に便乗し渡歐致す事と相成候については今後自然御無沙汰を重ね申すべく哉と存じ候へども相不變御厚情を賜はり御鞭韃被下やう伏而奉願上候拜趨親しく御暇乞申上ぐべきに候へども渡航前種々混雜致し居り書中を以て御挨拶申上候段缺禮御海容の程奉願上候　敬具

追而來る十月廿七日午後五時十五分東京驛より出發する豫定に御座候

大正十年十月二十日

齋藤茂吉

留守宅　東京青山南町五ノ八一　青山腦病院

茂吉渡欧留学のあいさつ状
（大10.10.12）

した。その間、取材した作「山水人間虫魚」五十首（「中央公論」9月）を発表し、歌壇の注目をあつめた。

高原に足をとどめてまもらむか飛騨のさかひの雲ひそむ山
山ふかき林のなかのしづけさに鳥に追はれて落つる蟬《せみ》あり
わがいのちをくやしまむとは思はねど月の光は身にしみにけり

この一連の歌は歌集『つゆじも』に収められたが、歌集を代表する作品となった。

船旅四十日間

茂吉は、大正十年十月二十七日、東京を発って横浜港から船でヨーロッパに向かった。日本郵船熱田《あつた》丸である。（まだ旅客機は無かった。）横浜から神戸・門司・上海・香港・シンガポール・マラッカ・ピナン・コロンボ・スエズ・マルセーユが当時の航路であった。

茂吉の手帳をみると、「一等客ト二等客ノ間ニ、デッキビリアードノ競技アリ、二度勝」「夜食後将棊《しやうぎ》ヤリ一勝一敗。」「ゴルフヲナス。勝」などの記事があって、船旅の退屈しのぎの一場面が記されている。

茂吉が船中で同室になった一行は、薬師寺主計、庄司義治、神尾友修《かんおともよし》氏らであった。とくに神尾氏は一高、東大医学部と茂吉の同級生である。茂吉は船が上海、シンガポール、コロンボ等へ着くたび上陸して、神尾氏の紹介で三菱支店長に案内して貰い御馳走になったそうである。茂吉と同行した神尾氏は「失策はいくつも斎藤君がやるので同室の吾々は退屈するという事がなかった。」とつぎのような茂吉失敗談を語っている。（昭40・5・4訪問、『友修一代』による。）

婦人トイレに入って怒られる

門司で上陸して耶馬溪を二人で見、翌日出船した朝のこと、便所へいった斎藤君は「毛唐《けとう》にどなられた」と云ってかえって来た。聞くと君が用便中、イギリス婦人が外から頻りに戸をたたく。内からノックしても止まらずに叩いてどなる。その英語が分からんからそのまま用を足して出て来ると、婦人から嚙みつくようにどなりつけられたというのである。あとで事務長が来て、「先生、婦人便所には入らんで下さい」と注意された。ということがあった。

茂吉駱駝《らくだ》から落駝《らくだ》した

同行の庄司義治氏（東大名誉教授）の話。

熱田丸という小さな船が欧州初旅の吾々を乗せて横浜を出帆したのは四十年前の大正十年十月二十八日であった。十一月五日、上海に着いた時、日本では原敬首相が暗殺されたと言う悲報を聞いた。船が香港からシンガポールに進むに従って、船内の交友は密になったが、私とよ

渡欧途次エジプトのピラミッド前にて（大正10年12月７日）
左より薬師寺主計・茂吉・庄司義治・神尾友修。茂吉は、らくだに乗るときころげ落ちる。

く行動を共にしたのは仙台の高等学校の先生である小池堅治氏、青山脳病院の斎藤茂吉氏、陸軍省経理局の薬師寺主計氏、そして耳鼻科の神尾友修博士であった。十二月七日の日記には「この日はこの航海の遊覧の中で最も珍しく、又最も得意とする日となつた」と書いてある。

長い航海の間一番の楽しみは上陸見物である。船に帰るとすぐ次の上陸、次の見物の計画と期待に明け暮れしたもので、紅海の一日はエジプト見物が話題の中心になった。千古の謎スフィンクス、数千年の遺物ピラミッド、駱駝隊商の列をなす茫漠たる砂漠、旅人の胸を躍らせる大物である。ところが見物は容易ではないと事務長から聞かされた。旅券に特別の裏書がなければスエズから上陸することは許されない。前の航海の時も裏書のない為に追い返されたと言う。ピラミッド見物の希望者は二十名に近かったが、誰も特別の裏書を持っていなかったのでこの話を聞いて全部断念した。

船が十二月七日未明、スエズに投錨すると案内人が来たので話してみると更に一つ悪い条件がある。エジプトは目下反英の空気が濃厚でいつストライキ、暴動が起こらぬとも限らない。途中で進退きわまる事もあるだろうと言う。カイロ行は危険だという。それだけ聞いても断念しなかったのが次の六名であった。斎藤茂吉、神尾友修、薬師寺主計、庄司義治、Mc. Grgor姉妹。

決死！は大袈裟だが、事務長及び友人に見送られ、小蒸気船で本船を離れる時は悲壮な気持であった。

ところがスエズの旅券査証も無事に通過し、汽車は果てしなき砂漠を見つつ北走し、イスマイリアから西へ、ザガジグから南下して、午後一時頃カイロに到着した。暴動にもストライキにもあわず、自動車でナイルを渡ってGuizeh《ギザ》のスフィンクスの前に駱駝のクツワを並べた四勇士の得意面の写真がこれである。

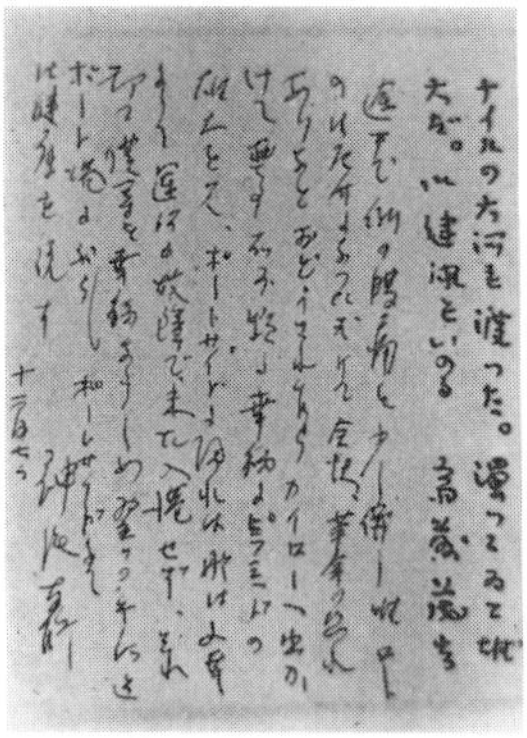
神保孝太郎宛ハガキ
茂吉と神尾友修の寄せ書き
（未発表）（大10.12.7　ピラミッド見物の帰り）

向かって右が神尾友修君で続いて庄司、斎藤茂吉、薬師寺である。吾等の後方にそびえるは高さ四八〇呎《フィート》、その底面積七四六平方呎という。Kheops《クフ王》ピラミッドで十万の人夫、二十年の労力でできた三千年前の古物である。四十年前の写真ではあるが、私の所にだけ残ったこの一葉は、当時の追憶であるばかりでなく、その後四十年の心友のかたみである。

とくに、この時の思い出は、駱駝に乗ることをすすめられ、乗る時に現地人から注意されたけれども通訳係の僕にも分からず、そのまま乗った所が、駱駝は尻の方から足を立てるので、前の方へはねとばされる、その注意だったらしい。その時は斎藤君だけが駱駝の頭を越えて落ちてしまったのを覚えている。

茂吉は、落馬ではなく、落駝《らくだ》したのだ。この失敗談は、同行の人々によっていろいろ語られているということであった。

コラム⑨　宮本武蔵は卑怯者

渡欧の熱田丸が十一月二日朝門司に着き、中村憲吉が餞別に呉れた『宮本武蔵』の本のことを思い出し、巌流島《がんりゅうじま》見学に行った茂吉は、次のようにのべている。

「慶長十七年の二人の勝負の時には、辰《たつ》の上《じゃう》刻《こく》までに両名とも島に到着すべき約束であったのに、武蔵は故意に時間を遅らせ、巌流をして非常に待ちあぐませてゐる。そして巳《み》の刻《こく》過ぐる頃 漸《やうや》く島に着いてゐるから、巌流の気を三時間もいらいらせしめてゐる。それから武蔵が島に着くや否や巌流が怒つてなぜ時間に遅れたるかをなじるに、武蔵はそんなことは聞えぬといふ振りをしてゐる。それから、巌流が益々《ますます》太刀を抜いて鞘《さや》を海中に投じたのを武蔵は冷笑して、小次郎既に負けたりなどといつてゐる。これは一種の気合《きあひ》であり、暗指《あんじ》であり、此処に至つて巌流はもはや闘はぬ先に精神的に負けてしまつてゐる。（中略）巌流は、はじめから武蔵の術中に陥つた。」

とし、武蔵を卑怯者とする思いをのべている。

留学候補地ハンブルク

第一声―美人・美人

茂吉は、大正十年十月二十七日、東京を発って、二十八日十時、横浜港から船でヨーロッパに向かった。日本郵船熱田丸である。横浜↓神戸↓門司↓上海↓香港↓シンガポール↓マラッカ↓ピナン↓コロンボ↓スエズ↓マルセーユが当時の航路であった。こういった港々に船が停泊するので、その都度上陸して町を見物し、ショッピングを楽しむことができた。また、この船旅をつぎのように歌う。

十一月十日。香港

海岸はさびしき椰子《やし》の林より潮《うしほ》のおとの合ふがに聞こゆ

十一月十五日。新嘉坡

赤き道椰子《やし》の林に入りにけり新嘉坡《シンガポール》のこほろぎのこゑ

十一月二十四日。セイロン・コロンボ

コロンボのちまたの上に童子《どうじ》等が独楽《こま》をまはせり遊び楽しも
十二月七日。エヂプト
ピラミッドの内部《ないぶ》に入りて外光《ぐわいくわう》をのぞきて見たりかはるがはるに
十二月十四日。マルセーユ
朝さむきマルセーユにて白き霜鉽力《ブリキ》のうへに見えつつあはれ

大正十年十二月十四日八時半にフランス国マルセーユ港に到着し、上陸した茂吉は、「寒サヒドク　白霜深シ　向ウノ山、冬ガレ、岩石多ク、日テル。」と記す。医学研究のために出発した茂吉は一か月半の船旅が終わって、ヨーロッパに無事上陸したのであった。

一高・東大の同級生神保孝太郎氏に神尾と茂吉が寄せ書きしたハガキ（全集未載）がある。

漸くマルセイユへ上陸しました。途中胃がわるくて困りましたが、昨日上陸したら現金によくなつて昨晩から腹がすいて困る位、殊に丈の小さい愛嬌のあるしかも親切な美人を見て、すつかり機嫌よくなりました。今日これから巴里へいつて三つ程見物してからすぐ伯林《ベルリン》へ参ります。

奥さんによろしく　　　友修
兎に角フランス美人とも会つたし幸に無事だ。神尾と一しよで非常に忝い。これからも一

体一しよだ。奥さんにもよろしく。奥さんぐらゐの美人がマルセーユにゐる。体格大でなくて都合よし、大に寒い

十二月十五日朝　　茂吉山人

ヨーロッパ上陸第一声が「フランス美人・美人」である。パリからドイツのベルリンに行き滞在、留学地第一候補のドイツのハンブルクに向かったのは十二月二十七日のことである。

百万円相当の金、ゴッソリ盗まれる

茂吉は、留学地をハンブルクときめて恩師呉秀三教授からハンブルク大学のワイガント教授宛ての紹介状を持参していた。東京を発つときの計画は、ハンブルク大学のワイガント教授の指導をうけて研究をしようという心ぐみであった。ワイガント教授のもとで研究をした日本人留学生は一人もいなかったので、その最初の研究生となろうとしたことを自ら茂吉はのべている。また、義父紀一が、明治三十五年に留学の折に世話になった老川茂信氏が住んでいた。紀一から老川氏への伝言も

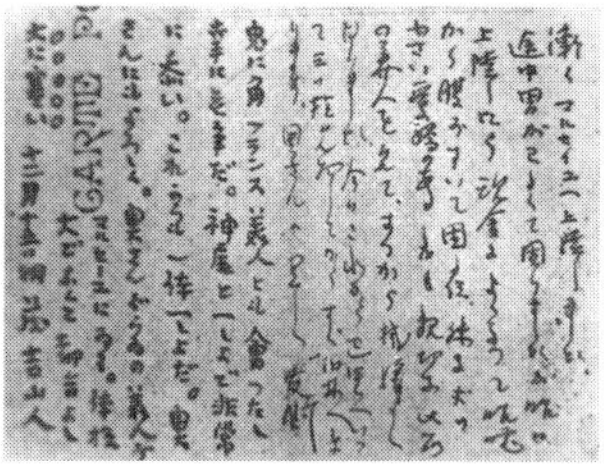

神保孝太郎宛神尾と茂吉の寄せ書きハガキ
(大10・12・15　全集未載)

ドイツ国ハンブルク市街

たずさえていた。そこでまず、ハンブルクの老川氏を訪ねた。

十二月二十七日、午後五時六分、ハンブルクの駅に着いた茂吉は、老川氏の出迎えをうけた。老川氏は茂吉のために、横浜正金銀行支店長の平野氏、ハンブルク総領事大野守衛氏、友人の永野氏らをも請待して、夫人も一緒に晩餐をとった。食後、別の部屋で果物を食べ、日本の番茶を飲みつつよもやまの話を聴かしてくれた。

「それから今後大学の教室に入つて勉強しようとするには、とにかくそこの指導教授に会つて見ねばならぬといふやうな話、研究も私の父などの留学時代よりも只今は面倒になつて、教授が余り世話をしなくなつたといふ話、それから泥棒に会ふ話、それから掏摸《スリ》の話、この泥棒と掏摸は外国に来たての人はよく出逢ふから要心すべき話、ホテルのエレベーターに乗つてゐて、出しなに眼前にぽーんと財布が飛んだ。それを拾つて見ると、中味のない自分の財布であつたといふ話、ついこのあひだも、ハンブルクの第一流のホテルで外交官の一人がカバンぐるみ泥棒に会つた話、日本の掏摸もさうだが、向うを向きながら為事をする。手品と同じで、正面からではどうしても分からない。滑稽で為方がないことなどもあるといふ話、さういふ盗難の実話を沢山に聴いた。これははじめの動機は必ずしも、お上りさん式にぽかんとしてゐる私への注意のためのみではなかつたであらうが、結果としてはおのづと私のための注意といふことになつた。

翌廿八日、朝十時に起きた。朝食をすませて、横浜正金銀行ハンブルク支店に行つた。兎に角二千円だけを英貨ポンドの信用状を作製してもらつた。銀行では計算の明細書と、それから牡丹色の美しい皮の紙入を添へ、その中に信用状（パスポート）を入れて呉れた。
そのほかに私は東京を立つ少しまへに入つた印税と原稿料三百円余、これは現金であつたが、為換相場がしじゆう変るから、今しばらく現金の儘で持つてゐたら好からうといふ注意もあつたので、この方はその儘にして、平野氏から独逸の話などいろいろ聞いてゐるうちに、午がとうに過ぎた。（中略）宿へ帰つて来た。やれやれ好かつたと思ひ、これから東京の父のところへ通信をしよう、老川氏の厚意をも書記してやらう、さうおもつて内隠しの信用状を取らうとすると、信用状は無い。はて、をかしい。確かにあの時内隠しに入れたに相違ないが、まさか汽車中で盗まれた筈はない。」（「盗難記」）

ハンブルクとベルリン間の車中で茂吉は信用状と現金三百円余がそっくり盗まれたのである。翌日二十九日朝、ベルリンに住む親戚の前田茂三郎氏を訪ね、盗難にあったことを報告、盗まれたお金は、少なくとも茂吉の一か年分の滞在費に相当、現在の価値に換算すれば百万円位に相当する金である。前田氏は、高い謝礼金付の新聞広告でも出したら、或いは取り戻すことも可能かと考え、「伯林《ベルリン》昼間新

前田氏と同居したベルリンのロスト家

ベルリンで世話になった前田茂三郎

聞」にのせた。信用状を拾ったという婦人が大使館に現われた。現金だけ盗み、信用状は旧宮殿広場にある博物館の石段の上に棄てたものらしかった。幸いにも信用状が十二月三十日に一人のドイツ婦人に拾われて届けられ、三千五百マークの謝金で解決したのであるが、茂吉はすっかりしおれていた。この盗難事件によって心に痛手をうけた茂吉は、ハンブルクへの留学もドイツ国への留学も気味悪くなってしまって、一夜熟慮の末、オーストリア国ウィーンで勉強することを決心して、すでにウィーン大学に留学していた長崎医専の同僚笹川正男氏に世話を頼んでウィーンに向かったのであった。

この盗難事件によって急速に親密になった前田茂三郎は、茂吉がウィーンへ発つまでを自分の下宿先ロスト夫人宅に同居させ、茂吉を慰めるためにカフェ、キャバレ、バア、輪舞《ランゲン》というエロ劇場までつれていったということである。（昭和39年2月2日訪問）茂吉は次のように詠む。

大きなる都会《とくわい》のなかにたどりつきわれ平凡《へいぼん》に盗難《たうなん》にあふ

ウイン・ギュルテル通り――小一時間の接吻

ウイン大学神経学研究所へ留学

ウィーンの第一歩より君のみなさけをわれ蒙《かうむ》りぬ忘ると思ふな

「君のみなさけ」とは、笹川正男氏で、茂吉は、この笹川氏の世話でウイン大学神経学研究所へ留学でき、大正十一年一月十三日、ウインに赴いた。ウインには、南駅、西駅、フランツ・ヨゼフ駅があるが、もっともウイン大学に近いフランツ・ヨゼフ駅に茂吉は着き大学のすぐ近くのホテル・フランスに宿泊する。

Droschke《ドロシュケ》といへるに乗りてわれ行けり石畳なる冬の夜のおと

駅からホテルには「ドロシュケ」と呼ばれる馬車にのっていったことが詠まれているが、この馬車は、今では（筆者が留学した昭和五十年代をさす）観光客をのせて電車や自動車の間をテクテクと歩いているといった感じで見られた。この茂吉の泊まったホテル・フランスはショッテンリンク通りに現存し、バロック風の建物がなつかしさを感じさせた。

一月二十日、研究所を訪ねて所長マールブルク教授に会い、指導をうけることになった感動を茂吉は次のように歌う。

大きなる御手無造作《みてむざうさ》にわがまへにさし出されけりこの碩学《せきがく》は
けふよりは吾《われ》を導きたまはむとする碩学《せきがく》の髯《ひげ》見つつ居り
おぼつかなき墺太利語《オーストリご》をわが言ひて教授のそばに十分間ばかり居《を》る
はるばると来て教室の門《もん》を入る我の心はへりくだるなり

また、初代所長のオーベルシュタイネル教授の指導をうけた。茂吉は「背丈のひくい、七十を幾つか越えた老翁であるが、私どもに向ふ態度には無量の慈愛が籠つてゐるように見えた。私はいつもその態度に感謝し、心がひどく引きつけられた。」とのべる。

この研究所は、茂吉の恩師呉秀三先生が二十年前に留学したところであった。

神経学研究所には、日本人の留学生が茂吉を入れて六名いた。それは小関光尚、内藤稲三郎、斎藤真、西川義英、久保喜代二である。ここに入った研究生は、みなマールブルク教授から組織病理学的研究（顕微鏡的研究）のテーマをもらい、茂吉は研究テーマ「麻痺性痴呆者の脳図」を得てしきりに顕微鏡をのぞいて研究に専念し、また一方、シュピーゲル医師からは実験生理学的研究（動物実験）のテーマ「植物神経中枢のホルモンによる昂奮性」についてウサギを使った動物実験の二つをやることであった。当時、同僚であった久保喜代二研究生の談話（明28年小樽生れ・一高・東大・北里研究所・慶応、チュリーヒ大をへて大10年ウイン大へ留学・著者は昭40年5月16日訪問）によると「神経学研究所は出勤は自由で別に監督されていない。朝は十時頃出かけ、夕方五時頃帰るのが普通であった。昼には一緒にレストラン・シュワイツ・スパラニエルに行ってカツレツ・フライなどをライスをつけて頼み、ビールを飲んで食事をした。ウインの夕食は遅く七時頃であるが、レストランの隣りにあるカフェによく一緒にいった。また玉突きなどもよくした。

ウインは戦前五十銭で一マルクの相場だが大正十二年頃は一兆マルクに両替されるという大暴落をみた。久保氏は「実に戦争に敗れた（第一次世界大戦）国のみじめさを知りました。ウインは金持ちの都でしたが、今は（大10年12月）一番貧乏な首府になつてしまひました」と母へ書簡を送っている。茂吉も中村憲吉に宛て「ただ物価たかく、クロネの相場下り、戦前四十七、八銭のものが只今、三毛か四毛に御座候」（大正11年2月2日）と記し、オーストリアやドイツ国の大暴落が報告されている。これは日本の留学生たちにとっては困ることではなく、現地の人より、よほどの贅沢ができた。

ウイン　茂吉の泊ったホテル・フランス

ウイン大学神経学研究所所長オット・マールブルク教授

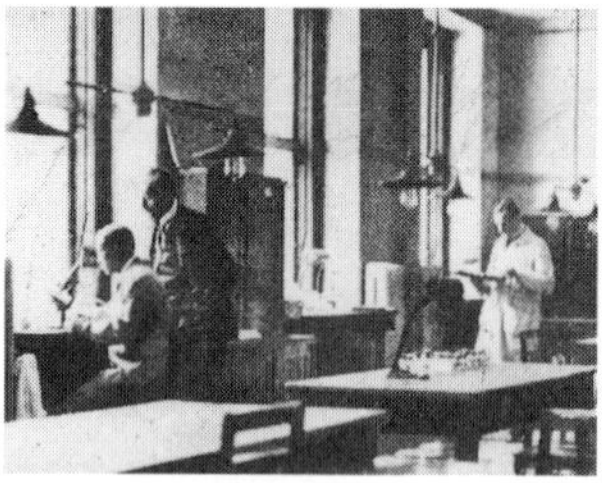

ウイン大学研究所　左窓ぎわで顕微鏡をのぞく茂吉、うしろマールブルク教授

小一時間の接吻

茂吉はある夏の夕に、ウイン・ギュルテル通りを歩いていた。そのとき出会った「接吻」の場面を次のように書く。

歩道はやや寂しくなつて人どほりも少い。闇のいろはおのづから濃くなつたけれども西方の空には、まだ淡黄の光を再び絹ごしにしたやうないろが、澄み切つた蒼い空のいろにまじつて残つてゐる。

そこの歩道に、ひとりの男とひとりの女が接吻をしてゐた。

男はひよろ高く、痩せて居つて、髪は蓬々としてゐる。身には実にひどい服を纏《まと》ひゐる。うつむき加減になつて、右の手を女の肩のところから、それから左手は女の腰のへんをしつかりおさへて立つてゐる。（中略）

僕は夕闇《ゆふやみ》のなかにこの光景を見て、一種異様なものに逢着したと思つた。そこで僕は、少し行過ぎてから、一たび其をかへり見た。男女は身じろぎもせずに突立つてゐる。やや行つて二たびかへりみた。男女はやはり如是《によぜ》である。僕は稍《やや》不安になつて来たけれども、これは気を落付けなければならぬと思つて、少し後戻りをして、香柏の木かげに身をよせて立つてその接吻を見てゐた。その接吻は、実にいつまでもつづいていた。一時間あまりも経つたころ、僕はふと木かげから身を離して、いそぎ足で其処を去つた。　ながいなあ。実にながいなあ。

ウイン・ギュルテル通り（大11・5）
「接吻」をみた通り

ウイン大学神経学研究所玄関前（大12・5）　左より２人目久保喜代二、４人目茂吉

かう僕は独語した。そして、とある居酒屋に入つて、麦酒の大杯を三息《みいき》ぐらゐで飲みほした。そして両手《もろて》で頭をかかへて、どうも長かつたなあ。実にながいなあ、かう独語した。そこで、なほ一杯の麦酒を傾けた。そして絵入新聞を読み、日記をつけた。僕は後戻して、もと来し道を歩いたときには、接吻するふたりの男女はもう其処にゐなかつた。僕は仮寓にかへつて来て、床の中にもぐり込んだ。そして、気がしづまると、今日はいいものを見た。あれはどうもいいと思つたのである。

このように路上に接吻して動かぬ男女の立像を小一時間も物陰から観察する茂吉である。「ながいなあ。実にながいなあ」という嘆声は深い感動をよびおこさせる。そして家に帰り、床に入って「今日はいいものを見た。

あれはどうもいいと思つた」という茂吉の姿には、留学生の沈うつな心象の陰影をみるようである。茂吉の「生」に対する執着心、特異性が、とくに右の文章の中から「茂吉の体臭」としてただよってくるのである。

私（筆者）は留学をして、夏のウィーンを訪ね、カメラをさげてこのギュンテル通りを歩いた。どこか接吻でもしている男女の光景をフィルムにでも収めておこうと思ったからである。あるビルの片隅を通っていた私は、ポーンという音にハッとした。音のした方をよく見ると、若い男女が腰を下ろし、向かい合って接吻から離れた音であったのである。あまりの音の大きさに驚いた。決して誇張している訳ではない。シャンペンでも抜いたような、実に爽快な音とでも言っておこうか。まさか茂吉のみた六十年前のように、この通りで接吻の音に驚くとは思ってもみなかった。私は茂吉流に言っておこう。

「あの音は、実にいい、あれはいい音であつた」と、いまでも私の耳底にじーんと沁みついているのであった。

ウイン娘と小旅行

日本人会で歌会――二等賞

はるばると Wien《ウイン》 三界にたどり来て交合らしき交合をせず　（茂吉作）

互選の結果、運好く二等賞に入り、ウイン製の万年筆を褒美《ほうび》に貰った歌である。ウイン滞在の留学生が中心で毎月一回位、日本人会が催されていた。参会者は留学生のほか、旅行者、ウインに立ち寄る大学教授、級友、先輩の視察者をも交えていて、講演をすることもあった。茂吉は随筆「歌会」の中で「大正十一年のある月に、幹事のきも入れで、歌会を開くことになつた。歌は三十一文字のものであるが三十一文字の出来ぬものは、俳句でもよく、狂句・川柳のたぐひでもよかつた。集まつたものは、作者名をかくして互選し、高点者には賞を呉れた。さうして終りに、僕が歌人だといふので、総評をして呉れといふことであつた。」とのべ、「留学生の滞在も入りかはり立ちかはりするので、僕の歌もいつの間にか忘れられ、日本人会の記録をのぞく人がこれをウイン通過の話題とするに過ぎなかつた」と書く。また、大正十一年三月

ウイン在住日本人留学生
（ホテル・ザッハ　大11・12）

オペラ劇場のカフェ

現在のホテル・ザッハ

三日「ゆふべ Hotel《ホテル》 Sach《ザッハ》 にて日本人会を開く」と詞書して、

ひむがしの国のはらからあつまりて本《もと》つわが国祝《ほ》ぎあひにけり

と詠まれている。掲載の写真にも、日本留学生との懇親会とし、大正十一年十二月、ホテル・ザッハと注記がある。この写真の中にはウイン大学神経学研究所のマールブルク所長、シュピーゲル医師、ブリック学長、ポーラック医師、シック教授らの顔もみえる。会場はケルントナー通りの国立オペラハウスの脇にあるホテル・ザッハがしばしば利用されていた。

ウイン娘と小旅行

茂吉はウインでは、町に出てはカフェ・ビクトリアにおいて老翁と娘の逢引を見たりしていたが、税関と呼ばれるEliseという女と逢ったりしてウイン娘を知るのである。税関という呼び名は、日本人専門の安売春婦のことで、以後茂吉も幾度か税関の許へ通った。

茂吉は、美しい肌に粗服を着て朝早く事務所に通う若い女を見るとちょっと哀れな気がする。ウインは美人の都をもって鳴ったもので、小巴里《パリ》などといっていたところであると書いているが、開放的な都市でもあった。茂吉のウイン滞在中には、多くのウイン娘と知り合い、ともに小旅行をした娘も何人かいる。

ウイン西方のヴァッハウ地方に遊んだ折も「照り透る日光を浴びて」「僕と娘は二人して林中に入つて行つた」（「蟆子《ぶよ》」）と書き、ウイン南方ラクセンブルグに旅した折は、ウイン娘の姉妹に案内してもらい、「二人はまばゆい日光を浴《あ》びながら弁当を食べた。そのとき妹娘がひよいと立つて草野の中に行つたかと思ふと、いい恰好《かつかう》をして踊り出した。舞踊は暫《しばら》くつづいた。僕は不思議にしてゐると『うちの妹は踊子なんですよ』かう姉娘が説明してくれた。つまり妹は、渡世《とせい》にしてゐる踊をば、舞台のうへでするかはりに今日は五月の花野のうへでしたのであつた。」（「をどり」）、また「ウイン生れの碧眼明色の娘と、しぼり立ての牛の乳を飲み、二人はたいへん仲好くなつてゐる」（「採卵患」）ゲゾイゼの朝のことが描かれている。この他、カフェの卓の一週で、千円紙幣で鶴を折って飛ばす娘、帽子に黒の紗を垂らし、留学生に「喪章」と呼ばれる清瘦《せいそ》な娘、赤い頬をした小づくりでひきしまった体の新鮮な娘等が「滞欧随筆」に現れてくる。また友達が茂吉に世話した女とフェスラウ温泉に宿泊する。茂吉の女は仕立屋の娘（二十七・八歳）で、友人の女の姉。その夜は南京虫に襲われ、胸苦しくなって大変であった。「小生の如き者が女など連れて遠足したので、こんなことになつたのかも知れず」と前田茂三郎氏に報告している。またステッキガールミッチという女性とも小旅行をしていることが友人宛の書簡に書かれている。

　これらウインの娘たちは、苦しい研究の余暇にかいまみた女性に過ぎなかった。彼は医学研究に専念し、その成果を求めていた時である。だが苦しい研究に取りくむ自分をみじめに感じたに違いない。救いを旅の自然の中に求めてゆく茂吉、そこに健康な娘が現れ、あるいは行をともにする。それらの中に茂吉の叙情の契機が求められ「滞欧随筆」が生まれてくる。しかし、娘たちとの間にはロマンは生まれなかった。だから路上で一時間以上も接吻をしている女に目をみはるのである。

　また、「オットウ・ワイニンゲルも、ジグムント・フロイトもアルツール・シュニッツレルも、維也納《ウィン》の空気を吸つてゐたといふことは面白いことだ。ああいふ空気を吸つて居れば、女人を抜きにしては生きられまい。『いつたい女てやつは、共泣《ともなき》をしやがるものだ。共笑《ともわらい》をしやがるやうに』などと云ふのも、それから、『それ女人《にょにん》は、常につゆさびしからず。ゆゑは、女人はさびしさの哀《あはれ》をも、恐《おそれ》をも知らざればなり』などといつてゐるのも、女人を当《あて》にせなければ云へない言葉である。フロイトのLibido《リビド》の説は、つひにレオナルド・ダ・ヴィンチの女の『微笑』にまで及んだ。僕が、シュニッツレルの『輪舞』を見たとき、伯林に於てよりも、維也納《ウイン》に於てが、ときに胸をぞくぞくさせた。これは『空気』でなくて何であるか。」（「寸言」）とのべている。

茂吉は数多くのヨーロッパの娘たちと接触し、行を共にしながらも、結局は自己を救い得なかったのであろう。「西洋の女は一しよに居れば、交合など骨折つてやるし、味もいい相ですが、それだけ多情であるのは確かでせう」（前田茂三郎宛書簡）と記すが、肉体的にしか捉え得られなかった茂吉の女性観に対する一つの証しとなろうか。茂吉には、ウイン生活の頃、前田茂三郎に宛て「写真機の役立つのももうしばらくですからそれまで少しうつします。小生のやつた女の像でもそのうち御おくりします」（大正十一年九月十六日）といった実証性を示す書簡

シュワルツ・シパーニエル料亭
唐沢光徳博士招宴
ウイン在住医学留学生
前列左３人目茂吉（大11・10）

ウインの森のコペンツルの丘

ウインの森

（未発表）もある。茂吉は医者である。それだけに露骨に性の表白がなされているし、また不自然さを感じさせない。これが茂吉の流儀でもあった。

豚の児をヒイヒイ啼かせ縁起を祝う

ヨハン・シュトラウスのワルツで知られるウインの森は、ウインの北西から南にかけてつらなる緩《ゆる》やかな丘陵地帯である。レオポルツベルク（四二三メートル）カーレンベルク（四八三メートル）ハーマンスコーゲル（五四二メートル）などの丘がつらなる。茂吉は大正十一年（一九二二）の大晦日《おおみそか》をカフェ・アトランチスですごしている。久保田俊彦宛（赤彦）書簡に「昨晩はCafé Atrantisといふところに五萬クロネの入場料を出していつた。大した男女だ。夜の十二時になるのを合図にProsit Neujahr!をやつた。ヒイヒイ啼くものがあるから何かと思ふと豚の児を連れて来てヒイヒイ啼かせてゐるのだ。その男に幾らか呉れて撫でてやつて縁起を祝ふのだ。へんなものだ。けふは一人でコペンツルの山上に来た。ウインには一面に霞がかかつて、まるで春だ。山上で静かな元旦をしたわけだ。」と記している。大正十二年一月一日はコペンツルの丘に行って元旦を静かにすごしたことをのべ、豚の児をヒイヒイ啼かせて正月を迎えている。

二か月ぶりの入浴——下宿生活

マルガレット浴場の中にあたたまる二月《ふたつき》ぶりの入浴にして

大正十一年、ウイン留学中の一首である。この歌のことは、「十月廿一日は土曜で、寒い日であつた。（略）午後、マルガレット浴場に行つて入浴した。二月半ぶりで湯に入つた」（滞欧随筆「雑語」）と書かれている。

ウインの住居は、他のヨーロッパ諸国と同様におよそ石造りの集合住宅であるので、市民のかなりの人々は、数百年経った石の住宅に住み続けている。したがって、個室のバスやシャワーはほとんど無かった。市営、民営の公衆浴場（バス、シャワー）を市民は利用している現状である。そこで毎日入浴できない人々はどうしていたか。茂吉の滞欧随筆の「探卵患」の中に女の行水を眺めたところが書かれている。それは冬のある三晩、ウイン娘をつれてゲゾイゼの渓谷に旅行したときのこと。到着の翌朝、茂吉が娘の部屋を訪ねると、娘は身体を洗っている最中であった。茂吉は強引に申し出てその仕草の始終を観察するのである。「寒冷な水を瀬戸の

ウインの街角で（大正12年）
左より内藤稲三郎・茂吉・西川義英

ウイン　ホテル・フランス（茂吉宿泊）

ウィーン大学神経学研究所周辺（大正11年）
△印フォーテイブ教会（奉献教会）
○印ホテル・レギナ
×印ウィーン大学神経学研究所
＋印レストラン

たらいに入れ、石鹸を過剰な程つけて、顔から、頸、胸、両の手を洗ひ、すつかり拭いてしまつた。そして上着を着た。これから下半身に及ぶのである」「娘は旨い具合に体をこなして水を殆どこぼさない。」水をほとんどこぼさないで身体を洗いあげていくのである。茂吉は甘美な情に誘われながら驚嘆して眺めている。そしてユダヤ娘と比較して「健気」と評し感動している。浴室の設備のないところでは、「風呂など一か月ぐらい入らなくてもよい」という習俗のようである。茂吉も二月半ぶりに湯に入ったと記しているのである。茂吉の下宿に浴室があったはずはないし、風呂代などを節約して研究生活を続けたに違いない。「二月ぶりの入浴」の歌は、つまらない歌であるけれども、異国での忍耐の日々であり、その生活ぶりを思わせる記念にしたかったのであろう。

下宿生活

茂吉がウインで最初に下宿したところはフランツ・ヨゼフ駅から近い北西にあたるヌスドルフ七七番地のルイーゼ・ハルフェン方である。その下宿に移ったときの歌に、

やうやくに部屋片づけて故郷《こきやう》より持てこしたふさぎを一纏《ひとまとめ》にす
朱硯《しゆすずり》の小さきを荷より取りいだし机の片隅《かたすみ》に置きて見て居り

大正十一年一月二十八日付前田茂三郎宛書簡に「〇二月一日から室を借り申候、御着きになる、フランツ・ヨゼフ停車場からは、遠くない処に候。間代が四万位にて、高過ぎ候へど、東南向きにて明るきゆゑ、借りることにいたし候」と連絡している。茂吉のウイン生活一か月位の書簡には、「小生もウインで女知らずに居るといふので、嘲笑するものも有之候」とか「ウインに来ても見物どころでなく朝早く家をいでて、教室にゆき、日くれて活動（映画）でも一寸のぞき夕食くひ家にかへりてすぐ寝る、これが毎日の日課に候」と報じていて、いかにまじめに医学研究に没頭しているかがうかがえるのである。

ところで四月二十一日になって下宿を変わった。こんどはフランツ・ヨゼフ駅より南の方のウイン大学に近いところである。神経学研究所に少しでも近いところのグリューネントールガッセ一八番地、シャルロッテ・キーン方で、大正十二年七月二十日、ミュンヘンに移るまでここに住んだ。この時の歌に、

寝に帰るのみと思へどこの部屋を祝福《しゆくふく》し暫《しばら》くして二重《にぢゆう》の窓を閉づ

このキーン方の下宿は、四月二十一日付前田宛書簡に「〇今度引越した処は、日が今までのやうに当らぬので、冬は寒いと思ひますが、夏はいいと思ひます。」と報じている。この下宿での生活は、書簡等でみると、六月十五日付「スキ焼御たべのよし。小生の宿でも出来る相なれども小生は一日帰りがおそいのでつひ食べた事が無之候」六月三十日付「今度から電車代は二百五十になりませう。一食が六千クロネぐらゐになりました。倹約してくつて三千クロネです。」十月十日付「モツカが一杯三千乃至四千クロネ（約九百マルクから千マルク）に相成り申候。ベルリンから友人が来たので一しよに婬売も一度買つて見候が実に銭ばかりせびり不愉快に相成り申候。小生も安い処をねらつて食つて歩き居り候。」十月十六日付「只今は教室を少し早くしまつて家にかへつて、靴下の古いのや、はんけち、ふんどしなど一山出して、室でひそか

ウイン　茂吉の下宿
ハルフェン方

ウイン　茂吉の下宿
キーン方

ウイン中央墓地（左よりベートーベン・モーツァルト・シューベルトの墓碑）茂吉はよく墓地に来た。

に洗濯したところだ。電気で湯をわかす簡単な奴を買つて来てゐて、湯にしては洗濯するのだが、それも時が無くてなかなか出来ず、つひたまつてしまふ。小生のやうな汗手、汗足のものは靴下でも何でもたまらない。そこで靴下などは最下等のものばかりをはいてゐる。穴があけば自分で縫ふ。不器用だが、それでも間にあふ。風呂は八月ベルリンで入つたきり一度も入らない。しかしそれでも結局すむし何でもない。朝、水で上半身を丁寧にふいて、それで失敬してしまふ。何しろ男世帯の忙しいのと来てゐるから、滑稽だ。しかし小生は、かういふ方面には少しも欲が無くてすむから、少しも苦痛でないし、例の不性でとほしてゐる。」十二月一日「家に帰つて部屋を温めると枕元にストウブがあるのでどうも工合《ぐあい》わるく風邪を引きます。そんなことで、どうも部屋の工合がよくありません。カフエで一時間も暮して、夕食して寝ます。どうもつまりません。」など、男世帯のわびしい生活を続けている。〈筆者注・カフェというのは、日本式の酒場ではなく、喫茶店と考えてよい。〉

私はこの二つの下宿を調査（昭和五十四年七月）したが、写真のようにどちらも残っていた。ハルフェン方は、目下外装をきれいにしているところであった。家の中の中央に当たる階段のすぐそばに、昔使った旧式のつり上げ式エレベータの型をしたものがそのまま残されていて目下使用していない。茂吉の住んでいた時代からのものである。この建物は一九〇八年に建てられていることが入口の内側に記されている。現在九世帯が住んでいるが、茂吉の時代の貸主は居住しておらず不明であった。もう一つの下宿先キーン方は、一九〇〇年に建て、現在十七世帯が住んでいる大きい家で中庭もある。この裏手は刑務所であった。間貸主は昭和十七年頃、強制収容所に送られて亡くなった。

中央墓地に来て「苦」を忘れる

　この墓地のしづけさか行きかく行けば常の日の「苦」も忘れてゐたり
　我が生のときに痛々しくあり経しが一人この墓地に来ゐる寂《しづ》かさ

茂吉の歌である。ここの中央墓地の中にはウインを代表し、楽聖と呼ばれるベートーベン、モーツァルト、シューベルトのお墓が同じ場所に仲よく建ち並んでいる。そのお墓の大きさや立派さは、その人の業績ではなく、その人の家の経済力を示している。この三人のお墓のかたわらには、この楽聖の数倍大きいものやお家の中に造られているものまであった。

ドナウの源泉

ドナウの源流を求めて

茂吉はヨーロッパ留学中にヨーロッパの大河をしばしば訪ねている。とくにドナウ河を見て「この息もつかず流れてゐる大河は、どのへんから出てゐるだらうかと思つたことがある。ウイン生まれの碧眼《へきがん》の処女《をとめ》とふたりで旅をして、二人してこの大河の流れを見てゐた時である。それからある時はこの河の漫々たる濁流が国土を浸して、はんらんし、境線をも突破しやうとしてゐる勢《いきほひ》を見に行つたことがある。この大河の源流はどこだらうかと僕は思つたのであつた」と記す。

ここには、茂吉がなぜ源流を求めて行くかという、その動機の一端がのべられている。この大河は、たぎり流れ、はんらんするいきおいのある河である。これだけのいきおいをもつ河の源はどんなところであろうか、その根源をつきとめたいという願望である。これは茂吉の作歌態度にも通じ、描く対象を「実相」として、そのものの「生」を表現しようとした。これは「実相」は外に見えるものだけでなく、内にあるものをも一元のもとに把握しようとするのである。そしてその「生」の姿を対象物と自己一元の境で把握することである。そこには直観が働き、実感をもって表現され、象徴を目指していく。茂吉の写生論の実践が大河に相対したときに、そのはんらんする実相を知り、その「生」をとらえ、ほとばしるものの源をつきとめようとするのである。濁流はんらんの源を探ろうとするディオニソス的な発露を、茂吉の大河への志向の中にみることができる。茂吉はついに、その源流を求めて旅をするのである。それは大正十三年四月十八日のことであった。

私も昭和五十一年八月に、西ドイツに留学し、茂吉と同じくドナウの源流を求めて、茂吉の足跡を追った。シュヴァルツヴァルトから流れ出すドナウ河は、黒海までの全長二八六〇キロである。十一世紀から十三世紀の十字軍の遠征やナポレオン戦争など、兵や物資の輸送路に、また商人は塩やブドウ酒、穀物を運ぶ河として利用した。

私はフランクフルトでレンタカーにのって、北杜夫の留学したティービンゲンを通って、ドナウエッシンゲンの町に入った。茂吉は、

ドナウシンゲンに来てドウナウの水泡《みなわ》かたまり流るるも見つ
黒林のなかに入りゆくドウナウはふかぶかとして波さへたたず

と歌っているが、この町で「ドナウの源泉」をみて、ひきかえしている。実際は、これからもっと西へ上ったフランス国境近くに源を発しているのである。しかし、このドナウシンゲンの

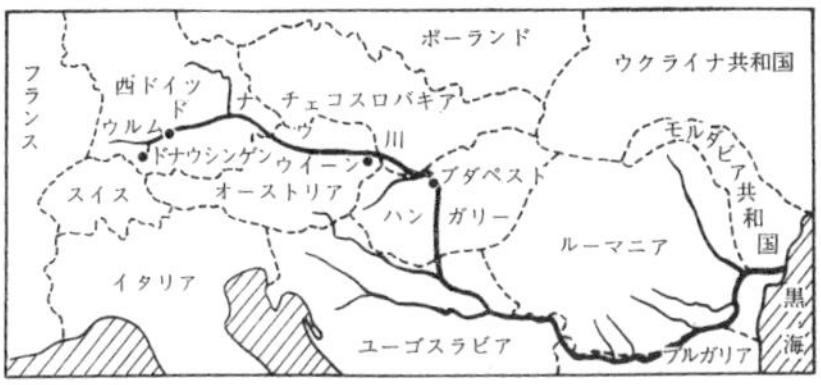

ドナウ河の略図

ウインの森よりウイン市街・
ドナウ河を眺める。

町の教会の下に一八二五年ドナウの湧水の池が造られ、「ドナウの源泉」と名づけられた。この清い泉は、貴族が家来を連れて、ここで酒宴したという話も残っている。バアル神が童子と娘とを連れて行手の道を示す大理石の像が刻まれている。

　ドナウ河は、ヨーロッパを東西に横断し、流域諸国をうるおす河で、そういった意味からも「母」なる河と呼ばれた。茂吉も詩人ヘルダーリンの「ドナウの源泉にて」の詩「おお　アジアよ、おお母よ、汝の強者を思はむ」を引いて、東方の文化がドナウにそってさかのぼった感慨を歌ったものとのべる。

　茂吉のドナウ源流への志向は、母なる国、最上川への志向にもつながるものではなかったか。私はこの茂吉の「ドナウ源流行」のあとを訪ねて、直接に感じたことは、風土的にも茂吉の故郷に類似する自然の景観をもっていて、母国東北を歩いているような錯覚をもったことである。そしてしだいに細りゆく流れに、その源流をつきとめていく喜びを感じた。茂吉はヨーロッパにあって、東北と似た自然景観の中に、母国を求め、母なる懐に抱かれる思いで、慰籍されていたのではなかったろうか。

「美しきドナウ」のヨハン・シュトラウスのあの甘美なるワルツを知らぬ人はいないであろうが、その青き流れも時代の推移とともに公害に汚染され、いまでは汚濁した河となっていることを、寂しい思いをもって見ていた。

ドナウエッシンゲンの町を流れる、ドナウ河のすぐ側に、茂吉の泊ったホテルが、そのまま残っていた。ドナウの河のよごれ、そしてこのホテルのモダンな、外装を色あざやかにととのえた姿に、私は時代の流れをまざまざと感じ、この地を立ち去った。

ドナウの源泉と筆者

「ドナウ源流行」を茂吉はつぎのように詠んでいる。

たづね来しドナウの河は山裾《やますそ》にみづがね色に細りけるかも
なほほそきドナウの河のみなもとは暗黒《あんこく》の森にかくろひにけり
大き河ドナウの遠きみなもとを尋《と》めつつぞ来て谷のゆふぐれ

アンデルセンのドナウ源流行

茂吉は「餘言」の中でアンデルセンも黒海を渡りドナウの大河を遡ろうと計画したことをつぎのように書いている。

「アンデルセンは黒海からドナウを船で遡つて遂にその源流をも究め、その沿岸の国土人情に接触する覚悟であつたのだが、維也納《ウイン》に着くまで二十四日かかり、そこで船を棄てて居る。当時の旅行の有様はどんなであつただらうか。歩みものろいが素朴で悠長なところがあつたのであらう。ドナウでも、ラインでも、船附場から乗込む在郷の人々の中には、古風な楽器を持ち、旗のやうなものを立て、唄を歌つて乗込む者がなかなかある。あれなぞも昔の風習の名残りではあるまいか。さうすればアンデルセン当時の船旅も、慌しくない幾夜を船中に寝て、船中で女の友なども出来、染々《しみじみ》と話なんかも為し得たのではあるまいか。併しアンデルセンもつひにドナウの源流までは行かずにしまつた。流離に馴れ、旅を楽まうとするものでも旅づかれがして来て、その時にはやはり生れ故郷のことを思ふものらしい。」

茂吉はアンデルセンもドナウ源流行を途中でやめていることをのべ、その感想に自分の心情を重ねて「やはり生れ故郷のことを思ふものらしい」とのべている。

茂吉のドナウ源流行にも、「やはり」望郷の念が強かったことを暗示しているのである。

茂吉の泊ったドナウエッシンゲンのホテル・シュッツエン

ドナウエッシンゲンを流れるドナウ河と筆者

茂吉はリンダウから汽車でガルミッシュへ行く予定であったことをのべているが、私はレンタカーでドナウエッシンゲンを訪ねたあとジンゲンに出て、コンスタンツ、そしてボーデン湖畔を廻ってリンダウに行った。ここからドルンビルンを通ってオーストリアに入り、チロル地方を走り続けた。首に大きい鈴をつけた放牧の牛が群をなしているところをいくつもすぎ、遠くアルプス連峰の雪を眺めながらレンタカーで走り続けたのである。のどかな田園と山々と渓谷は、すべてを忘れさせ大自然の中に溶け込んでしまった感懐が深かった。

コラム⑩　フランクフルトとゲーテ

ゲーテの書斎と筆者

茂吉は、大正十一年八月十三日「ゲーテの家」を見学、「ゲエテの家われも見めぐりおほよその旅人《たびびと》のごと出でて来りぬ」と詠む。

フランクフルトはゲーテを生んだ町である。ゲーテは、友人の婚約者シャルロッテ・ブッフを知り激しい恋におち入った。傷心のままマクシミリアーネを知る。このシャルロッテとマクシミリアーネをめぐる三角関係を素材とした名作『若きウェルテルの悩み』が、この書斎で書かれた。

ゲーテは二十六歳の時に三十三歳で七人の子供のあるシャルロッテ夫人を知り、十年間に一、七八〇通からの愛の書簡をかきつづけた。

クリスチャーネを溺愛し、結婚したが、ゲーテ六十七歳の時に彼女は死亡、七十四歳の時に十七歳のウルリーケに結婚を申し込み、ことわられた。情熱的なゲーテも八十三歳で死亡。

ミュンヘンへ転学——部屋探しと南京虫

一か月半、下宿探しに執着

八月十九日、ミュンヘン一月目《ひとつきめ》なり
夜《よる》毎に床蝨《とこだに》のため苦しみていまだ居るべきわが部屋もなし

茂吉は大正十二年（一九二三）七月二十日ウインからミュンヘンへと転学した。まず友人中井信隆の下宿しているヒルレンブラント家を訪ね、しばらくそこに居候する。七月三十日から八月十二日までベルリンに赴き、前田茂三郎の下宿ロスト家ですごす。ミュンヘンに帰ってきた茂吉は、下宿を決めなければならない。八月十三日、ヒルレンブラントの息子ウイルヘルムが案内してくれた。そこは、ロートムント街八番地ブレルツル方である。これが第一の候補であった。八月十四日、神経学研究室のドイツ人が自分の下宿に一つ部屋があいているので世話をしようという。リントウルム街の二五番地マイストレ方の四階である。これが第二候補である。八月十八日、第二候補の部屋は四階のためことわった。そしてラントウエール街三二番地

Cに一間、ゾンネン街二八番地に一間あるが一週間たたないとあかなかった。これが候補の第三、第四の部屋である。八月二十日、第一候補のブレルツル家の部屋を四万五千マルク支払ってかりた。八月二十一日、荷物を運んで久しぶりに自分の部屋でねた。しばらく眠ったところ頸《くび》の処がやけるようにかゆいので目が覚《さ》めた。大小二匹の南京虫をとらえて、夜中の十二時ヒルレンブラント家に逃げだした。八月二十二日、第三、第四候補の部屋にいったが煮え切らない。第二候補のマイストレ家に行き、まだあいていたので一か月三百万マルクで契約した。この頃ドイツではものすごいインフレーションで、ビール一杯二十五万マルク、英貨一ポンドが千五百万マルクという驚くべき状態である。

さて、この日は南京虫のいない部屋を求めた新聞広告を出した。八月二十三日、マイストレ家に荷物を運ばせる。八月二十五日夜、新しく借りた部屋に帰って横になった。少し眠ったと思ったら忽ち南京虫にくわれた。ろくろく眠らず一夜を明かした。八月二十六日、ヒルレンブラント家にゆくと、新聞広告の返事が十通ばかりあった。八月二十七日、夜遅く帰って虫よけの粉をまいたが、やはり南京虫にくわれた。八月二十八日、宗教関係の家ホスピッツにゆき、

ミュンヘンの親友
左より中井信隆・西村資治・茂吉

茂吉の下宿ヘッケン方跡

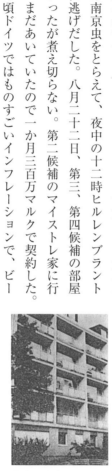

値段が高いが候補の一つにした。それからシュワンターレル・シュトラセで数軒、パンション・モラルト、フラウ・カイム、フラウ・ファレンチンなどの部屋をみ、ホテル・シュナイデルの部屋もみた。この頃ヒルレンブラント家でねる。八月三十日フラウ・ファレンチンの処でねてみたが、一時間位たったとき南京虫にやられた。急いでヒルレンブラント家に逃げていった。友人西村資治の日記によると、茂吉のことを「ナンキン虫が居るからとて又他の室を探してた。中々神経家だ、余の家にも居る様だ」と記している。八月三十一日も、小使に貸間の世話を頼み、三四軒みて廻る。また新聞広告を二回たのむ。九月一日、朝刊新聞に広告がでて、十数通の返事がきた。ヒルレンブラント家応接室のソファの上でねる。九月二日もマリイ・マイルの部屋をみ、一夜ねてみて決めることを約束し、西村資治と逢ってイーサル川の流れにそって八キロばかり歩いた。途中南京虫退治の一夜焚く薬をみつけて買ってきてヒルレンブラント方にねた。九月三日も南京虫におそわれた。九月四日、トールワルゼン・シュトラセ六番地のヘッケル方にやっと落ちつくことに決めた。ここは教室から遠くて不便であるが、「南京虫のいないことは確実であること」によって、九月六日に引越して、十二月十五日、ふたたびヒルレンブラントの処に厄介になるまでいた。

このヘッケル方は、ミュンヘン中央駅の北二キロ近くの場所である。私はこの場所を探していったが、第二次世界大戦でミュンヘンは七割近く破壊されていて、この下宿の家はすでになかった。その番地のあとには、五階建のアパートが建っていて貸間主ヘッケルの消息は不明であった。

茂吉は、ミュンヘンに転学してから一か月半、南京虫の出ない部屋探しに執着していたのである。茂吉は肌に一種のぬめりをもち、手と足にはたえずあぶらがういていたし、体臭は極めて特徴があって、肌につけていたものは、くらがりでもえり分けることが出来たという。斎藤茂太氏はその著『茂吉の体臭』の中で「とにかく、虫類と親和性のあることにかけては父はずばぬけており、のみや家だにとまことに仲がよかつた。不思議なことに同じ部屋にゐて、父だけが刺されて、他の者が無事であることが多かつた。だから、父が大騒ぎをしてゐる時も、家族の者は、平然として、同情を示さなかつた」と記している。

茂吉がミュンヘンで最も親しく、毎日つきあった日本人留学生は中井信隆と西村資治の二人である。とくに西村氏の日記帳には、毎日行動をともにした茂吉の動静が詳細に記録されており、その一、二を紹介して茂吉の南京虫の出ない下宿探しに執着した姿を実証しよう。（西村氏は大正十一年末にミュンヘン工科大学に実業練習生として留学、主にビールの研究をした人）

『西村資治日記』抜粋

大正十二年八月三十一日（金）晴・少雨

昨日の午後のマーク相場は又急激に下落してポンド五〇、〇〇〇、〇〇〇ばかりと新聞にあるので一昨日二マルク換へたのがあるが、あまり下がつたので遂にまたとりに行く。

四時頃斎藤さんがひよつこりやつてきた。余も退屈なところだつたのでうれしかつた。斎藤さんは至る所で南京虫にせめられて、またヒルレンバーに帰つて新聞へ広告を出したそうである。住居が定まらないので大分困つてるらしい。それに実家の父君が死去した手紙を受け取つたそうで気の毒である。五時頃一緒に外へ出、散歩をしながらヒルレンバーへ行つて、又中井君に来た「万朝報」を借りてベルリンから旅行に来た日本人と松尾氏と四人で夕食に行く。夕食も一、七五〇、〇〇〇ばかりとられた。もう二マルクなければ食事が出来なくなつた。食後暫く散歩して別れて九時半頃帰へり新聞を見てねる。

＊「（茂吉の）実家の父君の死去」とあるのは、大正十二年（一九二三）七月二十七日、実父守谷伝右衛門が急性肺炎のため、午後十時、七十三歳で亡くなった。茂吉は八月二十九日ミュンヘンにおいて、義弟西洋からの連絡で知る。（当時の郵便は、ドイツまでは一か月はかかったものである。）また当時は、ドイツはものすごいインフレの最中で、一ポンド・十円が二千億マルク、一食が三十億から五十億マルクであり、われわれの想像を絶するものであった。

茂吉の実父、守谷伝右衛門

わが父が老いてみまかりゆきしこと独逸の国にひたになげかふ
七十四歳になりたまふらむ父のこと一日《ひとひ》おもへば悲しくもあるか
『遍歴』

富士山頂がふっ飛ぶ──関東大震災

大正十二年（一九二三）九月一日、日本では大地震があった。いわゆる関東大震災である。

このニュースが九月三日のドイツの新聞夕刊にいっせいに報じられた。

上海電報に拠《よ》ると、地震は九月一日の早朝に起こり、東京横浜の住民は十万人死んだ。東京の砲兵工廠は空中に舞上り、数千の職工が死んだ。熱海・伊東の町は全くなくなった。富士山の頂が飛び、大島は海中に没した。云々。

茂吉は、シュパーテンブロイ食堂の片隅で夕食をとり、夕刊の新聞売りから三通りばかりの新聞を買って、半リットルのビールをのみながら新聞をよむと、前出のような日本震災の記事にびっくりするのである。このことは茂吉の随筆「日本大地震」には次のように書かれている。

「私は暫く息を屏《つ》めて是等の文句を読んだが、どうも現実の出来事のやうな気がしない。併し私は急いで其処を出で、新しく間借しやうとする家に行つた。部屋は綺麗に調へてあつたので私は牀上《とこじやう》に新聞紙と座布団とを敷き尻をぺたりとおろした。それから二たび新聞の日本震災記事を読むに、これは容易ならぬことである。私の意識はやうやく家族の身上に移つて行つた。不安と驚愕とが次第に私の心を領するやうになつて来る。私は眠薬を服してベッドの上に身を横へた。（中略）けふの朝刊新聞の記事を読むと、きのふの夕刊より稍委《ややくは》しく出てゐる。コレア丸からの無線電報によるに、東京はすでに戒厳令が敷かれて戦時状態に入つた。横浜の住民二十万は住む家なく食ふ食がない。ロイテル電報は報じて云。東京は猛火に包まれ殆ど灰燼に帰してしまつた。ニューヨーク電報が報じて云。大統領クーリッジは日本のミカドへ見舞の電報を打つた。それから能ふかぎり日本の震災を救助する目的で直ちに旅順港にゐる米国分艦隊をして日本へ発航せしめた。また、上海投錨《とうべう》中の英国甲鉄艦デスパテチ号も既に日本へ向つて出帆した。（中略）九月五日、日本の惨事は非常である。部屋の中に沈黙してゐても何事も手につかない。九月六日。（中略）けふは、まう日本震災のための死者は五十万と註してあつた。大小の消火山は二たび活動を始め、東京・横浜・深川・千住・横須賀・浅草・神田・本郷・下谷・熱海・御殿場・箱根は全く滅亡してしまつた。政府は一部京都一部大阪に移つた。東京は今なほ火焰の海の中にある。首相も死に、大臣の数人も死んだ。ただ宮城の損害が比較的尠く避難民のために既に宮城を開放した。（中略）次の日も、次の日も教室に行く気にはなれない。（中略）日本からの直接通信が初めて英京倫敦《ロンドン》に届いたといふのが新聞に出たが、それを読むと前に読んだ間接通信の記事内容よりももつと深刻であつた。また民衆と軍隊との衝突があり、朝鮮人と軍隊との市街戦が報じられてあり、新首相山本権兵衛子《し》爵《しやく》に対する暗殺企図、数名の大臣の死亡なども報じられてあり、五十万の人間と五億ポンドの財産とが消失されたことを註してあつた。さういふミュンヘン新聞の手がかり以外に、伯林《ベルリン》の友人からも何処からも何等事件の真相を知るべき手がかりが全く杜絶《とぜつ》してしまつてゐる。夜はよく眠れず、暁《あけ》がたになつてとろとろとしたかと思ふとしきりに夢なぞを視た。（中略）九月十日ごろN君（藤岡注中井）のところに故郷の家族無事といふ電報が届いた。電文は『ヂシンヒドイブジ』としてあつた。なか二三日おいて十三日の夕がた私のところに伯林のM君（注前田）から電報が届いた。（中略）家族も友人も無事といふ英文電報の方は、神戸から中村憲吉君がやうやうの事で打つてくれたのが、伯林大使館に届き、毎日毎日情報を聞きに押懸けてゐた私の友の一人が沢山の電報の中から其れを見付けてM君に知らせたから、M君は独逸文を少し附加して至急報で打つて呉れたのであつた。私は一人で麦酒《ビール》を飲みに行き、労働者等のわめきどよめく音声の側に、歯の鈍痛やうやく薄らいだやうな気持で数時間ゐて帰つてきた。（中略）そのうち東京の家から手紙があつて、しきりに帰国を要求して来てゐた。」

茂吉はミュンヘンにおいて、関東大震災をうけた日本の情報に迷い、危惧し、二週間をすご

ミュンヘン大学神経学研究所（茂吉　大12・7・20から一年間研究）

している。もう家族はだめだと観念しながらも一方では何とか助かっているのではないかという期待をもっていたのである。この間、研究の仕事は手につかなかった。それにしても、当時のドイツの新聞の情報は誤報が多く、今日との時代の相違をまざまざと感じさせる。日本周辺を航行した船からの情報が中心のようであった。だからとんでもない情報が流れていったし、それほど、欧洲各国は日本を重要視していた訳ではなかった。世界中に起こったニュースを、速くて正確に伝えている現代文明に感謝するのみである。

当時の茂吉はミュンヘンに在《あ》って次の歌を詠んでいる。

大地震《おほなゐ》の焔《ほのほ》に燃ゆるありさまを日々にをののきせむ術《すべ》なしも
東京の滅《ほろ》びたらむとおもほえば部屋に立ちつつ何をか為さむ
わが親《おや》も妻子《めこ》も友らも過ぎにしと心におもへ涙もいでず
日本の新聞を同胞《どうばう》らあひ寄りて息《いき》づまり読む地震《なゐ》の事のみ

茂吉は、この歌の通り、非常に驚き、動揺し、家族の無事を知らせる電報が届くまでは何も手につかず、無為にすごしていた。

大地震の当日は、青山脳病院には紀一は居らなかった。家族とともに箱根強羅の別荘に行っていた。てる子だけが子供をつれて震災の前日（八月三十一日）に帰っていった。紀一と茂吉の弟高橋四郎兵衛はちょうど、帰京の途中、小田原駅で難にあい、三日三晩かかってやっとの

茂吉を指導したミュンヘン大学神経学研究所シュピールマイヤー教授

ミュンヘン大学神経学研究所　ペーター所長と筆者

思いで病院にたどりついたのであった。

実は、紀一が選挙に三度目の出馬をもくろみ、郷里山形の地盤がためのため、茂吉の弟高橋四郎兵衛を先に県会議員にさせておく計画（紀一は二回目国会議員出馬は落選したため）をたて、高橋を選挙の打合せのため、強羅別荘に呼んでいたのであった。てる子は九月一日から二学期がはじまるため、茂太をつれて一日早く帰っていたので、病院の職員を指揮して、被害の応急処置と食糧の確保に当たり、見事に病院をまもりぬいたのである。

青山脳病院の被害は、屋根瓦は全部落ち、煉瓦や柱に大損害をうけ、その上、入院料の支払いもなく只で食わせている状態が続いた。

こういう状況が家からの通信によって明らかにされるとともに、茂吉も留学を続けることの困難な事態を悟ったのである。紀一からは「財政が許さぬから帰朝せよ」という手紙がしきりに届けられ、茂吉は研究を休んで終日考えあぐみ、身のふり方を苦慮したのである。その結果、ミュンヘンでの研究もいまだ半ばしか進行しておらず、二度と留学も望みえないから、何とかとどまりたいと決意し、滞在費千円のくめんにかかり、平福百穂から援助をうけることができた。わが家の危急に帰国しなかったのは、青山脳病院は遅かれ早かれ、紀一の長男があとをつぐことになる。そうすれば自分は医者としてどう進んでいくかを考えねばならない。そこで学究的な医学者の道を選び、研究に専念していきたいと考え、さらに将来の研究目標を実験心理学の方面においた。そういう意図からアルレルス講師の心理学教室に入って研究方法を身につけるなど、真剣であった。四十三歳の茂吉は、翌年帰国して、苦しかったミュンヘン生活を回想し、次の歌を詠んでいる。

München《ミュンヘン》にわが居りしとき夜《よる》ふけて陰《ほと》の白毛《しろげ》を切りて棄てにき

コラム⑪　ベネチアで白昼立小便

茂吉は大正十二年六月三日、ベネチアの美術院《アカデミア》に絵を見にいってのこと。

「小用《こよう》がしたくなつたが便所がなかなか見つからない。とある水際のところに穴が明いてゐた。僕はその穴に小便をした。女生徒がきやつきやつ云つて通過《とおりす》ぎた。それから男の子が五、六人ばかり、わいわい言ひながら僕の小便するのを見てゐた。（中略）それから丸一年三月ばかり過ぎて、僕は二たびベネチアに行つた。その時には妻と一しよで、家の角に来ると一人男が小便をしてゐた。壁を一寸凹ませて、そこに小便してゐる。僕は珍らしいものを発見、鉛筆で写生した。」二度目の時には共同小便所を見つけて安堵の姿を描く。

ヒトラー一揆事件に遭遇

茂吉が一九二三年（大正十二年）七月、ミュンヘンに着いた頃は、ドイツはものすごいインフレにおそわれ、経済的破局を迎えていた。当時のことを「トランク一つの値段が二十三億マルク、英貨一ポンドの為替相場がドイツでは二万五千五百三十億マルク」であったと記している。そうした中で十一月八日、ヒトラーがクーデターをおこした事件に遭遇する。茂吉は講演を聞いての帰り、停車場前の広場に群衆がいっぱい集まっているのをみて気味悪さを感じ、群衆をさけて帰る。そして、

ミュンヘンの夜寒となりぬあるよひに味噌汁の夢見てゐきわれは

とうたう。

翌日には、街の処々に軍隊がたむろし、停車場前はすでに軍隊で固められていた。この事件について、茂吉は「ヒットレル事件」という一文を書いている。

「ヒットレル」とは、「ヒトラー」の名前で、大正時代Hitler《ヒットレル》と発音していた。私の時代（昭

和十五年）は、みんな「ヒットラー」と呼んでいた。その後、平成の時代前後頃から「ヒトラ」とよばれ、著書も多く出ている。最近は「ヒトラー」というように呼ばれた著書が多い。結局、発音の違いでそう呼ぶことで、どれも間違いではないそうである。

そこで、茂吉の「ヒットレル事件」の一文をみてみよう。

十一月九日は金曜日である。けふもミュンヘンに雪が降つた。街に来ると処々に軍隊が屯してゐる。停車場まへはすでに軍隊で堅められてゐる。（中略）午食しに行つた食店には日本参謀本部付のK少佐も来て居つて、昨夜来ミュンヘンに起つた『Hitler《ヒットレル》事件』といふものの大体の話を聞いたのであつた。

「イーサル河の橋でも、オデオン広小路でも、センドリング門でも、つい其処のカアル門でもみんな夜の明けないうちに国家の軍隊から占領されてしまつたのですから、つまり革命軍の失敗ですね。」

「今朝、オデオン広小路で革命国民軍が十五六名やられてゐますし、学生なんかもやられたらしい。わたしは Hitler《ヒットラー》と Kahl《カアル》 Ludendorff《ルーデンドルフ》が一しよだと聞いて、さうなれば革命も発展するし、大事《おほごと》だと思つたのでしたが、やはりさうではなかつたのでしたね。革命を遂行するには第一、軍司令官の Lossow《ロッソー》を手に入れて、先づ兵営を占領しなければ駄目なんです。」かう云つてK少佐は忙しさうに出て行つた。（中略）

ヒットレル事件といふのは、ミュンヘンに根拠を据えてゐた、独逸国権党の首領、Dr.《ドクトル》 Adolf《アドルフ》

Hitler《ヒットレル》が、Ludendorff《ルーデンドルフ》将軍その他十余名の有力者を背景とし、当時の独逸政府を倒して新しい純独逸精神に本づく国民政府を建設しようとした一つの革命運動を謂ふのである。

彼等の主張したところは、第一は、『マルクス主義に対する戦闘』であり、従つて、『現在の伯林にある猶太族政府への直截唯一の反抗』であつて、彼等は純粋なる独逸精神に本づいて強大なる国家自律の復興を夢見たのであつた。それであるから、十一月八日の夜すでに彼等は『直ぐさま明日の暁天より独逸国には新国民政府現出すべし。若しこのこと成就せずんば吾等は死せん。そのいづれか一なるべし』とさへ叫んでゐる。併し、当時のミュンヘンの総執政官Dr.《ドクトル》 Von《フオン》 Kahl《カアル》といふ者と主義の一致はあつても実行の一致を欠いたために、兵を挙ぐるに先だつて事が破れたのである。（中略）十一月八日の夕景からイーサル河の対岸のビュルゲルブロイケルレルといふ大麦酒店の大広間で、祖国党、国権党の諸団体と、生産階級の諸団が合同集会して、執政官カアルに対する信任声明もあり、カアルの施政方針についての演説が行はれるといふので、日の未だ暮れないうちから群衆が押しかけ広間は既に立錐の余地がなく、群衆は広間からあふれ、群衆の中には女も沢山交つてゐた。

当時の「ヒトラー事件」ニュース写真

カアル執政官は八時ごろに軍司令官のロッソー将軍と同道で出席し、雷鳴にひとしい群衆の拍手のもとに演説をはじめたのであつた。

カアルの演説の大要は要するにこれを簡単に約めることが出来る。魯国革命の余波を受け、西暦一九一八年十一月八日の革命以来、独逸もまた赤色政府の統治となつてここ満五年を経過した。けれども国難は日に日に深刻を加へて停止することを知らない。吾人はこの国難を救抜せねばならない。予は言のはじめに当つて、先づ真実。独逸。バヴァリアの三語を以て諸君におくらねばならぬ。かういふことを云ひながら、彼はマルクス主義の批判に移り、この主義がバヴァリア人民に伝染した経路から、この主義に本づく政治では到底真の政治の出来なかつたことを説いた。（中略）広間の入口のところが急に騒がしくなつたとおもふうちアドルフ・ヒットレルが手に短銃《ピストル》を持ち数名の兵を伴つて入つて来た。万歳！万歳！のこゑがひびいた。ヒットレルはつかつかと演壇のところに行つて突如短銃を一発天井に向つて発射すると同時に、『国民的共和政府は布告せられたり』と叫んだ。また、この建物も既に国民軍によつて占領されたといふことを宣告した。それから彼は、カアルとロッソーとを捉して別室に連れて行つた。時に午後八時四十五分である。暫時にしてヒットレルがあらはれて、新政府組織の役割を説明した。そして、この建物は既に占領されてゐるから一歩も出てはならぬといふことも云つた。それから、ルーデンドルフ将軍も見えカアル、ヒットレル、ルーデンドルフ、ロッソー、ポエーネル等の順序で簡単な演説をした。そして皆、一致して、この新政府を支持するといふこと

を明言したのである。（中略）

かくの如く革命は結束され、明朝爽味に革命軍は直ちに伯林《ベルリン》へ向つて進軍する手筈であつたのに、執政官カアルの態度はがらりと変つて、ヒットレル一味の者をば不信義者、詐偽者と呼んでその革命の行動に左袒せざることを声明し、軍隊を以て全ミュンヘン市に戒厳令を布いてしまつたのである。それなら、なぜ昨夜カアルがあんな態度に出たかといふに、それは、売名の徒の謀略と偽瞞とに加ふるに短銃のために脅迫されてあゝいふことを云つたのだといふことを自ら弁解した。（中略）それのみではない、カアルは警察令として、五人以上街頭に集合し事に従ふものあらば『射殺』すべしといふ如き布令をさへ出した。（中略）そのうちいつのまにか戒厳令も解かれてしまひヒットレル、ルーデンドルフ、クリイベル等九人の者は国事犯人として記訴された。その間に独逸貨幣の相場は英貨一ポンドについて十二ビリオンマルクまでになつた。十二兆マルクに当るのである。（後略）

ここに記す茂吉の「ヒットレル事件」は青年将校ヒトラーのクーデターを目撃し、その事件の経過を新聞紙上や友人から聞いてその知識を得、のちに書いたもの。歌集『遍歴』にもつぎのように詠まれている。

十一月九日（金曜）より十五日に至る
ヒットラー事件

をりをりに群衆のこゑか遠ひびき戒厳令の街はくらしも

物のおと無くなりしごと夜ふけて警《いまし》めし街に女たたずむ
ミュンヘンを中心として新しき原動力は動くにかあらむ
ヒットラアのため命おとしし学生の十数名の名がいでて居り

茂吉は、経済急迫のどん底にあったドイツの、暗くて寒い日に、ヒトラー一揆の事件に遭遇し、「新しき原動力」を感じとったりしている。そして、ヒトラーの国体がマルクス主義と対決しようとするイデオロギー闘争を打ち出していることを知り、マルクス主義の大体を知ろうとして本を十冊ばかり注文している。

当時のドイツ紙幣二億マルク（表・裏）

ミュンヘンの「ホーフブロイ」ビアホールでの筆者（右端）

ヒトラーけっ起のホーフブロイ

　このヒトラーの一揆は、執政官カアルに裏切られて敗れた事件で、西義之氏は、この事件について「九日、カールらに逃げられたルーデンドルフとヒトラーは虚勢を張って、警官隊の真正面にデモをこころみるのであるが、発砲されてデモ隊はたちまち四散。ルーデンドルフは捕えられ、ヒトラーは肩に負傷したまま逃亡してしまう。この衝突で十六名のナチ党員、三名の警官が死亡した。そしてヒトラーも十一日、近郊のウフィングという村で逮捕される。ヒトラーが逮捕されて四日後、シュトレーゼマン内閣はいわゆるレンテン・マルクを発行し、『奇蹟』が実現した。一ドルが四兆二千億マルクになった破滅的インフレーションはうそのように終熄に向った。」（『ヒットラーがそこへやってきた』）と説明されている。

　ところでヒトラーは、三歳のとき下級官吏であった父が、農業に転向するが失敗。いら立つ父から暴力を振るわれて育つ。父の死後、画家を目指しウィーンに出るが、美術学校の入試に二回失敗し、日雇い労働者として生活した。二十五歳のとき第一次世界大戦が勃発、ヒトラーは早速、志願兵として従軍した。しかし、苦戦のなか革命が起こりドイツ帝国は崩壊し、共和国成立とともにドイツは降伏した。第一次世界大戦の折は、日本はドイツの植民地、中国の青島《チンタオ》を占領した。この大戦でドイツは工業地帯を含む領土を大幅に失い、返済能力をはるかに超えた賠償金を請求され、国民生活はほぼ壊滅した。通貨マルクは戦前の一兆分の一に下落するという歴史的なインフレが起こった。そんな中で、ナチスに入党したヒトラーは、得意の弁舌でみるみる党を拡大し、党首となった。しかしクーデターを目指したミュンヘン一揆は失敗に終ったのである。丁度、そのときに茂吉はミュンヘン留学中で、前記のような事件に遭遇し、そのことをのちに「ヒットレル事件」として書き、雑誌「中央公論」昭和十年十一月号に掲載した。（事実の執筆は昭3・10・21から22日にかけて執筆されたもの）

そういったことから、ヒトラーには、茂吉は特別に関心が深かった。昭和十四年四月二十日、ヒトラーが五十歳の誕生を迎えた際にも短歌五首が『寒雲』に収められている。

ヒットラー総統五十回誕辰　四月廿日

エーベルト政府に向ひて進軍を企てたりし彼は若しも
ミュンヘンに吾居りし時アドルフ・ヒットラーは青年三十四歳
メーメルを軍港とすと火のごとき結語《けつご》残して彼はかへりぬ
五十回の誕辰をむかふるヒットラー多分夫人は居らぬなるべし
いきほひに乗りたるかなとたはやすく彼《か》の英雄は言ひしことなし

ナチスは国家社会主義ドイツ労働者党の略したものである。ナチス自身はワイマール共和国の議会に顔を並べていた諸政党を反動と呼び、自分たちを革新政党と称していた。一九二〇年、ヒトラーの党は二十五か条の党綱領をきめ、すべてのドイツ人に民族自決の権利を要求し、平和条約破棄によってドイツ国民に平等の権利を与えよといい、その中でも注目されるのは、ユダヤ人排撃のことである。それは異民族ユダヤ人にドイツの政治も経済も文化も支配されているという民族主義的な反撥が根強くあったのである。茂吉はウィーンで見聞した大学生たちのユダヤ人排撃事件等も随筆「返忠」で書いており、ドイツやオーストリアにおける当時の政治的、社会的な動きを敏感に捉え、また好奇心をもって随筆に描いている。単なる行きずりの旅行者の眼ではなく、留学生としてドイツで苦しむ自分と同じように、ドイツ人を見、伝統的なドイツ気質を賛美したりしている。

ヒトラー

ヒトラーと添い遂げた愛人エヴァ

騒動の町に起臥してありしかば故郷のことも暫し忘れき

またたくまも定まらぬ金位《きんゐ》ききながら兎の脳の切片染めつ

一ポンド一八ビルリオン

第二次世界大戦で日本と同盟国となったナチスドイツの歩みを簡略にのべておこう。

ヒトラーは、ミュンヘン一揆で獄に投じられたが、出獄後は大衆運動を開始し、独特の風貌と、理路整然と語ったり、ときには扇情的な演説をしたりして、社会不安におののく国民を虜にした。またラジオやテレビも巧みに使い、農民、官僚、中産階級の圧倒的支持を獲得しナチスを総選挙で第一党にして首相に就任。ユダヤ人のほか、共産党員、自由主義者を弾圧、収容所へ送ったのである。領土拡張を急ぐヒトラーは、国際連盟を脱退、ヴェルサイユ条約を破棄し、大統領死去に伴い総統となって、強力な兵器を使い、オーストリア、チェコ、ポーランドを併合、第二次世界大戦へと突入した。電光石火で周辺国を占領したが、対ソ連戦が長期化するにつれ、戦局は次第に不利となり、その上、アメリカやイギリスなどを中心とする連合国軍の激しい反撃にあいベルリンは陥落。ヒトラーは長年の愛人エヴァ・ブラウンと挙式後、地下壕の自室で拳銃自殺をした。愛人エヴァもヒトラーの部屋で自殺する。ドイツはその一週間後に無条件降伏をしたのである。

私はミュンヘンの町に、茂吉留学時代の思い出や下宿や関係の深かった場所を訪ねて歩いたが、今日もその多くが残されていた。ベルリンのヒトラー自殺の地下壕の場所をも訪ねてみた。第二次世界大戦の戦火のためにミュンヘン市の中心部は七〇パーセント災害をうけたというが、昔の姿に復元しているところが多く、なかでも六十年前の茂吉時代の写真と比べて全く同じように復元しているのには驚いた。

ヒトラーけっ起のホーフブロイ

ホーフブロイは、前述したように一九二三年十一月、ヒトラーがけっ起（ミュンヘン一揆）の場所で、ピストルを天井に向け一発放ち、大衆に向って大演説を行ったところである。

現在もミュンヘン第一のマンモス・ビアホールで、一階は大ビアホール、二階がレストラン、三階はダンスも出来るお祭りホールで、全階合わせると現在は五千席もあるという。

大正13年7月19日
茂吉送別会をホーフブロイで開く
左より西村資治、中井信隆、茂吉、児玉誠

ミュンヘンといえばビール飲みの多いことで有名であるが、街頭での茂吉の属目の歌に

七月二十三日（月曜）途上

大馬《おほうま》の耳を赤布《あかぬの》にて包みなどして麦酒《ビイル》の樽《たる》を高々はこぶ

ところで、日本人の七倍は飲むというビールは、ミュンヘンにおいていまも目立っている。大小の醸造会社がこの地に集まっていて、バイエルン風のビアホールがいくつもある。その中でも特に有名なホーフブロイハウスは、ブラッツルという小さな広場にある古くからのビール酒場で、一五八九年にバイエルン公ヴィルヘルム五世が宮廷用ビールをつくるために開いたと

いう。茂吉はホーフブロイハウスに何十回となくビールを飲みに通っている。大正十二年九月二十四日付中村憲吉宛書簡に「僕は七月の十九日にウィーンを切りあげ、ミュンヘンに十日ゐた。七月二十七日は僕の生れ日（注旧暦）だからホーフブロイに行つてビールを三リットル飲んだりした。」と報告している。

コラム⑫　パリで迷子となる

茂吉は、ヨーロッパに着いた大正十年十二月十四日、マルセーユに一泊、十五日にパリに着き、四日間パリに滞在した。渡欧同行者で一高からの同級生神尾友修氏は、パリに着いた茂吉を次のように語っている。「凱旋《がいせん》門付近のインターナショナルといふ日本人の普通泊る宿に朝着いて、晩には散歩に出た。君は僕任《まか》せで、宿の名も番地も記憶せず、ただ僕のあとをついて来たのだが、パンテオンの前を人混《ご》みに交つて歩いてゐる中に、気がつくと君が居ない、いくら捜《さが》しても分《わか》らない。非常に困つて交番にきいたがそれも無駄で、到頭《とうとう》方法がなく僕達だけ小劇場へ入つたりして夜おそくかへつてみると、君が独り寝ころがつてゐる。どうしたのかと聞くと、神尾だ神尾だと思つてついていつたが、ふいと気がつくと違つてゐた。帰《かえ》ろうにも帰れないので、交番へいつたが尋《たづ》ねやうもない。そこで凱旋門の絵をかいて、そのわきを指してホテルと言つた、すると巡査《じゅんさ》が馬車を呼んで、凱旋門あたりの日本人《ヤポネ》の居る宿を探せと言つたらしい。そこで帰れたといふのであつた。」という。

日本ばあさんヒルレンブラント

茂吉がミュンヘンにやってきて一番に悩まされたことは南京虫である。それがため南京虫の出ない下宿探しに一か月かかった。やっと友人中井信隆のあけてくれたヒルレンブラント家の部屋に下宿することになって、やっと落ちつくことが出来た。ヒルレンブラントは、日本ばあさんと呼ばれて茂吉ら留学生に慕われていた。この家は、ミュンヘン中央駅から南へ向かって丁度ミュンヘン大学精神医科病棟（ヌスバウム街）との中間に位置し、精神病学研究所に通うにもそう遠くない場所である。

このヒルレンブラントの住んでいた家は、ランドウェル・シトラーセ街通り三二番地にあった。現在は、照明器具店となり、フリエッシェル・テオが社長である。茂吉が居た当時は四階建のビルの一番上の四間（次ページ写真の四階の四間）であったが、第二次世界大戦の折、爆撃をうけた。その後、五階建にし、外装をきれいにぬりかえられた。現店主が五十年前に買ったものであった。

さて、マリー・ヒルレンブラントはランドウェル・シトラーセ街通りの四階建のビルの一番上の四間をもち、日本人留学生を専門に下宿させていた。ヒルレンブラントは一度、日本に来たことがあり、日本人留学生との間に男の子ウイルヘルムを産み、その子の許嫁と一緒に住んでいた。茂吉が小宮豊隆に語った履歴は「相当なうちの娘さんだつたのださうである。それが二十年前、日本留学生とラヴをして、その男の子を産み落とした。然るにその男は日本に帰つたきりウンともスンとも言つてよこさず、今日では相当高い社会的地位にゐるにもかかはらず、さうして、その子は今年で二十歳になつてゐるにもかかはらず、救ひの手を少しも差し伸べやうともしないのださうである。然しばあさんは、日本人を忘れることが出来ず、誰のところへも、片づいて行かうとしなかつた。そのうち第一次世界大戦が始まり、ドイツが負け、そのためにばあさんは自分の持ち物から家屋敷まで人手に渡さなければならなくなり、茂吉らが今借りてゐる三室と自室の四階に逼塞しなければならないやうになつても、なほ、日本にあこがれ、日本人を好んで下宿させるのみならず頼まれれば、日本人のために日本飯を焚いてやり、はうれん草をうでてそれにマギをかけてひたしものを作つてやり、日本ばあさんとして、日本人の間に重宝がられてゐるのだ」ということである。

孤独な生活の中で、茂吉はヒルレンブラントの日本人好みにひとつの慰みを得ていた。お茶をたてたり、すきやきを作ってく

茂吉の下宿したヒルレンブラント家（四階の右側の窓二つがその部屋）左下は日本ばあさんこと・ヒルレンブラント。茂吉は大変世話になった。

れるこの下宿にいて日本的ふんいきを味わうことができた。とくに、ミュンヘンにはイタリー産の良い米を売っていて、その米でご飯を炊くことが実に上手なヒルレンブラントであった。茂吉はヒルレンブラント（日本ばあさん）のことを、次のように書いている。

媼は私の世話になつたころは、既に六十に手が届くぐらゐの齢に達してゐた。昔世話した日本留学生の写真を沢山持つてゐて、居間に飾つてあつたり、アルバムのなかに挿《はさ》んであつたりして、楽しさうにそれらを私等に示した。なかには媼が未《ま》だ娘々した顔でうつつてゐる写真などもあつた。

媼が産んだただ一人の男の子にWilhelm《ウイルヘルム》 Hillenbrand《ヒルレンブラント》といふのが居た。これは日本の留学生の産ませた混血児であるが、すでに三十に近い敏捷な若者である。皆がWilli《ウイリー》と呼んでゐた。「Willi《ウイリー》の奴《やつ》を看《み》てゐると実におもしろいね。すばしこくて、短気で、猾《ずる》いところがあるかと思へば、気前《きまへ》が馬鹿に好《よ》かつたりして、やつぱし半《はん》日本人といふ処があるね」「それはさうだらう、実は婆さんにも一寸そんなところがありあしないか」「さういへばそんな点もあるやうだね。何せ日本人が好きで、世話をしながら、子を産んだのだから、何かの黙契《もくけい》があつたんだらう」「黙契か、婆さんの顔でもひよつとしたら、蒙古種でも交つてゐるのかも知れんぜ。蒙古の奴らが昔このへんまで荒らしたといふぢやないか。」

こんな話が或時、私等一、二人の間に取交されたこともある。Willi《ウイリー》は、私を警察に連れて行つて届を出して呉れたり、新聞社に行つて部屋借りの広告を出して呉れたりした。ある日、部屋を見に連れて行つたかへりに「ミュンヘン人は何でも真直《まつすぐ》に物言ひますから、先生も喧嘩なすつちやいけませんよ」などと云つたことがある。（中略）

そのWilli《ウイリー》に許嫁《いいなづけ》の娘が一人ゐて、やはり媼の家に同居して居つた。若者も小柄であるが、娘も小柄で可哀らしい顔をしてゐた。然るに娘と媼の間がどうも旨く行かぬらしい。目立つて争ふやうな場面は私どもに示さなかつたけれども、媼はここに投宿してゐる私の友に泣いて訴へることなどもあつた。さうしてゐるうちに、若者は娘を連れてStuttgart《シユツットガルト》の運送店に勤めることになつた。そこはミュンヘンから急行汽車で半日もかかる商業都市である。時々、媼は着類だの食物などを小包にして若者のところへ送り送りした。私は媼のところに世話になるやうになつてから、朝食を毎朝媼のところでした。黒ぱんを厚く切りそれにバタとジヤムを塗《ぬ》つて、半々ぐらゐのコーヒーを一碗飲ませた。その狭い台所兼食堂の卓の近くに、カナリヤが一羽飼つてある。媼は毎朝籠の手入をしたのち、人間にものいふやうな口調で、手指を立てて見たり、顔をゆがめて見たり、目をむいて見たりしてゐるのが、いかにもをかしくあり、物あはれでもある。

茂吉は、このヒルレンブラントをつぎのように詠んで愛惜している。

Hillenbrand 媼の飼へるカナリアは十五歳になりて吾に親しも
日本飯われ等くひたり茶精といふ粉を溶かしていくたびか飲む
一年をここに起臥したりしかば Hillenbrand 媼は泣きぬ

このヒルレンブラント家の応接室には、立派な芳名録がおかれていて、この家を訪ねた人々の姓名や感想がかかれてあった。西村資治氏の見た記憶では、牧野英一、吉野作造、高橋龍太郎などの名士をはじめ、与謝野夫妻も大正元年（一九一二）九月十日に署名していて、晶子は次の歌を書き残していた。

この宿や恋しからましなど語る蔦の覗ける窓の明りに

与謝野晶子は、このヒルレンブラント家に泊ったことを「ミュンヘンの宿」と題して詩にしている。

九月の初め、ミュンヘンは
早くも秋の更けゆくか、
モツアルト街《まち》、日は射せど
ホテルの朝のつめたさよ。

青き出窓の欄干に
匍《は》ひかぶされる蔦《つた》の葉は
朱と紅《くれなゐ》と黄金《きん》に染《そ》み
照れども朝のつめたさよ。

鏡の前に立ちながら
諸手《もろで》に締むるコルセット、
ちひさき銀のボタンにも
しみじみ朝のつめたさよ。

大13年、1月元旦。新年会。左より西村資治・中井信隆・茂吉・ヒルレンブラント・松尾夫人・松尾元次郎・大成潔・角倉夫人・角倉邦彦。（松尾宅にて）ミュンヘン。

ミュンヘン大学（この中にドイツ精神病学研究所があった。）茂吉は大12年7月20日から1年間研究を続けた。

ミュンヘン市南東のイサール塔。（大正12年）
（古い、町の門です。―茂吉の筆跡）

茂吉はヒルレンブラント家の芳名録には、氏名だけ記して、歌は書き残しはしなかった。

コラム⑬　ライン川・ローレライの断崖

稚《をさな》きよりラインの河の名を聞きて今日《けふ》現実《うつつ》なる船のうへの旅《たび》
はるかなる行方《ゆくへ》を暗指《あんじ》するごときラインの流《ながれ》にいまぞ順《したが》ふ

大正十一年八月十六日、船でライン川を下り、ボンに上陸した時の茂吉の歌。ライン川はドナウ川と共に古代ヨーロッパの大動脈、ドイツ、スイス、フランスなどの国境の大部分を形成。極《きわ》めてロマンチックで、古城とワイン、伝説と歴史、戦場に恋に数々の物語を秘めている。

とくにローレライの歌や伝説も多くの人に知られる。フランスの文豪《ぶんごう》ビクトル・ユーゴーが、ライン川は想い出を持つ岸辺という。こだまを呼びおこすローレライの岩は有名。

ローレライの断崖（右手前）

シーボルトと墓

日本国や日本人を最も理解し、愛した異邦人の一人がシーボルトであった。シーボルトは一八六六年十月十八日、ミュンヘンで没した。

茂吉は一九二一年（大正十年）にヨーロッパに留学し、ドイツの旅でシーボルトの記念碑を見つけている。シーボルトの記念碑は長崎とウュルツブルクとウインの三か所にある。

茂吉の師、呉秀三はシーボルトの伝記研究に精力を傾注し、「シーボルト先生其生涯及び功業」を完成したが、その資料蒐集に努め、自分自身もウイン滞在中にシーボルトの碑を探したが、発見出来ず、渡欧した茂吉に調査を依頼したのである。茂吉は一九二三年（大正十二年）五月二十七日、シーボルト記念碑を見つけて報告をしている。呉先生にあてた茂吉の報告は「アムゼルの白き糞落ちて斑紋となりシーボルト先生肖像の陽彫のブロンズは事務室の一隅に横たへてあり」として記念碑の荒廃している様子がのべられている。茂吉はその時の歌に、

シイボルトの記念像を暫し立ち見るに長崎鳴滝の事をしおもふ

シイボルト記念碑の事見つかりて呉教授に手
紙をいそぎしたたむ

と詠んでいる。また、呉先生からの依頼でシーボルトの墓を訪ねた歌に、

シーボルト

シーボルトの眠る南方墓地(中央)

雪ふみて南方墓地にシーボルトの墓をたづねぬ雪ふりみだる

と詠んだのは大正十二年十二月三十日のミュンヘンである。

私も事蹟調査で、ミュンヘンの南方墓地を訪ね、シーボルトの墓を探した。シーボルトはミュンヘンでは知られておらず、そのために墓守りに所在をきいてもわからず、墓の一つ一つを探し回ったのである。有名人だと墓地の入口に表示があったり、墓守りにきけばすぐわかるのであるが、何百とある中から探しだすのだから大変であった。私が探し回っていると急に空がかき曇り、雷鳴がとどろきはじめた。やっとシーボルトの墓を見つけたときには、俄雨にずぶぬれになった哀れな自分の姿となっていた。茂吉事蹟調査の秘話ともいうべきひとコマである。

茂吉は、大正六年に長崎医学専門学校に赴任した折に、まずシーボルトの鳴滝校舎跡を訪ね、洋学の発祥地としての長崎を探索している。そして当時の井戸などを見学して、

もろ人が此処に競《きほ》ひて学びつるその時おもほゆ井戸をし見れば
洋学の東漸ここに定まりて青年の徒はなべて競ひき
鳴滝の激《たぎ》ちの音を聞きつつぞ西洋の学に日々目ざめけむ
シイボルト先生植ゑし竹林《ちくりん》か秋ふけゆきし光さし居り

と歌っている。洋学に日々目ざめていった青年たちが、学んだあとである。医者であるシーボルトは、一八二三年に長崎出島のオランダ商館医として来任し、三〇年までいた。その後、一八五九年の開国後の日本に再渡来し、六二年までいた。あとの場合は、日本の外交顧問として活動をしたのである。彼は南ドイツの名門バイエルン部族の出で、ウュルツブルクに生れ、自尊心が強く、勝ち気で頑固な一面、ひどく親切でもあった。長崎に最初にきたときは二十七歳で、陸軍軍医少佐として赴任した。日本は、彼によって臨床医学の基礎や科学、動植物学、薬学、鉱物学、地理学、社会科学等の研究方法を学んだ。彼の日本に関する研究は、ヨーロッパの人々に日本についての正確な知識を与えたのである。

また、日本の鎖国政策の愚を親切に勧告した親書を起草したりして、日本開国に大いに貢献した人である。

特筆すべきことは、一八二八年の秋、帰国準備に忙しかったシーボルトに一大事が起こったことである。彼が乗って帰る船ハウトマン号が嵐のため、いかりの綱が切れて稲佐海岸に座礁してしまい、その積み荷の中から国禁の葵の紋服、日本辺界の略図、エゾ、カラフト方面の測量図が見つかった。（これは一つには間宮林蔵の密告によったこと）それがため、略図をおくった幕府天文方高橋作左衛門、紋服を譲った奥医師土生玄碩、その他、鳴滝塾の二宮敬作、高野長英らが捕らわれて拷問をうけ、獄死したり、自殺したりした。シーボルトも尋問され、その結果、国外追放になったのが一八三〇年のことで、シーボルト事件と呼ばれる。シーボルトは、友人、門下生の獄中の苦しみを思い、門下生をたすけるため、六年間かかって集めた日本の貴重な資料を奉行に差し出し、自殺しようとしたが、お滝に見つけられ、思い止まった。

その後、幕府も、彼の医者として、学者として、わが国にもたらした功績を汲み、国外追放としたのである。日本を追放されて再渡来するまでの間に、ロシアの首都ペトログラードに行き、皇帝ニコラス一世と会い、幕府の開国誘引の書簡を起草したりした。日本開国に貢献すると同時に、開国後の日本に再渡来して、余生をおくりたい念願もあったといわれている。日本国や日本人を最も理解し、愛した異邦人がシーボルトであった。

茂吉は、一九二四年（大正十三年）六月十一日、蕨が欲しくなって南ドイツのアイブ湖畔におもむいたが、その折に絵葉書を買った店の主人が、はからずもシーボルトの孫にあたっていた。その奇しき縁をつぎのように歌っている。

シイボルトの孫にあたるが湖《うみ》のべの店をひらけり縁《えにし》とやいはむ

また、ライデンの博物館でつぎのように詠む。

出島蘭館図にも眼科の看板にもまめまめしき彼の心しのばゆ
長崎の精霊ながしの図もありてシイボルトむらむらとよみがへる

カフェー・ミネルヴァ

鷗外の『うたかたの記』の遺蹟として重要なミュンヘンの「カフェー・ミネルヴァ」は茂吉留学時代にはゼレニスムス（寄席）となり、茂吉も幾回か入っているが、現在は映画館になって残っていた。

一方、茂吉より三十七年前ミュンヘン大学に留学した森鷗外は、一八八四年（明治十七年）に陸軍衛生制度調査と軍隊衛生学研究のためドイツ留学を命じられ、十月ベルリン着、ライプチヒ大学へ入学してホフマン教授のもとで研究、翌一八八五年十月、ドレスデンに移り、さら

ミュンヘン新市庁舎

森　鷗外

に一八八六年（明治十九年）三月、ミュンヘン大学に入ってベッテンコオフェル教授のもとで衛生学の研究を続け、翌年四月、ベルリン大学に入るまでの一年間をミュンヘンで過ごした。鷗外はこの間に一つの事件に出くわす。

それは、バイエルン国王ルウドヰヒ二世を助けんとその侍医の精神科医グッデンの水死の哀話で、鷗外はこれにからませて『うたかたの記』を発表、その中に書かれた「カフェー・ミネルヴァ」であった。鷗外・茂吉と関係の深い場所でもあった。茂吉に次の歌がある。

Café《カフェ》 Minerva《ミネルヴァ》のことたづねむと大学の裏幾度か往反《ゆきき》す

コラム⑭　森鷗外の死

茂吉は、大正十一年八月二十八日に、ベルリンの日本大使館で、日本の新聞を見て、鷗外の死を知った。「私は余り意外なことなので、しばらく茫然として居つた。そのうち令息の於菟《おと》さんが、もう独逸に来て居られるやうな気がして、試《ためし》に日本人名簿を繰つてみると果して伯林《ベルリン》に居られた。そこで二十九日に於菟さんの下宿をたづねた。」「幾ら呼鈴を鳴らしても応へる者がゐない。」「三十日の朝二たび於菟さんを訪ねた。」「『この方は避暑にまゐりましたよ』私は釈然とした。」「私は鷗外先生の死去の報を読んで、驚きの余り誰かに向つて私の心中を愬《うった》へたい心持になつたのである。」（「森鷗外先生」）
つぎのような歌をよむ。

伯林《ベルリン》にやうやく着《つ》けば森鷗外先生の死を知りて寂しさ堪へがたし

帰りゆかば心おごりて告げまゐらせむ事多《ことさは》なるに君はいまさず

蕨とりと鍵穴のぞき

茂吉はミュンヘンでの研究が一段落ついた一九二四年（大正十三年）六月十日、急に思い立って一人で南ドイツのガルミッシュに出かけている。その目的は、蕨とりであった。二年前のオーベルアムメルガウ行のあと、ベルリンにたちよった折に日本留学生笹川正男氏に逢い、ドイツにも蕨が沢山生えているところがあるということを聞いたのであった。そのことを思い出し「僕は九月にミュンヘンに帰ると独りでかう思つた。ガルミッシュならばひよつとしたら未だ食べられるほどの蕨が生てゐるかも知れない。そこで慌しく行つて見る気になつた」とのべている。

このガルミッシュ・パルテンキルヘンもミュンヘンから鉄道で一時間三十分のところにあり、一九三六年には冬季オリンピックが開催されている。この町はアルプスの山あいにある人口三万の静かな町で、ドイツの最高峰ツークシュピッツ（二、八六三メートル）への登山口にもあたっている。茂吉は「蕨」と題した随筆でつぎのように書く。

「ガルミッシュに着いた時は、午を少し過ぎてゐた。停車場を出てパルテンキルヘンの方へ向いて行くと、新しい旅舎が数軒檐《のき》を並べてゐる。その二軒目の『金の太陽』といふ旅舎《ホテル》に入つて僕は部屋を極《き》めた。部屋は質素だが、山嶽と相対してその雲烟《うんえん》を見極めることが出来るので僕は大体満足した。(中略)喘ぎ喘ぎとうとう湖水まで行きついたが、なるほど山中にある静かないい湖水である。僕はこの湖畔で蕨を沢山採つた。蕨は或る一ところに簇生《ぞくせい》してゐた。大部分は最早時節を過ぎてゐたけれども、それでも尖《さき》の柔かいところは残つてゐたのでそれを集めた。なかにはやうやく萌えたばかりのもある。採つた蕨を新聞紙に包んだ。僕は二年まへに友から話された蕨のことを思ひ出し、ひとり心に満足をおぼえて湖畔に沿うて林中を歩いて行つた。

旅舎《ホテル》に帰つたのは日の暮方なので、窓をあけて彼の高峰の暗黒に没して行くありさまをも見ることが出来た。部屋に帰つて、新聞包から蕨を取出して並べて見たりした。けふは客は尠く隣室もひつそりとして誰もゐない。僕は静かな気分になつて寝に就いた。九時過でもあつただらうか。

それから一寝入したとおもふころ、隣室で何かなまめく話ごゑのするのを聞いた。それは男女ふたりの声だといふことが分かつた。僕は、はてなと思つた。これは隣室は客が来て宿の婢《ひ》女《ぢよ》に戯れ挑んでゐるのではあるまいかと思つた。その時、部屋の暗闇に、隣室との境の扉《ドア》の下から細く幽かな光線の差してゐるのに気づくと、僕は反射的に起きた。そして眼鏡をかけて扉に近づき、錠の穴から隣室をのぞいた。隣室にはあかあかと電気燈がとぼつて、そこに二たりの若い男女がゐる。僕は息をこらし、気を静めてそれを見るに、驚かざることを得ぬ。女は体《たい》貌《ぼう》佳麗で、男もまた吉士《きつし》と謂《い》つていい。ふたりともゲルマン族らしく、猶太族の相貌はない。

ふたりは衣を脱した。女はすき透るやうな『潔白細膩《けつぱくさいじ》』である。男が衣を持つてこちらの扉に近づいて来たとき、僕はおもはず後じさりをした。余り距離が近いので反射的にさうなつたのであつた。それから急いで二たびのぞかうとした時、いきなり額をば扉の撮手《つまみ》に打ちつけたので、又反射的に後じさりした。しかし二人はその音にも気づかなかつたらしい、うら若い男女は自然の行為に移つて行つた。おほよそ半時間にして彼等はつひに電気燈を消した。暗黒は僕の『自我』意識を蘇らせたのであるから、僕は二たび床の中にもぐつた。けれども僕はもはや尋常には眠れない。さてさて不思議な晩であつた。」

このホテルにおける鍵穴のぞきの場面は、当時生活をともにしていた友人西村資治氏の日記にも「斎藤さんが昨日ガルミッシュのホテルで鍵の穴から隣室の男女の光景をよくのぞいた話など聞いて十時半に帰へる。あまりに夢中になつて取つ手におでこをぶつつけた話まことにこつけいであつた。」と書かれている。

それから茂吉はミュンヘンに帰って蕨を煮て一人で食べるのである。

ウェンデルシュタインの山頂。左より西村・茂吉・児玉（大13・6・9）鍵穴のぞきの前日

「夜になつてミュンヘンに着き、次の日の夕食に、宿の媼《おうな》に日本飯を焚《かし》いでもらつた。
伊太利のMaggiといふ醤油を買つて来、蕨は重曹を入れて煮た。媼は目を瞠《みは》りながら、『そんなものを食べて中《あた》りますぜ』などといつた。媼はヒルレンブラントといつて、多勢の日本留学生を世話した。日本婆《にほんばあ》さんの名はそれに本づいてゐる。『なあに中《あた》らない。己《おれ》だちには此《これ》はたいしたものなんだよ。マルチン・ルーテンは牛酪《ばた》ばかり食べて肥りあがつたが、己《おれ》はけふは畜類《フイー》になるんだ。媼《ばあ》さんは、ゲーテのファウストを知つてるか。あの中に魔女の厨《くりや》といふところがある。何でも食物は純粋のものを食ぶ。畜類になつて生きるといふ事があつただらう。己はけふは馬の如き畜類だよ』こんなことを云ひながら、重曹で茹でた蕨を清水で洗つて卵とぢの汁を作つた。それを僕の部屋に持つて来、留学生の誰にも知らせず、独りでむさぼり食べた。」

ガルミッシュ・パルテンキルヘンの街と筆者

ここには、蕨を食べることによって、故国日本をしのび、故郷を思い、日本の味を満足した茂吉の姿が浮かんでくる。この時の蕨とりと鍵穴のぞきは思い出深いものとして、忘れられなかった。

昭和十二年十二月十八日、永井ふさ子と二人で伊香保温泉に一泊した時のふさ子の手記にも次のように記されている。「先生とは旅にもよく出かけた。その旅のひと夜、互いに〈プロジット〉と言いながら盃をあげているうちに陶然としてきて、私は小声で歌をうたいはじめた。先生は〈今まで一度もきかせたことが無かつたなァ〉と面白がつて、もう一つ、もう一つと何時までもうたわせてきいていた。そうした夜の物語りに、ドイツ留学当時、寂しいものだから女友達をみつけて、ある日一緒に下宿のベッドで寝ていたら、どこかの部屋から、たどたどしいピアノで、日本の〈梅にも春〉の曲が聞こえてきたことがあつたナァ、と遠い昔を思い出す様子であつた。

また、ミュンヘンかどこかの安ホテルで、隣室の男女のベッドシーンを鍵穴から覗き見した話もきかせた。〈あちらの人たちの交合は、前奏が非常にながくて、それを鍵穴のところへかがんで、興奮しながら、息をつめて今か今かとのぞいていたが、クライマックスというのはほんの五分位の短いものだつた。あつけなかつたナ、それが終つて、男の方が何かの拍子にベッドから下りて、ドアの方へ近寄つて来たので、僕は見つかつたのかと思つて慌てて飛びのいたはずみに、そばにあつた椅子をひつくり返して、大きな音を立てた

茂吉が度々訪ねたミュンヘン・アルテピナコテーク美術館

ミュンヘンのニンフェンブルク宮殿。茂吉の訪ねた当時のもの

のでこちらが魂消《たまげ》てしまつたョ〉と言つて笑わせた。」と茂吉はもっと詳しくふさ子さんには語っているのである。

コラム⑮　東洋画よりもヨーロッパの絵画を高く評価（特にブリューゲル）

茂吉のヨーロッパ時代には、特に絵をスケッチしたものが多い。それは驚くほど熱心に実に丹念に描いている。その中の一つにピエテル・ブリューゲルの絵に特別の関心をもっている。

ブリューゲルは十六世紀の宗教改革による混乱と、ネーデルランド独立運動のさなかに生きた人で、こうした時代背景と関係が深く、独特の写実的画風、中世的な細密画の手法に結びついて独自な世界を現出、その中には、東洋的な諦念さえ思わせる世界を現出し、一種の寂莫感を漂わしている。茂吉は印象派絵画の素材や表現手法を短歌創造にとり入れて西欧的近代を求めている。また、色調の深く沈んだ重厚な気分のものや陰影のある美、くすんだ色調といったものを好み評価。「生ける美」「生成の流動感」を見出す。

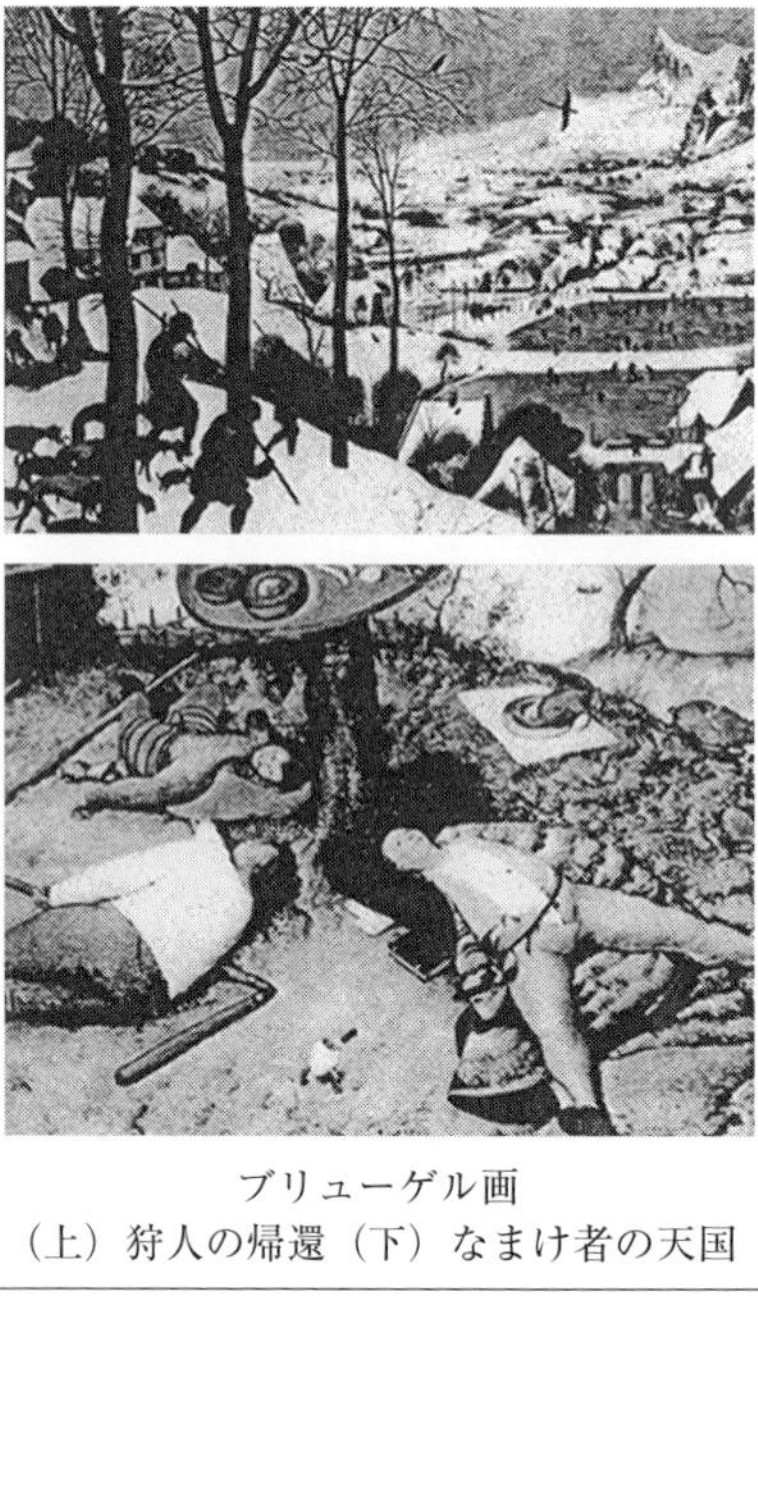

ブリューゲル画
（上）狩人の帰還（下）なまけ者の天国

パリ——妻てる子の洋行

茂吉の留学は大正十年より三年間にわたったが、その出発から準備金に骨折っている。青山脳病院の財政もそう余裕ある状態ではなかった。紀一は大正九年五月に行なわれた第十四回衆議院議員選挙に再出馬し落選した。この選挙に七万円からの金をつぎこんだために、財政上非常に困難をきたした。事業家の紀一はその挽回につとめ、大正十一年には青山脳病院の外側に糞尿会社の設立を計画したが、結局は実現をみなかった。さらに大正十三年の衆議院議員の選挙にも出馬をもくろんだが、これも財政面や周囲の事情から断念したのである。関東大震災の被害も大きい痛手であった。

そういった斎藤家の事情からして、茂吉は留学費を紀一から多額にうけることもむつかしく、中央公論編集長の滝田樗蔭や平福百穂、銀行をやっていた渡辺幸造らから多額の援助をうけなければならなかった。その上、妻てる子が洋行してくるということは、往復の旅費や滞在費等多額の金を要することであった。

てる子はすでに大正十二年洋行を計画、船まで決めていた矢先に、九月一日の関東大震災にあい、やむなく中止をしなければならなかった。紀一から洋行を禁じられ、母のひさからも「この世間の大事の際に、娘が西洋に遊びに行つたといつては世間様に対して向ける顔がないから思いとどまれ」とたしなめられたのである。

茂吉の大正十三年二月十四日の中村憲吉宛書簡によると「愚妻への洋行催促は、あれは、自宅の方の事情の分からぬ前に出した手紙にて、船室もきまり、旅行免状もとった矢先に地震があつたのでありしゆゑ、折角の用意に対し、気の毒に思ひしゆゑ、父の許可を願ふやうにいひやりたるものなり。その後父よりの書簡にて自宅の事情も分かりしゆゑ、洋行中止の手紙をも再三やりたり。なにしろ手紙が四十日もかかるゆゑ、いろいろおもふやうにまゐらぬ事あり。小生は小生のために御尽力を御願ひしたれどもカカアの洋行費までは御願ひせざりしなりしもカカア自身かん違ひしていろいろ御迷惑かけたるらし、御かんべんねがふ」と書き送っている。

ところが三月十八日平福百穂宛書簡では「つひに二三日前に愚妻より、父から許可が出たから一寸洋行したいといつて来ました。僕は、愚妻の洋行は中止するやう再三いつてやつたのでしたが、今考へると、愚妻が来ると、それが口実に一、二ケ月巴里あたりにゐられるといふずるい考も湧いてゐます。」と書いているように、てる子は周囲の反対をおしきって洋行にこぎつけたのである。てる子にはてる子自身の事情もあった。茂吉はてる子が持ってくる金とてる子を見物させることにかこつけて、自分もゆっくりパリ、ロンドン、ベルリン等を見物して帰ろうという考えに変わってゆくのである。そして茂吉は、てる子の洋行出発はこっそり内密にするように気をつかっていたのであるが、てる子自身は、つぎのような挨拶状を印刷して配った。

青葉薫る初夏の候愈々御健勝のこととお喜び申上げます扨て今般欧羅巴滞在中の主人出迎ひかたがた来六月五日午前十一時横浜出帆の箱根丸にて渡欧最初先づ巴里に向ふことになりましたので拝趨親しく御暇乞申上ぐる筈の処多忙の際とて其意を得ず書中を以つて御挨拶申上げます切に御自愛のほど祈り上げます

追而六月五日午前八時五分東京駅より出発の予定に御座候

一九二四年、五月　　斎藤　輝子

茂吉は五月二十八日、論文「家兎の大脳皮質における壊死、軟化及組織化に就ての実験的研究」を完成し、

結論の部のつづきをも書きをはり何といふ心ののどけさこれは

と歌っている。五月三十日には、

教授よりわが結論の賛同を得たるけふしも緑さやけし

教授に論文を認めて貰い、公園を散策して喜びとさわやかさの心を歌っている。

やっとの思いで研究論文の完成をみた茂吉は、ミュンヘンで親友の三人と南ドイツのベルヒテスガーデンからウェンデルシュタイン山へ登る旅に六月七日に出かけている。一行は、茂吉と、ビールの調査研究にきている西村資治農学士、魚類研究の中井信隆理学士、精神病学研究の児玉誠医学士であった。

この旅では「実にいい山、いい湖水と、原野とを見た。山はアルプス山系の続きで、雪のある鋭い山々が、虚空を圧してゐる工合は、久しく教室内にくすぶつて苦しんでゐた僕等の目には不思議なもののやうに見えた。」とのべ、この旅で、特に茂吉の印象深かったことを随筆「蕨」の中で「僕ら四人は心に満足をおぼえて六月九日ミュンヘンの宿に帰った」。この二泊三日の旅は、親しかった友人たちとの離別を記念する旅でもあった。

ところが、その翌十日、急に蕨とりを思い立って一人で南ドイツのガルミッシュに出かけた。このときの話は、一九三頁の「蕨とりと鍵穴のぞき」である。

みづうみの近く歩きてほほけたる蕨を手折《たを》り新聞につつむ
やはらかき蕨もありてわれは摘《つ》む独逸のくにの人に知らえず

ミュンヘンに帰った茂吉は、六月十六日よりドイツの旅に出かける。シュトットガルト、チュビンゲンで「クールベの海波図」を見、医科大学を訪ね、フライブルク、ハイデルベルク、

カッセル、二十四日にはワイマールに

この街のゲエテ、シルラー、ニイチェと親しむものは親《した》しみ来《きた》る
わが胸もとどろきき彼等が現身《うつしみ》ありけむ時のものとおもへば

と詠み、イエナ、ライプチヒ、レッケンと行く。

東海のくにの旅びとみづからを寂《さび》しむがごとひとり歩きす

六月二十八日には紀一が留学したハルフ（ハレ）に行き、精神病学教室を訪ねている。

わが父が嘗《かつ》てここにて学びしをおもひ偲びて語りあひける

翌二十九日より七月六日までベルリンに滞在して、

しかすがに首都ベルリンは巨大にていつ来てみても驚くわれは
日本食支那食くひて悲しみを尠《すくな》くしゐる同胞を見し
競馬にもつれゆかれたり競《きそ》ひ見るその心をぞ空《むな》しくなせそ

前田茂三郎は茂吉を競馬場につれてゆき、心をリラックスさせようとした。
七月七日に再びハンブルクに行き、

南ドイツ（ガルミッシュ・パンテキルヘン駅前）（筆者）

明治35年に養父紀一留学地ハレ市街

ハンブルクの港に来れば港町のそのおもかげは長崎のごとし

と詠む。七月十日、ベルリンに帰り、大正十年十二月、ベルリンに着いたとき前田茂三郎の下宿先、ロスト家へお世話になっていたのでいとまごいに行く。

Rost《ロスト》夫人といとまごひしぬ帰りゆかば二たびわれ等会ふことなけむ

ミュンヘンに帰った茂吉は、

我が部屋に一人こもりて荷づくりをするとき悲しみのわくこと多し

部屋代もすべてすまして明日発《た》たむとひとり心をしづめてゐをり

一年《ひととせ》をここに起臥《おきふ》したりしかば Hillen《ヒルレン》 brand《ブラント》 媼《おうな》は泣きぬ

妻てる子と二人で（未発表書簡）

茂吉は七月二十二日、親しくした西村、中井、児玉の諸氏に見送られ、

同胞の三人はわれをおくりに来平凡なれど寂しきことといふ

と詠んで別れをつげ、ミュンヘンからパリへ向かったのである。明けて二十三日パリのオテル・アンテルナショナールにおいて妻てる子と落ち合った。

夜《よる》はやく独逸国《くに》ざかひ通過して巴里《パリー》の朝にわが妻と会ふ

さて、妻てる子の方はスエズに着いて、エジプトのピラミッドを見物に出かけた。その時のことを次のように語っている。

エジプトは治安が悪いので船長からもピラミッド行は、再三止《と》められたが、「主人（茂吉）は行きにすでに見物しているので帰りに私をつれては行かない。どうしても行きたい」と言

って、男性と一緒に出かけた。そのさい、高価な身辺のものや金銭等は盗まれるので置いて出かけた。沙漠の中をラクダにのって現地人が手綱を引いてゆくのであるが、男性の乗ったラクダはどんどん行って姿が見えなくなった頃、てる子さんの乗ったラクダは沙漠の中で立ちどまり、金を呉れとおどしにかかった。そこでとっさに「お金は持っていない。先に行った男達の中に夫がいるので追いついたらお金をわたしてやる、早く追っかけろ!」といって難をのがれた。そのときピストルを持っていたらうち殺してやりたかった。

この話、てる子さんの気転のすばらしさはさすがである。

一九二四(大正13)年七月二十三日、パリのオテル・アンテルナショナールにおいて、三年振りに妻とパリで落ち会った茂吉は、妻てる子に非常にやさしさを示し、その心情をつぎのように歌っている。

歯をもちて割るはしばみの白き実を従ひてくる妻に食はしむ

(「はしばみ」は、ヘーゼル・ナッツと呼び、食用されている)

大きなる都会のどよみゆふぐれし支那飯店《しなはんてん》に妻をいたはる

しかし、趣味の違う夫婦は「霧のこめた初冬の巴里に帰つて来た。僕の妻は慌《あわただ》しく音楽を聴きに出掛けた。僕は未だ癒らぬ硬口蓋のただれを労《いたは》りながらM君とシナ飯店に飯食ひに行き、それから、明日の日程を極《き》めたりした。」(「蕨」)と記している。

茂吉は、美術館や精神病院を見学することに興味をもつが、てる子さんは、もっぱら、音楽会や観劇に夢中であった。

七月二十五日には、ヴェルダンの戦跡を訪ねていて、次の歌を詠む。

ヴエルダンの戦《たたかひ》の跡とめくれば蟬も聞こえ夏深《ふ》けむとす
ひとつひとつ戦《たたかひ》のあとの名がありてけふ曇り日のしづ心なき
青草のほしいままなるヴエルダンに銃丸《じゅうぐわん》ひろひ紙に包むも
ここに来て見るは遊びのためならずヴエルダンはなほ息《いき》づくごとし

「ヴェルダンの戦い」とは、第一次大戦半ばの一九一六年二月から十二月に行われたヴェルダン(Ver dun)北東フランス攻防戦で、決戦をいどんだドイツ軍の猛攻に対し、ペタン指揮のフランス軍は、この地を死守。ペタンはヴェルダンの英雄と呼ばれ、戦死者は、合計七〇万人に達したといわれた。

これより、茂吉夫婦はヨーロッパ各地を旅行するのであるが、義弟西洋宛の絵葉書(未発表)を紹介してゆく。

(一九二四年七月十五日　輝子)

茂吉夫妻

ピラミッド絵ハガキ
大13.7.15 斎藤輝子

エジプト見学を終へてポートセイドへの車中にて　斎藤輝子
七月十五日　マルセイユには二十日につきます

建物絵ハガキ
大13.7.25

ベルダン見物の日

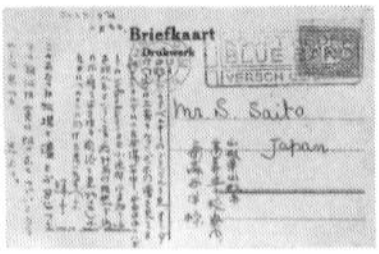

Volendam 絵ハガキ
大13.8.7
アムステルダム

オランダ港町
フォーレン木靴

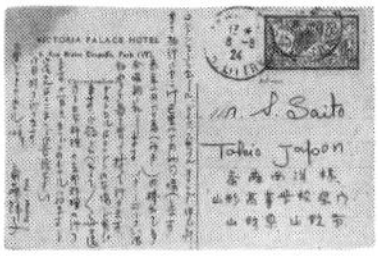

パリ・ビクトリアホテル
絵ハガキ
大13.8.8

ビクトリアパレスホテル

ロンドン塔絵ハガキ
大13.8.24

ロンドン塔

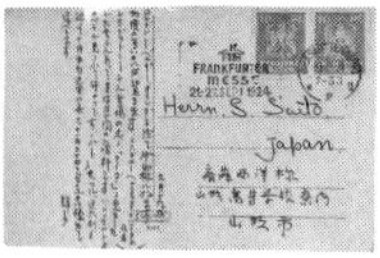

オランダ　大13.9.19

オランダのエダムにてチーズ運びの人夫と一緒にうつる輝子

山形市高等学校寮内　斎藤西洋様
七月十四日スエズ着、約百哩の砂漠を自動車にて突破し熱風を浴びたり、ラクダや兎位大きいトカゲを見たり苦しい五時間余のドライブをつゞけカイロに夕方着、駱駝にのってピラミッド、スフォンクスをバックに記念の撮影をいたしナイルの河の上に照る月影を浴びつゝカイロのホテルに到着、一泊の上、朝四時半出発、発掘しつゝあるカイロの古都や寺院を見物後、只今ポートセイドへ向ふ汽車中にて御健在を祈りつゝ執筆いたし候ピラミッド前にての記念写真は八月末には青山宅へ到着と存じ候御覧下され度し

（一九二四年七月二十五日　輝子・茂吉署名）

日本東京赤阪青山南町五の八一　斎藤西洋様

途中無事巴里着、本日茂吉と共にヴェルダン見物にまゐり朝八時出発夜十一時パリー着の予定にて只今ベルダンのホテルにて食事をいたし之より自動車にて戦場を廻りますパリーは中々気持よく毎日一回当分日本料理屋ときわにまゐりおさしみやみそ汁に舌鼓打ち居り候冬までは滞欧いたし候間御用の赴森田方へ御報下され度し（輝子の筆蹟）　茂吉山人（署名）

七月二十五日

（一九二四年八月七日　輝子・茂吉寄書）

山形県山形市高等学校寮内　斎藤西洋様

ロンドンからベルギーのブラッセルを見、オランダのヘーグに立寄りヴァン・ゴッホの絵を見て主府アムステルダムに只今滞在中、今日は此のハガキの Volendem《フォーレン》と云ふ漁村にまゐり三世紀以前と少しも変らぬ特有の服装や例の木履をはき居る風俗を見物いたし候、九日にベルリ

ンに向け出発いたすべく候。　　　　　　　　　　　　輝子

このあたりは牧場と溝とが目につく、その牧場は実に限りなくつゞいてゐるやうに思へる

兄より

（一九二四年八月八日　輝子）

山形県山形市山形高等学校寮内　斎藤西洋様

ロンドンをふり出しに、ドイツ、スヰッツル、オランダ、伊太利等を旅行に出かけ巴里に十月初旬帰へります、来年一月六日着（神戸）の榛名で多分帰朝いたします、パテーの小さい活動写真器を買って持って行きます、ダウンヒルはロンドンの本場で買ひます、御飯がたべたくて〳〵毎日遠方を日本料理か支那料理に行きます、十一月末までこのホテルにゐますから御注文はここまで御音信下さい御自愛祈ります。巴里、ビクトリヤ、ホテル123号　　斎藤輝子

（一九二四年八月二十四日　輝子・茂吉寄書）

大日本山形県山形市高等学校寮内　斎藤西洋様

今ロンドンを見物してゐます、夏目さん（注漱石）の「ロンドン塔」で有名なTower《タワー》 of London《ロンドン》を今日見ました、ダンヒルのパイプも大そう上等なのを求めましたから楽しみに御待ち下さい、

本月末オランダに行きます　　　　輝子

パリもロンドンもよいが僕は山形の山中にでも行つて納豆でもたべてゐる方がよいね　兄より

倫敦にて八月二十三日

（一九二四年九月十九日　輝子）

日本山形市山形高等学校寮内　斎藤西洋様
ロンドンからベルギー、オランダを経て今伯林にゐます物価の高いのには驚きます、マスガニー（カバレリア・ルスティカナの作者）がコンダクトして千人登場のオペラ、「アイダ」を見ましたが大変な人気で一等は三十円の入場料です、い、コンセルトとオペラが見られて何よりです、これからスヰッツル、伊太利を廻って十月中旬巴里に戻り、十一月三十日マルセイユ着榛名で帰へります。

輝子

コラム⑯　ハイデルベルク大学と学生牢

ハイデルベルク大学は、ドイツ最古の大学で、茂吉の師三浦謹之助、呉秀三両氏も留学したところ。クレペリン、ニッスル、アルツハイマー等もここにいた。この大学の中には有名な「学生牢獄《ろうごく》」がある。校則違反、酔っぱらってけんかは、学生自治組織の「裁判」によって入牢、ただし「罪人」の方は、それを名誉とし、壁や天井まで名前等を落書、入牢者は水とパンだけで暮らす建前だが、番人に金さえ渡せばなんでも差入れが許され、授業のあるときは出獄し出席し終わればまた入牢する。

この牢は一七七八年から一九一四年まで使われた。

学生牢の落書

夫婦で巡歴

茂吉夫妻は、ヨーロッパの旅を続けた。大正十三年八月二十日、ドウバ海峡よりロンドンにわたり、ミス・ハーロウ方に二週間滞在。

二週間われ等ロンドンにゐるうちにバス電車にもみづから乗りつ
ロンドンに日本《にほん》の飯《めし》をくひしとき同胞《どうばう》のひとり酔泣《ゑひなき》したり

九月四日、五日はハーグでゴオホの絵を見、レムブラント、ミレエ等の絵画に楽しむ。

ここに来てゴオホの物をあまた見たりいくたびかわが生《せい》よみがへる
レムブラントの大作も三つ此処にあり彼いまだ老に入らざりしもの（アムステルダム）

九月九日にはアムステルダムを経て夜ベルリンに入り、ベルリンに足掛二週間滞在、前田茂三郎等の世話になる。

いそがしき君わづらはしみ情《なさけ》をこたびもうけぬにくくおもふな
二たびは来じとおもひし伯林《ベルリン》に妻と相ともに君にしたしむ（ロスト夫人）
アララギのくれなゐの実がこの園にめざむるばかりありありと思ひきや

九月二十三日にはスイスのチューリヒに向かい、

チューリヒはセガンチニーにて心足《た》りこれよりRigi《リギー》に旅たたむとす

二十五日夕方、リギ・クルム山上にやってきた。リギ山は、スイスでも最も歴史ある観光地で、一八一六年に初めて観光客用のホテルが建てられ、一八七〇年にはヨーロッパで最初のケーブルカーが建設されたところである。ルツェルン湖、ツーク湖、ラウエルツ湖の三つの湖に囲まれて、湖に浮かぶ島のような形をしてそびえ、一、八〇〇メートルの山頂にたつと南にベルン高地のアルプス、北にドイツの黒い森、そして西にはフランスのジュラ山脈がパノラマのように展望できる。とくにここから眺める日の出と日没はすばらしいところである。茂吉夫妻はアルト・ゴルダウからリギ山頂へ登山電車でのぼっている。（一九七六年、私が行ったときは約三十五分でのぼった）

茂吉は「リギ山上の一夜」でつぎのように記している。

旅舎の部屋を幾つか見て廻つて十八フランケンのに極めた。当時の相場で邦貨九円余に当つてゐた。

それからホテルを出た茂吉夫妻は、頂上にたって落日を眺め、セガンチニの絵を思った。

「だいぶ日が短かくなつたやうだな。やつぱりあの湖水の方が南らしいね」

「さうね、巴里《パリ》を立つてから、もう幾日《いくにち》か知ら」

「もうそろそろ二月《ふたつき》だね。海峡でお前反吐《へど》ついたではないか。」

「あたし、もうホテルへ帰るわ。此処のところはだいぶ寒い。」

妻と二人は「頂上」の丘を下りて旅舎に帰つて来た。（中略）

僕は外套を着、首に襟巻を巻いて、窓の玻璃に顔をおしつけるやうにして山を見てゐた。奥の方の山になると既に白い雪が降つて水晶の結晶群を見るやうである。（中略）さうして僕は沈黙して小一時間も山獄を見てゐただらう。妻は妻で、山獄などは見なかつた。外套を着たまま妻は両手を円卓に突いてこめかみのところをおさへてゐるうちに自然に両眼を瞑つただらう。山上のこの部屋の小一時間は、二人に調和があるやうでもあり、無いやうでもあつた。（中略）さて、部屋に帰つて見れば「籠る感じ」である。邪魔するものの無い気安さと落付があるに相違ないから、ふたりは突樫《つつけん》に相争ふやうなことはなかつた。けれども今此処を領してゐる静寂はつひに二人に情感の渦を起こさせることがない。ふたりは暫《しば》らく無言で部屋のなかにゐたけれども、僕は今度は服を脱して床のなかにもぐり込んだ。

さうすると床のなかに湯婆《ゆたんぽ》が入れてあつた。「おや湯婆《ゆたんぽ》が這入つてゐるぜ。…やつぱり山中《やまんなか》は何か工合のいいところがあるな」そんなことを僕が云つて、足で触つてみると民顕《ミュンヘン》あたりの湯婆《ゆたんぽ》とは感じが違ふから、引出すと徳利のやうな恰好《かつかう》をした湯婆《ゆたんぽ》であつた。「あたしの方にも入れてあるかしら」「あら、やつぱし入れてあるわ」「これはまた妙ね。お酒か何かの入物ぢやないの。これはまた妙ね」（中略）

そこで、つまり僕達ふたりは障礙を微塵も受けずにアルプス山上の美しい日の出を見たのであつた。山上の美しい日の出は謂《い》はば劫初の気持であり、開運の徴でもある。それに較《くら》べると、現に連《つ》れ添うてゐる、我執をもつ僕の妻なんかは、実に奇妙な者のやうな気がしたのであつた。

リギ山上からアルプスの上にのぼる日の出をみた際の茂吉の感想である。茂吉が妻てる子さんのことを書いた文章は非常に少ないのであるが、ここに長く引用した文章は、茂吉夫妻の関係が細かに書かれている。しかし、二人の情愛というか、情感は湧いてはこない。ただ、憤怒

ロスト夫人
前田茂三郎下宿先
（ベルリン　大13）

前田茂三郎と茂吉
（ベルリン　大13）

したりする茂吉の感情がでていないことから、この二人にとって最も安らかな旅であったことが思われる。
茂吉は「僕は妻とむかひあつて朝餐の珈琲を飲みながら、計らずもこんなことをおもひ、ふと妻の顔を見れば、取分けあやしいといふよりは、やはり人間的な親しみがそこにあらはれて来て居つた。」とのべている。

しみとほるこのしづけさに堪へがてずわがゐたるRigi《リギー》の山のうへの夜《よる》
角笛《つのぶえ》のわたらふ音は谷々を行方《ゆくへ》になしてすでにはるけし
アルプより日いづる光見むとして窓のところはかたまりあへる

翌二十六日朝、二人は山をくだり、ルツェルンに行き、インターラーケンにやってきた。途中汽車がブリュニックの駅についたとき三十分ばかり停車するというので、茂吉は妻を車内に残して、食店で小料理一品をとり赤ぶどう酒をのんだ。そして土産店で絵ハガキをいろいろと選んでいたところ、ものの動く音に気がついてみると、汽車が動き出していた。汽車は速度をはやめ出した。一町半もある場所から、反射的に汽車を目がけてかけ出した。線路を一目散にかけて、やっとのことでぶらさがるようにして汽車に飛びのったことを随筆「翌日」の中に書いている。「そのあと沈黙が少しの間つづいた。さうすると妻はまた云つた。『お前さまは人並みはづれて神経質だけれど、また余り呑気過ぎることもあるわ、そら、いつか門司でも一汽車おくれたでせう。あの時だつてあたし随分心配してよ。けふだつておんなじことだわ』大正八年の一月に、僕達夫妻は東京を立つて長崎に向つた時のことである。海峡を汽船で渡り、九州線の急行列車に連絡するところを、僕はバナナ店をのぞき歩いてゐて、その急行に乗後《のりおく》れ、妻だけ先に行つたことがある。そのことをいふのである。僕はいま妻から云はれてはじめて過去のことを思ひ出した。」

こう記す茂吉は、追想にふけることによって心がなごみ、そして「妻の顔を見たが、けふの暁天に山上の日の出に対しながら見た時の顔とはちがふやうに見えた。」とのべ、妻への情愛を感じさせるのである。

茂吉夫妻
二人でヨーロッパ巡歴

スイスのリギ山上(大13)

パリ滞在（未発表書簡）

ユングフラウ行

茂吉夫妻はルツェルンからインターラーケンにやってきた。

九月二十七日、ユングフラウ山をめざして登山電車にのりこんだ。ユングフラウは標高四、一五八メートル、その名は処女の山の意で、白雪に覆われた美しい姿は、明るくてきらびやかなベルン・アルプスの代表にふさわしい。ここは、アイガー、メンヒ、ユングフラウと四、〇〇〇メートル級の山が続いていてアルプスの旅情を十分に満喫させてくれるところである。ユングフラウの岩肌と氷河を見ながら、メンヒ、アイガーの雄姿をのぞみながら二、〇六一メートルのクライネ・シャイデックに着く。

ここで電車をのりかえて、いよいよアイガーとメンヒの胎内七キロのトンネルにさしかかる。このトンネル工事は十四年間かかって一九一二年に完成した。トンネルの巌をくり抜きいくつか展望が出来るようにしてあって茂吉は「寒暖計が零下二十度を示してゐる」と「ユングフラウ行」でのべている。電車はアイガーとメンヒの頂上直下を走って、ユングフラウ・ヨッホ駅に到着する。トンネル内では標高三、四五四メートル、ヨーロッパ最高地点に位置する駅である。電車を降りて通路をエレベータまでゆき四階に上がると展望台にでる。ここから東にメンヒ、西にユングフラウ、眼下にアレッチ氷河の雄大な景観が展開、また地下道を進むと氷の宮殿に行ける。氷河をうがった洞窟の中に氷の部屋や室内装飾がつくられている。

茂吉がユングフラウ・ヨッホ駅に着いたのは十二時二十五分で、ひどい吹雪のため前面には何物も見えなかった。

私がここを訪ねたのは、一九七九年（昭54）七月三十一日のことである。空の果てまで青く澄みきって白雪の山々がつらなる大自然のパノラマに言葉もなく陶酔していたのであった。アレッチ氷河の雄大さを見ていた。三年前にモンブランの展望を果たしたが、それにくらべて、こちらの方が雄大さをもち、草原と氷河と銀世界という景観に感嘆の声をあげたものである。

左よりアイガー・メンヒ・ユングフラウ

54.7.31
ユングフラウ・ヨッホ駅・筆者
標高3454m

ユングフラウ・ヨッホ展望台よりアレッチ氷河を見おろす

ユングフラウ・ヨッホ地下食堂・茂吉が食事したところ

しかし、ユングフラウ・ヨッホの展望台に着いたときは、にわかに霰《あられ》が降り出したりした。茂吉の見た六十年前の様子は「けふの登山は、吹雪に逢つたために登山の本望を遂げたとはいひ難い」と残念がっていて、つぎのように歌っている。

雪吹雪ユングフラウのいただきに吹きすさぶるを現《うつつ》に見たり
見はるかすこごしき白きいただきが常《つね》ならなくに今ぞかくろふ

パリから

茂吉夫妻は、ユングフラウ登山からインターラーケンにおりて、ベルン、イタリアのミラノ、ヴェネチア、ゼノア、トリノ、フランスのリヨンと巡歴し、十月十日、パリに帰り以後四十日間パリに滞在。パリに洋行中の友人・知人、安倍能成、三木清、久保猪之吉、児島喜久雄らと逢ったり、十月二十三日には、ソルボンヌ大学を訪い、太田正雄（木下杢太郎）、磯部美知の研究室を見学、セザンヌやゴッホの絵を見たり、結城素明画伯にあったり、パリ市内の貧民街を見学したりする。

レオナルドウの最後の晩餐図《ばんさんづ》このたびは妻にも見しむそのけだかきを
ゴンドラに乗りてヴエネチアめぐり居る吾と妻とは争ひもなし

小園《こその》には芭蕉竹松うゐありてイタリアと日本と血筋《ちすぢ》のごとし
廻廊《くわいらう》の街《まち》ゆきしかばくれなゐの天鵞絨《びろうど》買ひたり妻が着《き》むため（トリノ）

など詠みついで「巴里雑歌」をつくる。

この市《いち》に蛤《はまぐり》貝《かひ》も柿も売るカキ・ジヤポネエと札《ふだ》を立てたり
セエヌ縁《べり》の古本店《こほんてん》をものぞきしが二言《ふたこと》三言《みこと》かたりたるのみ
レオナルドウにこの二日《ふつか》あまり集注《しふちゆう》しわれの眼《まなこ》の澄むをおぼゆる
ヴアン・ゴオホつひの命《いのち》をはりたる狭き家に来て昼の肉食《にくを》す
いまの代にフオンテンブロウに鹿住むと聞くさへ親し仏蘭西国《ふらんすこく》は

次に、**パリ滞在中の夫妻が義弟西洋に宛てた絵葉書（未発表）**を紹介する。

（一九二四年十一月一日　輝子）
日本山形県山形市高等学校寮内　斎藤西洋様
十月十日漸く巴里に帰へりました、シーズンになつたのでオペラやコンセルトに目の廻るほど忙がしい、毎晩オペラとコンセルトとかけもちで一時前にねたことはない、従つて朝は十時前に起きたことはない、クライスラーが十一月十一、十五当日オペラで弾きますが入場料は日本と同じ位、一等が十五円位です、一週三度フレンチのレッスンの下ざらひの暇もないほどです、**今日はサロンドータムの招待日で茂吉は行きました、**もう丁度一月後船にのります。　輝子

Victoria Palace Hotel Paris

〈絵ハガキ表〉これはサン・クルー公園の「みどりや」と云ふレストランです、日曜日に素明さんとマダム森田と**茂吉**と四人で散歩に行きお茶をのんだところ

（注）歌集『遍歴』に「十月二十七日、森田菊次郎氏、結城素明画伯にあふ、午餐後、サン・クルー公園に遊ぶ。貧民街。夜、カジノ・ド・パリに行く」と詞書《ことばがき》があり、次の歌がのせられている。

公園に黄いろなる葉が落ちたまり外套にふる時雨《しぐれ》ほそしも
巴里《パリー》なるセエヌの川の川ちかき公園に降りし秋のしぐれのおと
素明画伯われを導《みちび》き貧者《ひんじや》らのぎりぎりに住むところ見しめし

（一九二四年十一月十三日　茂吉）

山形高等学校寄宿舎　斎藤西洋様
十一月十三日巴里　兄より、

御健康いのる。廿日にマルセーユを出帆する。

一九二四年（大正13）八月十五日付前田茂三郎宛書簡で「巴里《パリ》の生活は、やはり新たに生活をはじめるやうなものにて気ばかりいらいらし、折角友人が心配して呉れた下宿ではさんざん南京虫にやられたりして、宿を換へること五たびやうやく今のホテル（注ビクトリア・パレスホテル）に移り中次第に御座候。木下杢太郎さんがまだ巴里に居られて、いろいろ世話してくれ申候、今のホテルも同君の世話に御座候。○巴里は流石《さすが》の大都会にて、小生実に驚き居り候。小食店の豊富なること驚くばかりに御座候。このごろ歯が痛み、難渋して居り候。コンコルドの広場を痛む歯をおさへながら茫然として居り候。○愚妻も御かげ様にて丈夫なれども、洋服が日本の女ゆゑ、少しも合はず、変な恰好《かっかう》して歩いて居り候（中略）フランス人はドイツ人を実に悪ざまに申し候へどもさうひどいものと小生は思はず候。」とパリの様子を報告している。

絵ハガキ
サン・クルー公園のみどりやというレストラン

絵ハガキ（表）

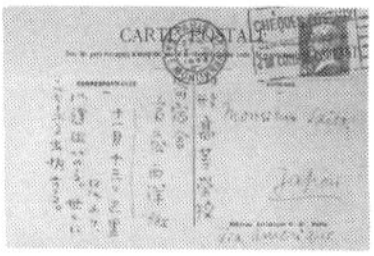

絵ハガキ
パリ市街
1924.11.13

絵ハガキ（表）

◎青天の霹靂《へきれき》

青山脳病院全焼す

茂吉は三か年の留学生活を終えて、てる子夫人と大正十三年（一九二四）十一月三十日、日本郵船榛名丸《はるなまる》に乗船して帰途についた。十二月五日、ポートサイド、スエズ運河、十日、インド洋、十七日コロンボ、二十一日スマトラ海峡、シンガポールと、榛名丸の船上にあって、のどかな船旅に平穏な自足の日々をすごしていた。

ところが、三十日香港を出帆して上海に向かう洋上で、青山脳病院全焼の電報をうけとったのである。

おどろきも悲しみも境《さかひ》過ぎつるか言絶《ことた》えにけり天つ日のまへ
みごもりし妻をいたはらむ言《こと》さへもただに短しきのふもけふも
言なくてひれふさむとするあめつちにわが悲しみはとほりてゆかむ
百穂画伯よりの電報をいくたびか目守《まも》りて船房に相寄りにけり
もの呆けしごとくになりし吾と妻と食卓《しよくたく》に少《すこ》しの蕎麦《そば》をくひたり

父母《ちちはは》のことをおもひていねざりし一夜《ひとよ》あけぬるあまつ日のいろ
何事もいたし方なししづかなる力をわれに授けしめたまへ

まさに青天の霹靂《へきれき》であったのである。

青山脳病院の火事は、十二月二十九日午前零時《れいじ》二十五分、餅《もち》つきの残火の不始末から発火し、三百余名の入院患者中、二十名が焼死、三時二十分鎮火《ちんか》したのであった。

大正十三年十二月三十日（火）の「読売新聞」は次のように火災の状況を報じている。

猛火に狂ひつゝ廿余名焼死

◇餅搗きの残火から青山脳病院全焼す

私立の脳病院として相当古い歴史を有つてゐる赤坂青山五ノ八一青山脳病院は廿九日午前零時二十五分賄所《まかないどころ》から出火し、建坪三千余坪の二階洋風豪奢《ごうしゃ》な建物其他目下新築中の院長の息

青山脳病院全焼を伝える新聞記事
（大正13年12月30日）

全焼のあと

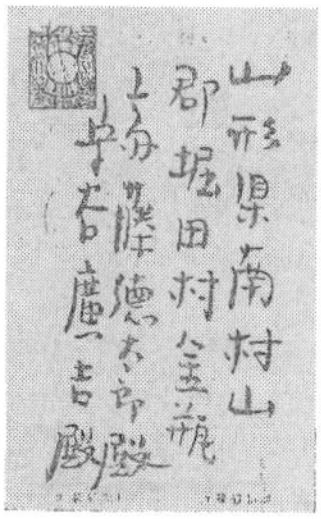

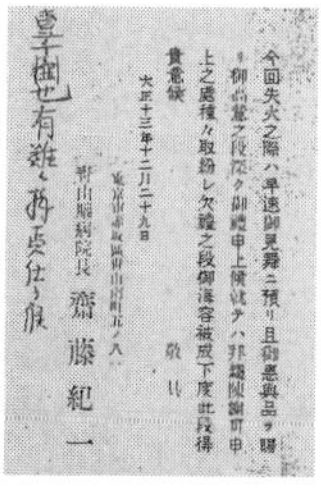

失火見舞いに対しての礼状

歌人、斎藤茂吉氏（目下帰朝の途にあり）の住宅一棟を残し二棟の病舎及び民家三戸を全焼一戸半焼しその上入院患者等二十三名焼死者を出し同三時二十分鎮火した。原因は同夜餅搗きをした残火からである。同病院には目下三百余名入院患者あり、うち自費五十五名、公費二百五十名で出火と知るや院長斎藤紀一氏は医院、看護人等を指揮し三ヶ所に設けてある水道栓から放水して防火に努めたが力及ばず猛火は三百有余の生ける屍の群を包み阿鼻叫喚の一大修羅場と化せしめた。かくするうち所轄《しよかつ》青山署から駈けつけた警官や付近の青年団、在郷軍人等が内部の者と協力して入院患者を戸外に運んだが、病室に鍵をかけてある所から全部を避難せしむることが出来なかつた為東京府委託の公費患者を多く見殺にして了つた。尚同病院に数十年間勤務していた漢法医板坂周活（八二）及び電気治療室助手丸山鴻太郎（六〇）の二氏も逃げ場を失つて焼死した。

各脳病院へ割当収容——三巡査負傷——

救助した患者の処理に関しては警察庁から亀岡医務官が出張して各脳病院主を集め協議の結果根岸病院、王子病院、戸山病院、亀戸保養院、巣鴨保養院の五ヶ所に各三十五名宛割当ることに決定し、正午から夫々収容してゐる。其他の患者については各病院と協議中である。尚斎藤病院長の養子たる出羽嶽は尻端折りとなつて炊出《たきだ》し、その他に甲斐々々《かひがひ》しく働いてゐる、又出火の際青山署の辻貫一、山本義一、大崎岩五郎の三巡査は患者を救ひ出さんとしてドアを破る際負傷した。

また、「都新聞」は「斎藤紀一院長語る」の見出しで、つぎのように報じている。

丁度年賀状の整理を終へて寝付いた時で気がついた時には一面の煙でした。早速消火栓を開いたが三ヶ所とも故障で役に立たず、さうかうしてゐるうちに火の手は病室へと延びて行くので重要書類さへ取出す暇がなく皆で患者救助に努めましたが、力及ばず十数名の焼死者を出しそのうへ皇室からの御下賜品を焼いたのは遺憾此上なく全く何とも申訳の仕様がありません。

当病院は明治三十六年より五ヶ年計画で建て目下手狭を感じたので増築工事を始め殆《ほとん》ど完成しかけた所を焼いてしまひました。私の一生の仕事が一夜の中に燃けて終つたので一寸如何してよいか当惑してゐます。取敢《とりあ》へず焼跡にバラックを建てるか又は解散するか二つですが、来春一月六日伜《せがれ》の茂吉が外国から帰つて来ますからその何《いづ》れかに決定しやうと思つてゐます。

この火災の損害は「東京毎日新聞」の報ずるところによると時価百六十万円、火災保険は十一月十五日で切れていたということである。病院の再建は六十五歳の養父紀一にとっては、かなりの重荷であり、かつ政界進出に多くの財産を使い果たした後なので、病院の再建はひとえに茂吉の努力にまつほかはなかった。青山脳病院の後継者として容易ならざる責任を負わされた茂吉は友人中村憲吉宛（大14・10・30茂吉書簡）に「病院の再建ならずんば一生の方針をかえねばならず」とさえ、その決意を報じている。

こうして病院再建に全力をそそいだが、資金の入手は容易でなく脳病院という性格上、地元民の反対運動や地主とのトラブルなど、多くの障害と戦わねばならなかった。しかも警視庁は焼け跡の敷地へ精神病院を建てることを許可しなかったので、郊外にかえ地を求めねばならなくなった。苦心に苦心を重ねた末、この年の五月ようやくのことで、東京府下松沢村松原に八千五百坪の土地を契約した。

しかし、第一期建築費として十万五千円の金を必要とし、その捻出に連日奔走したのであった。

このような資金難におちいったのは、養父紀一の政界進出による家産の乱費にあったが、一つには焼失前の病院が火災保険をかけていなかったことも大きな原因である。当時の茂吉はその金策の苦しみを、

金円のことはたはやすきことならずしをしをとして帰り来たれり

これを証明する一つとして、借金記録（大14・10・30茂吉書簡）が友人渡辺幸造の家で見つかった。それには

「（前略）時日の問題ゆゑ、それが思ふにまかせずつひに高利貸の手にうつり、非常なサギに会ひつつ、（中略）金参千円或五千円を無担保にて小生に御貸し被下まじく候や、（中略）暗澹のうちに日をおくり居て、厚がましくも御願する次第に御座候。」

渡辺幸造は開成中学以来の友人で、金田興業銀行を経営していた。また芥川龍之介宛書簡（大14・10・26）に「このごろ混乱の状態に有之候。歌などやめてしまはうかと思ひ候事有之候」などとその苦衷を訴えたほどである。

茂吉の大正十四年十二月三十一日の日記には、「今年ハ実ニ悲シイ年デアツタ。苦難ノ年デアツタ。」「スツカリ頭ガ悪クナリ。神経衰弱ニナリ。夜ガドウシテモ眠ラレズ。文章ガ書ケナクナツタ。」「本年八十年グラヰ老イタ気ガシタ。」等の記入がある。

焼けはてしわれの家居《いへゐ》のあとどころ土《つち》の霜ばしらいま解《と》けむとす
焼けあとにわれは立ちたり日は暮れていのりも絶えし空《むな》しさのはて
かへりこし家にあかつきのちやぶ台《だい》に火焰《ほのほ》の香する沢庵を食《は》む
うつしみの吾がなかにあるくるしみは白ひげとなりてあらはるるなり

『ともしび』

このように数々の苦難を経て東京府下松原の地に青山脳病院は再建開院された。それは大正十五年四月七日のことである。

院長就任と養父紀一の死

研究者の道を志していた

松原の地に急遽建築した青山脳病院本院はモルタル塗りの病院で、焼失したローマ式建築の青山脳病院とは比すべくもなかった。

青山脳病院はもともと紀一の長男西洋があとをつぐべきものである。したがって茂吉は、ドイツ留学の目的を、研究者となるためと考えていたようである。それがため、ウィーン大学神経学研究所において四つの論文を完成し、学位論文も出来上がっていたが、さらにドイツのミュンヘン大学に転学したのである。自分の将来をかけた計画は、青山脳病院は遅かれ早かれ、紀一の長男西洋があとをつぐことになる。そうすれば自分は医者としてどう進むべきかを考えねばならない。そこで学究的な医学の道を選び、研究に専念、さらに将来の研究目標を実験心理学の方面においていた。

平福百穂宛書簡（大正13年2月17日）で「帰朝したら、医学上の為事もします。（中略）僕は、実験心理の方面に手をつけたいと思ひますが、高いので大きな器機は買へませんから、極く小さいもの三四だけ買つて行かうと思つてゐます」とその考を明らかにしている。そういう意図からアルレルス講師の心理学教室に入って研究方法を身につけたり、近世実験精神病学の建立者の一人であるクレペリンがいたミュンヘン大学に移ったりして研究を続けるなど、真剣であった。その上多くの医学書を買い集め、医学器具等も自宅へ送っていたのであった。しかし、青山脳病院の全焼のため医学研究の道は放棄せざるを得なかった。

さて、再建した本院は、入院患者三百余名を収容することができたが、昭和二年初めから患者の逃走者がしきりに出た。

そのため病院の監督官庁であった警視庁から呼び出されて始末書を書かされることが度重なってきた。そうしたことから警視庁より改革案を出せという指示をうけ、建築の改良、看護人の問題を主として具体案をねったりするが、松浦警部から「今度ノ病院ノハジマル時ニ院長ヲ更迭スベキデアツタ」という意見がもたらされ、ことここに至っては、紀一が院長では収拾がつかなくなってきたのである。

松原の地　本院

焼け跡　分院

院長就任と執筆活動

この頃の紀一は、一代で築き上げた青山脳病院の焼失によって大きな打撃をうけ、その後の金策や病院の建築、さらに相つぐ事故で心身ともに衰えてしまっていたのである。警視庁から院長更迭の示唆をうけた茂吉は院長継承願を提出して、昭和二年四月二十七日、指令一二七六〇号によって紀一に代り、青山脳病院長の職をついだのである。院長に就任した茂吉は、副院長に青木義作氏を、医師に斎藤平義智氏を、薬局長に守谷誠二郎氏をそれぞれ任命した。こうして斎藤家一族をもって茂吉院長を中心とした大病院としての陣容をととのえたのである。

狂人《ものぐるひ》まもる生業《なりはひ》をわれ為《す》れどかりそめごとと人なおもひそ
狂院《きやうゐん》に寝つかれずして吾居れば現身《うつしみ》のことをしまし思へり
茂吉われ院長となりいそしむを世のもろびとよ知りてくだされよ

『ともしび』

しかし、病院再建、金策奔走、院長就任といった生活の変動の中で、茂吉の文学活動は活発化していったのである。一方では文学など止めねばならぬと予感しながらも、なお悲傷な心からの衝迫が、作歌活動の高揚をみせる結果となった。また生活のために随筆や評論文をつぎつぎ執筆するという事態も生じてきたのであった。帰朝した大正十四年には、四月、自選歌集『朝の螢』(改造社刊)、『童馬漫語』の重版がでた。八月には改選『赤光』の第三版、九月には

「改造」に百数十首の大作「童馬山房雑歌」、十月には「中央公論」に「短歌道一家言」を執筆している。

島木赤彦の死と「アララギ」編集発行人

ところが、大正十五年三月二十七日、「アララギ」の編集発行責任者島木赤彦が没した。ここに「アララギ」はまた新しい事態に直面したのである。諏訪湖畔、高木村の自宅で胃癌のため五十一歳でその生涯を閉じた赤彦を悼み、茂吉は五月の「改造」に「島木赤彦臨終記」を執筆した。この五月から茂吉は再び「アララギ」の編集発行人となり、自らの困難多忙の生活の中で、その責任を負うこととなった。

ここに赤彦体制下の「アララギ」から茂吉の目ざす「アララギ」へと転換をとげてゆくのである。茂吉は「アララギ」（大正15年11月号）「編集所便」で「歌風はもつと自由に流動してかまはぬ」と記して新しい方向を目ざした。

紀一熱海の福島屋での死

院長を茂吉にゆずって隠居した紀一は、心身ともに衰えをみせ、あまり外出もしなかったが、風邪をひくとすぐ熱海の福島屋にゆき、そこのトルコ風呂（四方を密閉し、温泉の湯気で身体を蒸し温める風呂）に入ることを好んだ。昭和三年三月十二日にも紀一は静養のため熱海に赴いている。この年十一月十二日には心臓が弱り呼吸困難のため酸素吸入などしている。十四日紀一は八丈島に転地療養にゆくつもりで、一応熱海の福島屋に泊った。そして福島屋において十一月十七日、紀一は誰にもみとられぬままひとり淋しく息をひきとったのである。女中が部屋を訪ねたときには心臓麻痺で六十八歳の生涯を閉じていたのであった。一代で築いた大病院、国会議員として華やかな生活を送った紀一であるがその晩年はまことに不幸であった。

しづかなる死《しに》にもあるかいそがしき劇《はげ》しき一代《ひとよ》おもひいづるに
今ゆのち子《こ》らも孫《うまご》も元祖《もとつひと》Begründer《（創始者）》と称《（たた）》へ行かなむ
『ともしび』

と茂吉は歌い、悼んでいる。かつて紀一家に寄宿し、紀一の世話をうけた斎藤平六は、その死の報せにかけつけ、その葬儀の状況を次のように「日記」に書きつけている。

「平六日記」（新資料）

昭和三年十一月十七日
東京青山伯父死亡ノ旨報シ来ル
同　十一月十八日
出京午後十一時着、平義智ノ出迎ヲ受ク
同　十一月十九日　雨

当時の熱海の福島屋旅館

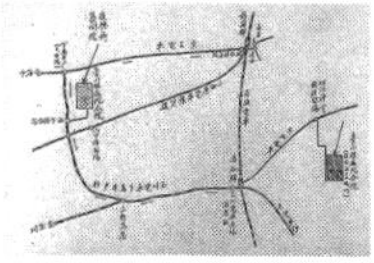

青山脳病院本院と分院の略図

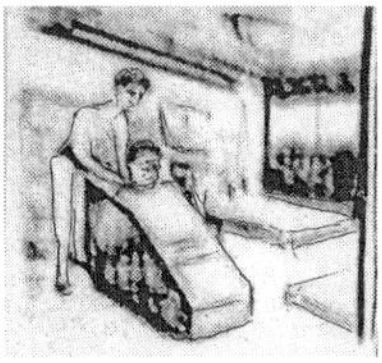

紀一の愛したトルコ風呂
（蒸し風呂）

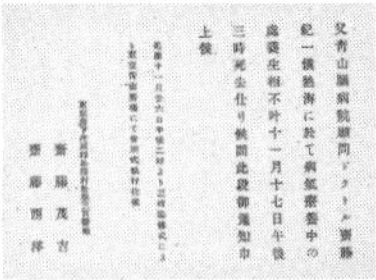

父青山脳病院顧問ドクトル齋藤紀一儀熱海に於て病氣療養中の處養生相不叶十一月十七日午後三時死去仕り候間此段御通知申上候

齋藤茂吉
齋藤西洋

斎藤紀一死亡通知

朝食後、青山ヲ訪ヒ茂吉君夫婦ニ会ヒ弔詞ヲ呈ス　丁度伯母モ来タリ故人最近ノ状況ナドヲ聞ク　午後松沢ノ病院ニ行キ故人ト最後ノ告別ヲナス、青山モ松沢モ弔問客ニ混雑名状スベカラズ、国カラハ自分一人ニテ金瓶連中モ未ダ出京セズ　夜入棺式ニ参列御通夜ヲナス　神田伯父、平義智等モ臨席ス、松沢病院泊リ

同　十一月二十日　半晴

松沢病院泊リ　此日公式ノ御通夜浅草日輪寺来タリ終夜読経親近ノ者モ一睡モセズ念仏通夜セリ

同　十一月二十一日

葬式ハ来ル二十六日執行ニ決定シ此日茶毘ニ付スベク告別式ヲ執行午前十時半出棺幡ヶ谷火葬場ニテ茶毘ニ付ス　此日金瓶伯父、守谷氏漸ク上京　此式ニ会セリ午後遺骨トナシ松原ニ帰ル

この日記は、『斎藤茂吉全集』第二十九巻の茂吉日記の空白部分を補うものとして興味深い。

茂吉は十一月十五日から上諏訪に講演旅行に出かけていて、紀一の死の報せを旅先でうけとり、通夜にはまにあわなかったのである。院長職にあった茂吉はますます病院経営の重責を感じ、次のような歌を詠んでいる。

雨かぜのはげしき夜《よは》にめざめつつ病院のこと気にかかり居り
生業《なりはひ》はいとまさへなしものぐるひのことをぞおもふ寝てもさめても

『ともしび』

コラム⑰　うなぎと人生

膨大《ぼうだい》な文学業績を残した茂吉の原動力の一つがうなぎであった。食べた直後に眼が輝くとか、後光がさすとか、生きかえるとかいう。まさに信仰的であった。うなぎは茂吉のエネルギー源であり、業績の原動力ともなったのである。

日記に書きつけられたうなぎを食べた回数は一年の三分の一に近い。昭和十六年の茂吉六十歳の年には96回記録されている。その生涯に千回はくだらない。体力の衰え始めた四十五歳から急にふえ、六十歳から三年間位がピークをなす。長男の茂太と次男の北杜夫の対談で「最高級のうなぎは注文しない」「上中下の下か奮発して中」「茂太の結婚式でうなぎが膳についていたのを花嫁が手をつけないので茂吉が頂戴といってさっさともっていって食べた」「うなぎを食べて五分もすると目が輝いた」と語っている。完全に心理的に自己暗示にかかっていたともいえる。

ゆふぐれの光に鰻《うなぎ》の飯《いひ》はみて病院のことしばしおもへる
これまでに吾に食はれし鰻らは仏となりてかがよふらむか

兄弟三人十七年ぶりの再会

茂吉の男兄弟は四人で、長兄守谷広吉《ひろきち》は、茂吉在校中の金瓶尋常小学校の助手をつとめていて八歳年上である。その兄は黒溝台（日露戦争）の激戦地で胸に銃弾をうけ助かったが、それがもとで昭和六年十一月十三日、心臓病のため五十八歳で亡くなった。家業をついだ兄である。

やうやくに冬ふかみゆきし夜《よ》のほどろ兄を入れし棺《くわん》のそばにすわりぬ

長兄を亡くした茂吉は、北海道志文内（現中川町）に住む次兄の富太郎を弟四郎兵衛と訪ねることを決意して昭和七年八月十日、北海道の旅に出て、上山の弟高橋四郎兵衛（直吉）と三人が十七年ぶりに北海道志文内で再会を果たしたのである。時は八月十四日のこと、茂吉日記は「午前六時五十五分旭川ヲ立チ。音威子別《オトヰネップ》ニテ宗谷本線ニノリカヘ、午后〇時三十分佐久ニツキ。豪雨ノナカヲ草鞋ハキ徒歩ニテ志文内ニ向フ。若者二人ムカヒニ来ル。四郎兵衛ハルツクサツクヲ負フ。天塩川濁流サカマク。午後四時半志文内ノ富太郎兄ノ処ニ無事着ス。富太郎、富子途中マデ迎ニ来ル。十六七年ブリノ会合ナリ。富子ハ十三歳ニテ僕ハソノ時ニ長崎ニ居リタリキ。入浴シテ寝タリ。ビール、ウヰスキーノム。」降り続く豪雨のなか二人は草鞋をはき、四時間の強行軍の末、到着したのである。富太郎五十五歳・茂吉五十歳・四郎兵衛四十五歳の兄弟三人は、十七年ぶりの再会を喜び会い、おのずから血につながる因縁について語ったことをつぎのように詠んでいる。

うつせみのはらから三人《みたり》ここに会ひて涙のいづるごとき話す
しみじみとみちのく村の話せりまづしく人の老ゆる話を
おとうとは酒のみながら祖父《そふ》よりの遺伝のことをかたみにぞいふ
妻運《つまうん》のうすきはらからとおもへども北ぐににして老《おい》に入りけり
過去帳を繰るがごとくにつぎつぎに血すぢを語りあふぞさびしき

父母や長兄の死等が話題となり、祖父や親戚に及ぶ血のつながりのことに終始して涙を誘うこともあったらしい。

富太郎は明治三十四年（二十五歳）除隊後、鉄道学校に入学、さらに茂吉の意見によって途中済生学舎に変り医学の道を志ざし、開業医の資格をとるまで苦節七年間の歳月を要した。このとき富太郎は三十二歳になっていた。大望を抱いて一徹であった富太郎はついに医者となることを得たのである。開業医の資格を得た富太郎は早速北海道に渡り、小樽南雲病院に勤務、そこで看護婦であった「いわ」と結婚、開業医として独立したのは、四十二年六月であった。その自立の地は北海道北見国利尻郡鴛泊村《りしりぐんおしどまり》大字本泊字トマリ番外地である。北海道北端より五十キロもある日本海の離島、利尻島であった。戸籍によると明治四十二年六月五日分家届出となっている。

利尻島は鰊《にしん》の漁業で生計をたてている漁民の島である。茂吉が明治四十三年四月発行の「アララギ」（第三巻第三号）に課題「田螺《たにし》」の選者となった際に、富太郎にも出詠を求めたらしくつぎの歌が茂吉選で掲載されている。

北のうみの　島になりはひの　ことしげみ　春さり来れど　田螺もくはず　守谷富太郎

巧みなよみ方をみるとおそらく茂吉が添削してのせたものであろう。さいはての島は大変であったのではなかろうか、やがて一家は磯谷村へ、さらに石狩国雨龍郡秩父別村へ移住（大正十三年）、ついで昭和四年半ば天塩《てしお》国志文内《しぶんない》（現中川町共和）に移った。ここは極《きわ》めて辺鄙《へんぴ》な山中の開拓地であった。しぶんないはアイヌ語で地図にはのっていない。現地を踏査した鈴木啓蔵氏は古老を訪ね、つぎのように報告している。「守谷先生には昭和四年に大和の国（奈良県）の十津川から七十戸を入植させるとき、共和部落に住居と診療所を建てて入ってもらった。」ということで、鈴木氏は現地をみて「守谷氏は大変な土地を選んだものだと驚いた。」といい「当時深川町のチップブッという所に居られたのであるが、十年以上勤務していただくという要望を入れられて、当方から言えば、招へいに応じてもらった次第である。先生はその十年も過ぎた昭和十七年二月、ここを去られ北見国留辺蘂《るべしべ》町」温根湯守谷医院、さらに野村鉱業イトムカ鉱山診療所へと転任されたのであった。「大変町民から慕われていた。」そうで「水稲栽培も北方極限地とも言われ、不毛の傾斜地も多いのだが、守谷氏は、なぜよりによってこのような所へ乗り込んだのか」と鈴木氏は驚いている。昭和三十三年の時もまだ電燈がついていなかったそうである。このようによりによって僻地を転々として拓殖医の半生を送った人である。

茂吉が兄富太郎に処世術を説く

茂吉は五歳年上の次兄富太郎とは、最も親しい兄弟であった。それだけに幼少時代はよくけんかをした仲である。茂吉は富太郎とけんかをして負けたのを口惜しがって学校を休んでしまったこともあるという。

明治九年十月十一日、守谷富太郎は生れた。何しろき

志文内診療所（守谷宅）
中川町エコミュージアムセンター編「志文内」より

昭和７年８月17日
北海道志文内の次兄を訪ねる
左より茂吉・一人おいて高橋四郎兵衛・守谷富太郎

北海道
守谷富太郎一家

かん坊で一徹なところのある子供であった。小学時代に机のふたで教師をなぐって停学をうけ、それも四回に及び、高等科二年で落第させられ、学校をやめて下男と一緒に百姓をした。十四歳の時である。百姓をしながら、隣りの宝泉寺の窿応和尚の指導で勉強し、実力を養成した。富太郎は体格がよく、明治二十八年の徴兵検査には甲種合格となり、山形歩兵三十二連隊に入隊した。この年長兄広吉も歩兵十七連隊に入営している。富太郎は、下士官養成所に入り伍長となり、明治三十一年から二年間、台湾守備隊に配属された。

茂吉はこの兄に、「中学世界」「少年倶楽部《くらぶ》」「太陽」等の雑誌をしきりに送り、書簡に歌を書きとめて、異境の地にいる兄を慰めた。明治三十二年九月二十三日の書簡では、富太郎が「母などに金など貰ひて何でも身体を丈夫にして悪い者にばかりなるな」といましめれば、茂吉は「兄上の諌めの言葉も身にしみて覚えず流す涙三つ四つ」と応え、兄弟愛がみちあふれている。また三十三年山形の連隊に帰った富太郎が、厭世的なことばを茂吉によせたのに対して、今度は茂吉が兄をたしなめ「未来の一大偉人となる覚悟にてあります」と意気のあるところを示し励ました。

さらに富太郎は除隊後の身のふり方について茂吉に相談をもちかけ、それに応えて茂吉は「職業の選択は官吏など、相成候ともトテモ一家を維持し妻子を養ふには足らず」として、職業選択の意見をのべ、実業をとるべきだという現世的、実利的な処世観を示している。これは、幸田露伴の実世間的な処世訓に基づく考え方とみられる。その頃富太郎は鉄道学校に学ぶ考えで在京の茂吉に規則書を送ってほしい旨を依頼していた。茂吉は「鉄道の官吏位にて甘んぜらるる様にてはダメ」「特に医学の済生学舎等は善《よ》からん」と鉄道官吏になることに反対、札幌農学校、済生学舎、工業学校の規則書を送る心配をし、さらに大演習で入学試験が受けられなければ、弟茂吉が代って受験しようと申し出ており、「不正の様なれど万止むを得ざる場合にて不正には無之《これなく》と存ぜられ」と勝手な論理をのべている。富太郎は、三十四年十一月除隊し、鉄道学校へ入学、茂吉の世話で浅草医院斎藤紀一家に寄食して通った。ところが富太郎は食客待遇であったにもかかわらず、紀一夫妻の用事や頼みもきかず、勉強ばかりしていて「いざというときには家を出るまでだ」といっていた。ついに三十六年四月末に斎藤家を無断でとび出し帰郷してしまった。茂吉は当時第一高等学校の寄宿舎にいたが、富太郎のわがままな行動をたしなめ、処世術を説き長兄広吉に学資を出すよう説得するなど、まさに茂吉の方が兄の如くふるまっている。

富太郎も約四百首の歌を作った

富太郎はある事情から妻いわと別れており、茂吉兄弟の訪問の際にはすでに後妻がいた。一人娘富子は継母に育てられたが、昭和十六年三月、当地の産業組合に勤める大橋喜義という青年を婿に迎えた。しかし、五月に富子は急性肺炎で死去。翌年志文内から北見へと移り、喜義を養子として、富太郎・茂吉の妹斎藤なをの娘シゲ子と結婚させたが、十八年十二月シゲ子も死亡、戦後喜義は他の女と同棲したので、富太郎の晩年は孤独であった。

　富太郎は北海道の僻地医療に尽くすかたわら本格的に作歌に精進し、昭和十年五月から「アララギ」の茂吉選に投じ、十九年まで作品が掲載されている。その間、約四百首が残されている。「ふるさとにはらから集ひ晩春《おそはる》の一夜を共に語りあかせり（北海道守谷富太郎）」の歌が「アララギ」（昭和十八年十月号）に掲載されている。

　北海道の離島で開業医として独立したものの、労苦をともにした妻と別れ、一人娘も病死し、婿は家を離れるという不遇な境涯は、老境の中で孤独感を一層深めたに違いない。まさに苦渋の生涯であったといわねばなるまい。昭和二十五年十月十八日、脳軟化症で没した。享年七十五。この報を受けた茂吉の悲しみは深く、自分自身も左側不全麻痺を起こして、病臥の人となった。

北海道深川の料亭にて
（昭7・8・24）
高橋四郎兵衛・守谷富太郎・茂吉

昭和7年9月2日
北海道白老にて
右より守谷富太郎・茂吉・高橋四郎兵衛

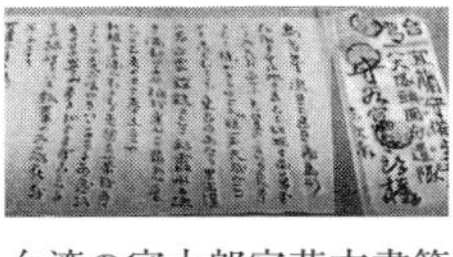
台湾の富太郎宛茂吉書簡
（明32・5・15）

ダンスホール事件

茂吉夫婦の破局は、昭和八年十一月八日、新聞沙汰となったダンスホール事件に関連して妻てる子の行状が暴露されたことに始まる。

その結果は別居生活となるが、院長という社会的地位とアララギの総帥《そうすい》としての歌人茂吉の衝動は非常に大きいものであった。

二十年つれそひたりしわが妻を忘れむとして衢《ちまた》を行くも

茂吉は歌集『白桃』の後記に「昭和八年、昭和九年は私の五十二歳、五十三歳の時に当る。然るにこの両年は実生活の上に於て不思議に悲歎のつづいた年であつた。昭和八年十月三十日に平福百穂画伯が没し、昭和九年五月五日に中村憲吉が没した。さうして私事にわたつてもいろいろな事があつた。私のかかる精神的負傷が作歌に反映してゐるとおもふ」とのべている。この茂吉の使った「精神的負傷」ということばは何を意味しているのであろうか。それは行をともにした歌友平福百穂、中村憲吉を相ついで失なったことにあわせて私事にわたる最も大きい事件、妻てる子に関するダンスホール事件である。それは昭和八年十一月八日の諸新聞に大きく掲載され、その記事中に妻てる子が入っていたことである。「東京朝日新聞」では「医博、課長夫人等々　不倫・恋のステップ　銀座ホールの不良教師検挙で　有閑女群の醜行暴露」という見出しで「京橋区京橋二ノ八、銀座ダンスホールの教師エディカンター事、田村一男（二四）は同ホール常連の有閑マダム、令嬢、女給、清元師匠芸者等を顧客に、情痴の限りを尽し目にあまるその不行跡に警視庁不良少年係も捨て置けず七日遂に同人を検挙、取調べるとこの不良ダンス教師をめぐる有閑女群の中には青山某病院医学博士夫人などの名もあげられ醜い数々の場面を係官の前にぶちまけている。」とあり、妻てる子に関する記事は「その中でも某病院長夫人の如きは余りの頻繁なホール通ひにお抱へ運転手にも遠慮して円タク又は三越から態々《わざわざ》地下鉄で通ひ、甚だしい時は午前十時前に来て田村の出勤を正午迄待ち、更に共に昼飯後三時迄踊り抜いても飽き足らず、夜も現はれて派手な好みの洋装で全ホールの人目をひきつつ踊り続けるといふ有閑マダム振りを発揮、田村と共に食事を共にする他に昨年以来横浜市磯子の待合、田端の料理屋、多摩川の待合等を遊び回り、ダンスホールでも相当評判を高めてゐたといはれ、博士夫人も七日警視庁に呼びだされ、その行状を聴取された。」とあり、「東京日日新聞」でも「赤坂区青山某病院長医学博士夫人は同ホールに出入してゐるうちかれの技巧に魅せられ昨年九月七日から夫、博士の目をぬすんで横浜千葉県下と新婚旅行気取りよろしく飛びまはつてゐた。」と記されている。

茂吉は、中村憲吉に宛ててつぎのような書簡（昭8・11・13）を送った。「小生も画伯に死なれ〈十二字削除〉正に昏倒せり」「小生も不運な男なれど今更いかんともなしがたし、大兄の御手紙よみて涙流れとゞまらず目下懊悩をば何にむかつて愬へむか御遥察願ふ」とあってその懊悩を端的に訴えている。茂吉の「日記」にも「午ゴロ母来ル。時々来ルコトヲス、ム。コノゴロハ午前一回午睡、午后一回午睡ス、ソレニテ体ガ非常ニ疲レ、心臓ノ音ノ乱レ苦悶ヲ感ズ、苦シトモ苦シ」（昭8・11・21）「夜半夢視テサメ、胸苦シク、動悸シ如何トモナシガタシ。コノマ、弱リ果テテ死ヌニヤアラントオモフバカリナリ。」（昭8・11・27）「夜銭湯ニ行ク、カヘリテ母来リ居リシヲ以テ、大ニ怨言《ウラミゴト》ヲイフ『一体茂吉ノコトヲ少シデモ念頭ニ置イテクレマシタカ』云々」（昭8・11・28）「又西洋ノコノコ来リタルソノ態度非常ニクヤシ、胸内苦悶アリ、時々心音不整トナル」（昭8・12・3）

醫博、課長夫人等々
不倫・戀のステップ
銀座ホールの不良教師検挙で
有閑女群の醜行暴露
教師が悪いか―
マダムが悪いか
田村は典型的ジゴロ
「不眠症治療に
いつもリード」

昭8.11.8　東京朝日新聞

妻てる子（輝子）

茂吉にとって、この事件の衝撃は非常に大きかった。早速、青山脳病院院長をやめ、斎藤家を出ていく意志を表明したが、周囲の人々に説得され、思いとどまった。この時に離婚届を書いたものが、のちまで残されており、妻てる子を頑固なまでに近づけようとはしなかった。結局、離婚は思いとどまったものの、別居生活をすることになる。松原の青山脳病院本院の傍に住む斎藤家嗣子弟《じし》の西洋の許にてる子は同居、養母ひさ（勝子）と一緒の生活を始める。一方、茂吉は青山の地、分院に子供・女中等と住むのである。

さて、てる子の奔放な生活ぶりの経緯をのべておこう。

小田隆二等とのつきあい

茂吉日記（全集第29巻）の大正十五年十一月二十一日に「輝子ニ小田隆二氏ト云フ青年ヨリ来書アリ。ソレガ不愉快ニナリドウシテモ筆ヲ取ル気ニナレズ。ソノ青年ノコトニツイテ根掘リキクモノダカラ輝子ノ奴モ益々反抗心ヲオコシ。タメニ心ガ混乱シテ来テ何モ出来ズシマフ。」同年十一月二十二日に「輝子ト問答ス。大正十二年地震前ニ予ノ留学中ニ小田家ト知合ニナリ。一シヨニ音楽ヲキ、一シヨニ夕餐等ヲナシタリ。やまとニテ夕餐ヲシタリ、西洋人ノマダムカイヨート帝国ホテルニテ夕餐シタルコトモアリトゾ。午後不愉快ニテ一寸寝タリ。（中略）風呂場ニテ輝子ト問答シ不愉快故ニ以後口ヲ利カズ。」同年十一月二十四日に「悶々ス。夜ニナリテ輝子ト一寸仲直シヨウト欲ス。ソレデモ『我』ノ強イ女故駄目ナリ。朝六時頃輝子ノ処ニ行キ、シマヒニ又喧嘩ス。ソレヨリ自分ノ床ニカヘリ。少シク寝ル。頭極度ニ疲レ。」同年十一月二十六日「輝子ハ魯西亜《ロシア》ノ音楽家ヲキ、ニ帝劇ニ行ク。」同年十一月二十七日「昨夜輝子ガ帝劇ニ行ツタト思ツテヰルトサウデナクテ邦楽座ニ咄家ヲキ、ニ行ツタノデアツタ。

養母ひさ(勝子)

青山脳病院院長
斎藤茂吉
（昭９）

僕ニスベテ内證デコトヲヤル妻ガ不愉快デアリ、叱ツタガ、愚ナトコロガアッテ分カラナイ。」と記されている。実はこの年の九月十五日の日記にも「輝子ハ横浜カライロイロノ処ニ寄ル」九月二十一日「明治生命保険ノ催促状ノコトニツイテ輝子ト談合スル、彼女ハ妙ニ興奮スル。」九月二十二日「輝子ノ奴ハキノフ『人前デ耻ヲカ、セタ』ト云ヒ、オリモノガシタナド、云フ『清子ナドモ人前デ叱ラレテクヤシガツタ』ナド、云フ。」とある。昭和三年一月三日「朝、小田ト云フ人ヨリ輝子ニ電話カ、ル。出デ行キ、僕ヨリ早ク起キタ。ソシテ『今日ハ小田サンニ行ツテヨ』ナド、云フ。ソレカラナグリツケル。百子モナグル。」小田隆二との関係はすっかり茂吉の知るところとなり、てる子の外出を日記に毎日のように書きとどめる。ついで影山夫妻よりダンスの指導を受け、昭和三年には、女子学習院同窓会で知り会った吉井勇夫人徳子さんと誘いあってダンスに熱中、昭和六年にはとくに貿易会社社長近藤夫人泰子さんと親密になってダンスホール通いが続いた。

小田のあとの男性の遊び友達は安達という青年の名が「茂吉日記」（全集第30巻）に次のように書かれている。

「昭和八年十月九日（前略）輝子ヲ叱ル。安達ト云フ青年遊ビニ来ル。」と記され、一か月あとの十一月八日にはダンスホール事件として新聞を賑わすことになった。

ダンスの仲間たち

てる子は影山千万樹にダンスを習う

影山千万樹とは、紀一の四女清子（てる子の妹）の夫である。清子は、明治三十二年六月二十日生まれで、てる子と仲よく学習院に通った姉妹である。茂吉「日記」（全集第29巻）の大正十五年三月二十四日に「朝六時ニ新宿ニツキ、百穂画伯ト渋谷マデ来テ、サテ家ニカヘリテミレバ昨夜清子ガ急病ニテ死シタリト云フ。大ニ驚キテ輝子ヨリ大体ノコトヲ聞キ、九時マデ寝タリ。ソレヨリ患者ヲ診察シ。午後、渋谷ノ影山ノ家ニ至リテ、清子ヲ弔フ。寿命デモナクテ死ヌノハ如何ニモ哀ダ。遺児二人モイカニモ哀ダ。」と記す。影山はお茶の輸出業の家、千万樹はイギリスに行っていた人で、のちに早稲田大学の英語教授となる。千万樹からてる子も清子もダンスを習った。清子は茂吉の同級生橋健行の弟行男と仲がよかったが、結婚は茂吉が反対した。清子の死は、夫影山と言い争いをして薬を飲んで心臓発作で倒れて亡くなったという。（夫千万樹はものすごくケチな男であったという）茂吉「日記」には、大正十四年十一月二十七日「清子来ル。ソレニ話ス。」「二十八日ニモ清子来、ダンスノ教授シテヰルトゾ。」昭和二年一月二十四日「輝子ハ外出。水交社ヨリ影山ノトコロニ行ク。影山ハ涙ヲ流シタリナドシテ張サクリンノ処ニ行カウカ、カルカツタニ行カウカナド、云ヒシヨシ。又渡辺湖畔ノ子息ガ早稲田ノ学生ノ関係ヨリダンスノ弟子ニシテ湖畔ガ神経衰弱ノ処ヨリダンスガ大ニヨシト云ヒ、コノゴロダンスヲヤリ、与謝野夫妻ナドモ見エルヨシ、予ハ影山ノ下等サヲ罵倒ス。」と記す。影山は自宅でダンスパーティーをよくやり、てる子もしばしば通った。影山千万樹は、昭和三十年に亡くなった。

てる子、吉井勇夫人徳子さんと外出

茂吉「日記」に吉井夫人徳子さんと外出のことが次のように記されている。

昭和二年一月十三日「父上診察ニ来ル。輝子芝居ニ行クト云フ。父上ハソレヲ叱リタルニ行カヌコトニナシタルト云ヒテ、父上カヘルヤ直チニ出カケタリ、且ツ、学習院ノ何トカ云フ会デ行ク（中略）夜十時半頃輝子カヘリ知ランフリシテヰタ。」昭和三年七月一日「吉井勇夫人ガ輝子ノ処ニ来ル。輝子、吉井夫人ト外出スル。」同年十一月一日「輝子朝ヨリ外出シテ夜ノ十一時半マデ外出。（中略）輝子ハ吉井勇ノ妻君ト共ニ活動写真ニ行キ夜ノ十一時四十分ゴロニ至リテヤウヤクカヘル。」と記す。「東京日日新聞」の昭和八年十一月十六日には「愛慾多彩の代表　伯爵夫人を召喚」という見出しで「十五日までに有閑マダムは某医学博士夫人、某貿易会社々長近藤夫人、伯爵夫人吉岡とみ（仮名）はエロ行為の重要な役割を果した」と書かれ、同紙十一月十八日には「吉井伯夫人の口から一流文士の賭博暴露　久米・里見両氏夫妻を初め〝筆の名士〟多数拘引」という見出しで「召喚された文士と夫人達」の写真まで掲載され、「マダムの乱行にいそぎ帰京　困惑の吉井伯」などと書きたてられた。吉井勇は事件が報道された直後に、夫人徳子と離婚、次のように語っている。「妻と僕の性格趣味は余りにかけ離れてゐるので家庭的には決して恵まれてゐない。昨年中は殆《ほとん》ど別居生活だつたが、今年初め友人の仲介もあり、神奈川県南林間都市で同棲したが矢張りうまくゆかず六月からは自分は御承知のように文筆の旅に出るし妻は東京に居してゐた。

影山清子

有閑社會の裏面

吉井伯夫人の口から
一流文士の賭博暴露
久米・里見兩氏夫妻を初め
筆の名士　多数拘引

震災以來の常習
各家庭で本式丁半
初冬の夜　留置場異風景

伯爵夫人は巻舌で
保官も驚くやくざぶり

困惑の吉井伯
マダムの亂行に
いそぎ歸京

忙しい身で
まさか　と思ふ

東京日日新聞（昭和８年11月18日）

◇ダンスに熱中していた事も知つてゐるし、兎角の噂もたび〳〵耳にしてゐる。困つたものだと慨嘆したところで僕と妻の性格では如何とも致し方はない。四五日旅行先で妻のことを新聞で知り『結局行くところまで行つたナ』放つておく訳にもゆかず取り敢《あへ》ず帰つて来た。

◇三日前、妹のところで妻に会ひ新聞に出た後の心境も聞いてみた。離縁するかどうか、いま言明出来ぬが落ちつくとところに落ちつくまでだ。想像にまかせる。

◇僕は当分謹慎する。……繰返しいふが趣味や性格の合はない夫婦の間は円満にゆくものではない。僕はそれをしみじみと感じてゐる。」

貿易会社社長近藤泰子夫人と交遊

「東京日日新聞」（昭和八年十一月十六日）に茂吉夫人、吉井勇夫人らと名前がのった貿易会社社長近藤夫人は、茂吉「日記」（全集第30巻）に記録されている。昭和六年一月七日「輝子近藤氏ト芝居ニ行ク。」同年一月十九日「輝子ハ近藤夫人ト市村座ニ行ク。」同年一月二十四日「夕ヨリ輝子ト銀座ノ三越ヲ経テ、演舞場ニ行キテ五郎劇ヲ見ル。近藤夫人ト一シヨナリ。」同年一月二十九日「輝子ハ近藤、長谷川夫人ト同道ナリ。」同年二月四日「輝子近藤夫人ト五郎劇。」同年十月三日「近藤夫人ニアフ。夜近藤夫人来ル。」昭和七年三月十日「輝子近藤氏ヨリカヘル。」昭和八年九月二十六日「輝子キノフハ飛行会館ノ芝居、今日ハ近藤夫人ト観劇夜十一時半アイサツナシ。」等、近藤夫人とてる子の交遊を日記に記録しているのである。

茂吉の昭和九年一月二十日の「日記」に「夕方、青木、西洋来リテ、院長ノ名ヲコノマ、ツヾクルコト、一週間ニ一日診察スルコトヲス、メタ、少シ話ガス、ムト『モーソレデハイ、デセウ』ト西洋帰リヲ急グ。」とある如く、茂吉はこの事件を契機として患者の診察は青山分院を火曜日、世田谷本院を水曜日の週一回の診察ということで第一線を退いてしまったのである。副院長であった青木義作は「先生は私を書斎によんで、自分は家庭の事情で今度院長をやめたいから君が代つて院長になつてくれと沈痛な面持で云はれた。しかし私はかくまで深刻に悩んでゐる先生の心情を察し、かつ今迄の恩顧を思ふとき、どうしてもこれを受諾する気にはなれなかつた。そして私の出来ることなら何んでも先生に代つてやりますから院長の名義だけは其儘にして頂きたいと申し上げて辞退したのであつた。かくして先生は本院分院とも週一回の診察をするだけで、病院のことは殆ど私と事務長とにまかせられた。」（「アララギ」昭28・10）
と記している。

吉井　勇

当時の茂吉
（昭和９年）

当時の副院長
青木義作
（昭和９年）

北杜夫（二男宗吉）は『人間とマンボウ』の中で「茂吉の悪妻」と題して「慎ましく仕えなかった母は、なんたる女であることか、と思った。（中略）悪妻の母は、父に仕えず、今は婆ちゃんとなって父の印税を用い、海外旅行をして過ごしている。これはますます大悪妻と見えようが、（後略）」と書いているが、その母てる子との対談（『快妻オバサマ vs. 躁児マンボウ』）の中で、「悪妻にならなければ生きてゆけなかった。それでなければ家をサッサととび出していましたよ、勝手にこちらから離婚を宣言してね、対抗しなければ生きてゆけなかった。茂吉のワンマンに対し私のワンマンがぶつかりあう。離婚ができないんだから悪妻になるよりしようがない。茂吉はわたくしを非常に愛していた、——大変重荷だった。茂吉は個性が強い人—自分はわがまま—よくぞわがままを通してきた。」と母てる子さんは語っている。

謹慎のため軟禁状態を要請

ダンスホール事件後、養母ひさ（勝子）との談合、義弟西洋との相談が繰りかえし行われていることが日記等に記される。離婚まで決意した茂吉の心は、別居生活というだけではおさまらず、養母ひさ等の斡旋で、てる子を謹慎させることが話し合われ、養母の実家である秩父の青木家が用意された。昭和九年三月には、秩父の叔父青木定八が上京し、談合がもたれている。一方、茂吉も上山の弟高橋四郎兵衛に頼んだりしている。その結果、昭和九年四月から弟高橋四郎兵衛が預り謹慎させるということになり、守谷誠二郎と義弟米国とがてる子と同道してゆく。茂吉は弟にてる子を軟禁状態にすることを要請している。その間の事情を明らかにするため、弟高橋四郎兵衛宛の茂吉書簡を掲げる。

昭和九年三月九日

拝啓、御無事に候や、さて輝子儀少々間謹慎する必要あり三四ヶ月御厄介になりたい。世話は一日二食にてよく、妻君（おはまさん）に御願したい。あとは何のかまふ事不用。ウッチャッテゐてよい。ただ謹慎ゆゑ、外出いかぬ。新聞等不要。手紙類一切いかぬ。○部屋は蔵《くら》で外から錠かゝれば一番よいが、さしあたり、一室、どんな処でもよいから、御心配願ふ。○人と交際させないやうに一室に閉居する必要あり、普通胃病のために湯治に来てゐるやうにしたい。○至急御返事願ふ。どうしてもお前に御願せねばならず、それで十四日夜行急行で小生〈小生一人で〉〈小生翌日帰京する。〉一寸上山にゆき、相談する。その時、歌集等をもつてゆく、四郎兵衛殿、このこと妻君と重男にだけ内証に話し、あとは誰にも話すな。

同年三月二十三日

拝啓先日は御厄介様になりました。無事帰京、○輝子は、本月の末から御願する。○兎に角、世間態《セケンテイ》があるので謹慎《キンシン》する必要がある。そのつもりで御願する。○米国《ヨネクニ》は連れて行くが、滞在しないことになつた。その方が却つて、謹慎するのにいいといふことに相談したから左様御承知ねがふ。○若し内証《ナイショ》で一人で出るやうなことがあらば、御通知ねがふさつそく所置《ショチ》を取る。○一人で外出せぬこと。決して手紙出さぬこと。新聞見ないこと（これは東京のことといろいろ知ると悪心おこるゆゑなり）○右御願迄　三月二十三日　兄より　四郎兵衛どの

同年四月十三日

拝啓輝子儀いろいろ御世話ありがたう。○事情あるにつき。是非厳重にねがふ。到底ペテ

ンばかりやる女で、紀一そつくりだから、厳重に歯医者にゆく他は、一歩も出さぬやうに願ふ○それから、東京に手紙出されるのが一番困る。又誰とも会はせてもらつては困るから、右御カントク願ふ。東京の大奥様からの命令だからといつて下さい。いづれ万々、妹の愛子が上ノ山に行つた形迹があるから、御用心をねがふ。　兄より　四郎兵衛殿

同年五月十七日

拝啓新緑の候御壮健大賀○輝子いろいろ御世話ありがたし、厳重《ゲンジュー》に願ふ。四郎兵衛一人にて話しにゆくことなどわろし、つひ同情したりしてわろし。世話は細君（おはま殿）にさせて下されたし。右何卒願ふ。○食料、宿料等は充分にとつてかまわぬから、ただ、ゲンジューにて、マチガヒのないやうに願上げ候。○中村憲吉君死去し、広島の方にまゐりやうやく帰京仕り候○テル《ママ》子の生活、御報告ねがふ　十七日　兄より　四郎兵衛殿

この書簡に記されるように、てる子の部屋は蔵で外から錠がかかればよいとか、新聞をみたり、手紙を出したりすることは厳禁というなど、軟禁どころか禁固刑の如き厳しさを茂吉は弟に命じている。しかし、弟は茂吉のいう通りにはしなかった。かなり自由に生活させたと四郎兵衛氏は私に語った。

上山、山城屋での軟禁が解けたのは六月頃で、帰京したてる子は、こんどは養母の実家である秩父の青木家で預かられることとなった。ここでも農家であった青木家の二階にてる子を籠

らせて、自由に外出などさせないように見張り、軟禁状態にあったという。

ところで、この年十二月二十二日の高橋四郎兵衛宛茂吉書簡には「輝子が秩父の方に今迄静養中であつたが、秩父の方では暫らく都合わるきにつきて、二三ヶ月御厄介になりたいが、どうか、つまり旅館のお客のつもりで、このまへの如くに御礼をとる事にして置いて、面倒みてくれまいか。長くて三月でいゝのだ。部屋はこの前の部屋でいゝ。これは大至急御返事くれないか、○兎に角、いろいろで、僕も困つてゐるが、この際、実弟のお前の助力を願ふ次第だ。重男とも細君とも相談して、是非たのむ。」とあり、再び弟のところへてる子を謹慎させようとしていることがわかる。しかし、再度の上山送りは中止となった。てる子の弟に当る西洋家で面倒をみることになり、別居生活が昭和二十年三月まで続いた。

たらちねの母のゆくへを言問ふはをさなき児等の常と誰かいふ
わが帰りをかくも喜ぶわが子等にいのちかたぶけこよひ寝むとす
かなしかる妻に死なれし人あれどわれを思へば人さへに似ず

西洋家には養母ひさ（勝子）も一緒である。西洋家は、世田谷の青山脳病院本院の傍にあった。

茂吉は、焼け跡の地に建てた青山脳病院分院に子供たちと住む。分院では入院患者は扱わなかった。子供たちは、西洋家の母に度々逢いにいっていた。

ところで、てる子との別居生活は昭和二十年三月、戦争激化の中で茂吉自らの疎開を考えて、家族のことが気になり、十二年間別居していたてる子を正式に青山の自宅に帰した。

このように、てる子のダンスホール事件により、家の最も大きい危機が生じたのであるが、てる子の謹慎生活、別居生活により、離婚という危機は回避されたのである。

おさな妻てる子をみまもる青山脳病院の忍従にたえた生活の中で、ひたすらに愛を獲得しようとした茂吉であったが、結婚後は愛なき夫婦となった。てる子に対する欲求不満、両者の間に生じた虚しさは、「おくに」「おひろ」によせる恋情の歌として形象されていったのであった。妻てる子の愛情を獲得しえない茂吉は、献身的女性を思慕する。

たとえば、鷗外の作品に登場する女性、「安井夫人」の佐代子、「ぢいさんばあさん」のるん、

てる子をあずかる山城屋旅館（上山）

てる子をあずかる青木家（秩父）

別居した西洋家（世田谷）

青山の茂吉家族

「相原品」の品《しな》である。

これらの女性は、貞淑で夫に献身的であったために敬愛した。伴侶としての妻との心の和合を得ることのできなかった茂吉は、孤独・悲哀・諦念の世界に身をおくことによって、歌境の進展をはかる。茂吉身辺の悲傷事は、かえって文学上の飛躍をもたらすことになるのである。

コラム⑱　アンケートニつ――「浴衣美人」と「父母の影響」とは？

○アンケート(1)「**浴衣姿の美人に対して**」

「中央公論」大正六年八月号（全集未載）

○

斎藤茂吉

『天《あめ》が下《した》ものさはにあれど女《をんな》ちふものぞ目につく虚仮《こげ》も聖《ひじり》も』、これは先師（注左千夫）の歌だ。夏の女のいいのは官能的だからであつて、**肉体を予想せずには目の無いほとけ**のやうなものだ。それゆゑ露伴の「真美人」ではやはりもの足らぬ。肉体に目ざめてゐることが一つの大切な要約だといつても、夏の女はルーベンスのウエヌスのやうにあまりぷりぷりしてゐては少し暑くるしい。そしてまなじりをだらりと下げさせる女よりも、目をみはらせるやうなのがよく、さういふ女を白日光下に見る方がよい。

○アンケート(2)「**私は父母の何れに影響されてゐるか**」

「文芸春秋」昭和十年九月号

父と母と両方よいところも悪いところも貰つてゐます。只今は酒は飲めなくなりましたが、私の**酒好きは母系**の祖父などの遺伝でせう。母は旅もしたがらず、芝居なども強《し》ひて見ようとしませんでしたが、父の方はなかなかの**旅行好き**でした。私は西洋に行つてゐても懐郷病などにならぬのは**父の方**の種子《たね》でせう。

弟が建てた第一号歌碑秘話

陸奥《みちのく》をふたわけざまに聳《そび》えたまふ蔵王の山の雲の中に立つ

この歌は歌集『白桃』の昭和九年に収められ、「六月四日、舎弟高橋四郎兵衛が企てのままに蔵王山上歌碑の一首を作りて送る」という詞書がつけられている。

弟の歌碑建立の企てにやっと応じて作った歌で、蔵王連峰の主峰である熊野岳（一八四一メートル）の頂上に建てた歌碑に刻まれた。弟高橋四郎兵衛は兄茂吉を尊敬し、最も親愛の情を傾けた一人である。何とか兄の歌碑を建てようと考えついたのは、昭和八年六月の頃であった。ところが歌碑を作ることを茂吉は容易に承諾しない。歌碑の流行するのをこころよしとしていなかった時である。

弟四郎兵衛は茂吉に色々と話し、承諾をとろうとするが中々応じようとしない。しかし弟はあきらめなかった。計画をたてて、七月に石工鈴木惣兵衛、息子重男をつれて蔵王に登り、熊野岳の頂上に歌碑のための台石があることをみつけてきた。そして石工の宿舎として中腹にある山形高等学校のスキー小屋（コーボルト・ヒュッテ）を借りうけ、山頂に通って刻むという仕事の段取りもついた。その年の十月、平福百穂の病気見舞に秋田まで赴いた帰途、上山にたちよった茂吉を熱心に説得した。とにかく歌を書いて送ってくれとたのむ。

その後、昭和九年三月、茂吉は新聞沙汰となった妻を頼《たの》みに山城屋にやってきた。弟四郎兵衛に妻を預《あず》かってほしいということである。その時の歌に

人いとふ心となりて雪の峡流れて出づる水をむすびつ
この雪の消《け》ゆかむがごと現身《うつしみ》のわれのくやしき命か果てむ
酒のみし伯父のことなど語りあひ弟は酔ひぬ涙いづるまで
雪降れる山に汗垂《た》りわが心のこのくるしさを遣《や》らむとぞおもふ
山のうへの氷のごとく寂しめばこの世過ぎなむわがゆくへ見ず

茂吉は深刻な悩みをもって弟のもとに来た。うちあけて力となって貰うためである。その頼み（妻をあずかること）とひきかえに茂吉は歌碑建立を承諾したのである。その年の六月には前記の「陸奥を」の歌が出来、字も書かれた。弟四郎兵衛の思いたって丁度一年目に当る。その念願はかなえられたのである。

早速七月五日、四郎兵衛は営林署に許可願を提出し、七月十日、つぎの通りに許可がおりた。

（「許可書」や「売払承諾書」等は、高橋四郎兵衛氏より直接閲覧・発表の許可をうけたものである。）

九山第九八九号

山形県南村山郡上ノ山町鶴脛町四百八拾四番地　高橋四郎兵衛

昭和九年七月五日付願歌碑建設ノ件許可候条左記条件ヲ遵守セラルベシ

昭和九年七月十日

山形営林署長　営林署山林事務官　増村卯助㊞

記

一、位置ハ南村山郡中川村大字永野字蔵王山国有林ノ内熊野嶽ノ頂上、三角点ノ西方約七間半ノ距離ニ於テ当署ノ指定シタル個所タルベキコト

二、歌碑ノ寸法刻字等ヲ変更セントスル時ハ予メ当署ノ承認ヲ受クベキコト

三、彫刻及建設ノ為国有林ヲ使用スルコトハ妨ケザルモ土地ノ形質ヲ変更シ又ハ払下外ノ土石ヲ掘採又ハ移動スルガ如キ行為ヲナサザルコト

四、建設ヲ終リタル時ハ付近ニ散在スル石ノ破片等ヲ当署指定ノ個所ニ取片付ケ跡地ヲ清掃スベキコト

五、工事期間ハ出願ノ通リニテ差支ナキモ建設ヲ終タル時ハ其ノ旨届出ヅベキコト　以上

九山第一、〇〇〇号
昭和九年七月十日
山形営林署長印

高橋四郎兵衛殿
売払承諾書
昭和九年七月四日付買受申込書ノ通リ売払承諾候也
追テ左ノ通リ御了知相成度候
一、契約保証金ハ免除
〈注意〉
一、売払物件搬出期間ハ昭和九年八月三十一日迄デアリマス
二、代金四円也ハ納入告知書ニヨリ日本銀行本支店又ハ代理店へ昭和九年七月十五日限リ納付セラレタシ

許可となった翌日七月十一日、歌碑を刻む工事に着手、鈴木惣兵衛を頭梁とし、板垣利七、倉田多市、鈴木太四郎、炊夫金沢良助の一行五名は、コーボルト・ヒュッテに泊って仕事を開始、この年、東北は冷害にあたり、雨の日が多く難儀したものである。

しかし、八月二十日には完成をみた。早速建てる準備にとりかかった。歌碑建立に支払われ

た費用は、石工鈴木（41人分）石垣（39人分）倉田（13人分）鈴木太（7人分）炊事（39人分）建立人夫（12人分）荷物人夫（7人分）である。当時石工は一人分一円五十銭、炊夫一円、建立人夫一円三十銭。合計二百三十三円八十五銭であった。

昭和九年八月二十九日濃霧の中を建立、除幕式が行なわれた。八月とはいえ、肌を刺す烈風の中で進められた。歌碑は船形の台石の上に、高さ七尺六寸、幅三尺六寸の目透石《めすき》が、金瓶の茂吉生家に直面してすえられた。高橋四郎兵衛の念願はここに達成した。

ところが肝心の茂吉は一向に歌碑を見にこようとしなかった。昭和十四年の春、上山を訪れた河野与一・多麻夫妻に四郎兵衛は説得を頼んだ。「兄貴の意志を尊重して未だに世間には発表しないが、蔵王山頂に兄貴の歌碑が建つて以来五年にもなるのに、兄貴はどうしても登山して舎弟の苦心をみようともしてくれぬ。岡本先生と結城先生お二人は歌碑建立当時から御存じでいろいろ御力添へもして下さり、その間の事情は重々承知なので度々登山の事は勧めてくれたけれども一向来る様子がない。今では血圧がどうのかうのといつて心細い事ばかりならべて登山は思ひもよらぬといつた有様だ。こんな風では折角の舎弟の心尽しも無になつてしまふ。ぐづぐづしてゐれば愈々年はとる。益々登山は難しくなる。登るならば今だと思ふ。何とかして青山から誘ひ出してほしい」という訳である。

河野夫妻の説得は五年目にやっと功を奏し、昭和十四年七月六日、茂吉は東京を発った。歌碑を見るべく登山したのは、七月八日のことで河野夫妻、岡本信二郎、結城哀草果、茂吉、四郎兵衛の一行であった。
歌碑を前にした茂吉の感動はつぎのように歌われている。

歌碑のまへにわれは来りて時のまは言《こと》ぞ絶《た》えたるあはれ高山や
わが歌碑のたてる蔵王につひにのぼりけふの一日をながく思はむ
一冬を雪にうもるる吾が歌碑が春の光に会へらくおもほゆ
この山に寂しくたてるわが歌碑よ月あかき夜をわれはおもはむ
みちのくの蔵王の山に消《け》のこれる雪を食ひたり沁みとほるまで

茂吉はこの日の日記に「歌碑ノ前ニテ食事ス。歌碑ハ大キク且ツ孤独ニテ大ニヨイ。残雪ヲ食タ。」と記すように、熊野岳の頂上に孤独に建つ歌碑に直面して一冬を雪に埋もれる歌碑を想い、月夜に寂しく建つ歌碑に自己を重ねながら、実生活の孤独を凝視している歌となっている。第四郎兵衛はなぜに歌碑建立に執着したのであろうか、その第一は兄茂吉に対する親愛である。そしていずれ歌碑が建つであろう。そうであれば自分が第一番に建ててやりたい。建てる場所は信仰の山、蔵王熊野岳、幸い頂上に台石が見つかった。やはり生きているうちに建てるのが一番だと考えたのである。一方茂吉の承諾しなかった理由は、歌碑流行をこころよしとしなかったこと。そのうちに妻の事件で別居生活をするという身辺のことで懊悩し、歌碑を建

山形高校スキー小屋を借り仕事場とした。

蔵王の茂吉歌碑正面

昭和９年８月29日
濃霧の中で建立

歌碑を見入る茂吉
（昭和14年７月８日）

弟高橋四郎兵衛

蔵王山上　登山一行
左より岡本信二郎・結城哀草果・河野多麻・茂吉・高橋四郎兵衛・河野与一
（昭和14年７月８日）

てるはれがましい気持になれなかったことである。昭和九年に建立された歌碑を世間に発表することを弟に禁じたことも、自分の実生活上の問題からである。五年後やっと自分の歌碑と対面し、そこに自分の孤独な姿を凝視したのであった。

高橋四郎兵衛の性格を、斎藤茂太氏は「強烈なてんかん性性格、茂吉よりも積極的でクヨクヨせず、社交的で、にぎやかなところがある」（『茂吉の体臭』）と語っている。

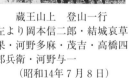

◎永井ふさ子との恋愛

今年の秋の福《さいはひ》を得つ

光放つ神に守られもろともにあはれひとつの息を息づく
（茂吉・ふさ子合作）

この歌は五十五歳の茂吉と二十七歳の永井ふさ子との合作である。昭和十一年十一月十四日付茂吉のふさ子宛書簡によると「うつつなに一日こやりぬうつつなきわれの心に浮びくる何？光放つ神に守られもろともに〈この下句つけて下さい〉」とあり、ふさ子さんの説明によると「はじめ『相寄りし身はうたがはなくに』とよんだところ弱いと言われて作り直し『あはれひとつの息を息づく』としたら、今度は大変いいと言われ、人麿以上だと言われた」（「小説中央公論」昭和38年7月）と記している。

さて、この作品が示す両者の恋愛関係とその推移については、すでに拙著『書簡にみる斎藤茂吉』（平成14年・短歌新聞社刊）、永井ふさ子歌集『あんずの花』（平成5年・短歌新聞社刊）の後記「斎藤茂吉と永井ふさ子」に詳細にのべてあるので、ここでは簡潔に記し、未発表の書簡（絵ハガキ）を中心に、土屋文明（未発表）や弟子たち山口茂吉、佐藤佐太郎、堀内通孝らとの寄せ書きの一部を紹介しておく。さらに恋愛その後のふさ子の動静をみておきたい。

初対面は向島百花園

両者の最初の出会いは、昭和九年九月十六日の正岡子規三十三回忌歌会が向島百花園で開催されたときのことである。そのときのことをふさ子さんは「そぞろ歩きの五、六人の連れの中に初めて茂吉の姿を見出したとき、私はハッとして、木陰にかくれるようにして、その一群の通りすがるのを見守った。」さらに「会が果てて思いおもいに百花園を出る人達の中で茂吉先生に初対面の挨拶をした。その折私が四国松山から来たこと、父が正岡子規と幼な友達であって、子規のことを『のぼさん』と呼んでよく話していることなどをお話し、先生は『ほう、それは因縁が深いな』と言はれたことも思い出である。」と語っている。

初対面においてふさ子は茂吉にハッと驚くという姿態を示し、茂吉は子規縁戚のふさ子と自分との間に深い因縁を感じとるのである。

永井ふさ子は、明治四十二年九月三日、愛媛県松山市一番町五番戸に医院を営む永井政忠の四女として出生。昭和二年三月、県立松山高等女学校を卒業した彼女は、女医にするため父がすすめた大阪女子医専への進学を嫌って上京し、本郷西片町にあった東京女子高等学園へ入学し、その寄宿舎に入った。翌年不幸にも肋膜炎にかかり、続いて腹膜炎を併発したため帰郷して療養生活を送った。その後、昭和六年には腎臓病を患って上京し慶応病院に入院した。この加療中に縁戚で郷土ゆかりの正岡子規の歌集に感心を持ったことが、実作者として短歌の道にいそしむ契機となったのである。昭和八年の春、「アララギ」に入会し、茂吉ら主要同人の添削を受けるようになっていた。茂吉との初対面の前年から、「アララギ」の選歌を通じ、すでに教祖的な崇敬を会員から受けていた茂吉にはげしい憧憬を覚えていたようである。

昭和九年、子規忌歌会に出席したのは姉ミヨの嫁ぎ先である世田谷区代田の鈴木家にしばらく滞在した時であった。ついで翌月の奥秩父吟行会にも参加し、茂吉・文明らと三峰山を歩き、茂吉らを写真におさめたりした。

当時の茂吉は、次のように歌っている。

川の瀬に山かぶさりてあるごときはざまも行きぬ相語りつつ
道のべに榛《はり》の大樹《おほき》の立ちたるを共に見あげておどろき合ひつ
もみぢばのうつろふころを山に入りて今年の秋の福《さいはひ》を得つ

「相語」る相手、「共に見あげておどろき合」う「共に」はふさ子であり、今年の秋のさいわいを得た喜びにもつながるのである。

この年の十二月七日に初めてふさ子は山口茂吉といっしょに茂吉宅を訪ねた。さらに五日後には「十二日（水曜）午後正五時、トロロ少々差上げたきにつき、拙宅迄御光来願候」という

茂吉とふさ子
（昭和９年）

永井ふさ子　24歳

（左）ふさ子
（右）妹たけ子

茂吉の招待状が届き、ふさ子も出席した。

茂吉の実生活は、妻てる子との別居孤独の生活であり、自分の将来は暗澹《あんたん》と見て、戒名を用意するといった痛切な心情を持ち続けていた。こういった老身の孤独を深めていたときに突如現れたのが、前述の永井ふさ子であった。「今年の秋の福《さいはひ》を得つ」と喜ぶ茂吉は、妻との別居や友人平福百穂、中村憲吉らの死によって失った精神的支柱を永井ふさ子に求め、傾情していったものと思われる。

永井ふさ子が最初の訪問の折に「あなたの歌は見ました。声調に独得のふるいがあって女性らしくてよい。私が直接みてあげますから、つづけて送ってきなさい」という茂吉の意外なことばに、呆然とするほどの喜びを感じたふさ子の心中は「私の中に強烈な先生への慕情を植えつけ、それは恋とも違う憧憬よりもさらにはげしい、献身の喜悦とでも言うべき性質のものであった。」と語っている。

熱心にふさ子の歌稿を添削、そして二人の交渉は「アララギ」の師弟関係からしだいに特殊な男女関係に移っていった。両者の恋が決定的になったのは、永井ふさ子によると昭和十一年一月十八日のこと、二人は浅草寺に参詣、それからエノケンのかかっている劇場に入り、夕食にうなぎを食べ、すっかり夜になった。浅草公園の瓢箪池のほとりの藤棚の下で、「私ははじめての接吻を受けた」と語る。ふさ子は、伊東に移住した姉の家と妹たけ子が青山学院へ通学のために借りていたアパート香雲荘（渋谷桜ヶ丘）とをゆききしており、昭和十年十一月上旬から翌一月二十三日まで渋谷に滞在していた間の出来事であった。茂吉の歌集『暁紅』昭和十一年の作に、

清らなるをとめと居れば悲しかりけり青年《をとこ》のごとくわれは息づく
富み足りて清きをとめとねむることなべての人に許すことなし
まをとめと寝覚めのとこに老の身はとどまる術《すべ》のつひに無かりし

絵ハガキ・寄せ書・文明未発表書簡等

茂吉はふさ子に百五十通からの恋文を送っている。その中で最初の三十通余りは、茂吉の言葉に従って焼いた。しかし「焼却したあとの言いようのない寂しさ」によって後の書簡は保存されたのであった。ここでは絵ハガキを中心に、山口茂吉、佐藤佐太郎、広野三郎、大塚九二生らの寄せ書と土屋文明（ふさ子宛）未発表書簡を掲げておく。

①昭和十年二月二十七日　永井ふさ子宛　茂吉絵ハガキ（未発表）
拝啓益々御清栄大賀奉り候、愚息はまだ学力不足と存じ候ゆゑ御地見物させるつもりに候間、内證にして置き下されたく、御願奉り候。

（注＝長男茂太の松山高等学校受験のこと）
②昭和十一年一月十三日　永井政忠宛　茂吉と広野三郎寄せ書絵ハガキ（未発表）
拝啓寒気厳しき折から益々御清適大賀奉り候。先般は誠に高貴なる鯛魚御恵にあづかり大謝奉り候。御嬢さまも御無事伊東に居られ候。何卒奥様にもよろしく御伝言願候　斎藤茂吉
遥かに御健勝を祈上候　広野三郎
（注＝ふさ子の父政忠氏からの鯛の恵送に対する御礼状。当日、来訪のアララギ会員広野三郎との寄せ書。）
③昭和十二年三月二十日　ふさ子宛　茂吉・佐藤佐太郎寄せ書絵ハガキ
其後お変なき由御悦び申上ます。今日は斎藤先生の御伴をして上野に独立展を見ました。東京は此の三日程は寒さがもどつた形です。お歌毎月五首位づつは御出し被下度く存じます。

（佐藤佐太郎）

御手紙ありがたく拝受　御かはり無之御丈夫の趣友人ともに御喜び申上げ候、山口君も御丈夫也、人麿の校正も著々進渉中
（斎藤山人）

（注＝佐太郎と茂吉、二人で上野に独立展を見にいった報告と茂吉の身辺報告）

ふさ子が、山中範太郎（茂吉の弟子、七十歳）に誘われて散歩や食事にいったことを茂吉は邪推し、ふさ子を責め、嫉妬に狂った書簡を送り、離別を宣告、（昭和十二年一月十一日、ふさ子宛茂吉書簡には「ああいやだいやだ。何かいふと『土屋《（文明）》先生に相談しませうか』といふのは土屋をも台にのぼらせて、協力して二人を侮蔑しようといふ芝居だつたのです。」）昭和十二年一月六日、ふさ子は郷里松山に帰ってしまった。しかし、その後もしきりに書簡の交換が続いた。

④昭和十二年四月十九日　ふさ子宛　茂吉との山口茂吉寄せ書ハガキ

拝啓気候不順に候ところ御かはり無之大賀奉り候。今般御地名産ポンカン御恵送にあづかり御芳情大謝奉り候何卒皆々様にもよろしく御伝言願上候、頓首　（茂吉山人）

拝啓暖かになりました。その御お変りもなく御過しですか御伺ひいたします。御名産を今夜先生といつしよに頂いて居ります　いい匂ひが室にこもるやうな気がいたします　何卒御自愛の程祈上げます。御歌もそろそろお送りねがひます。四月十九日　（山口茂吉）

（注＝この頃のふさ子は、岡山の牧野融医学博士と見合いをしていた。）

⑤昭和十三年四月九日　ふさ子宛　茂吉との大塚九二生寄せ書絵ハガキ

上京して又先生にいろいろと御親切にして戴いてゐます。作歌に御精進の程お祈りします。では又　四月九日「オーケストラの少女」をみました。　九二生

大塚君が来て二人で日比谷映画にまゐりました。御機嫌いかがですか、すつかり御無音すみ

ませぬ　　　　茂吉　日比谷にて二人

（注＝茂吉はふさ子に大塚九二生と見合いをさせたり、佐藤佐太郎にも結婚をすすめた。ふさ子によると、昭和十一年十二月十九日茂吉より電話があり、「朝鮮から大塚九二生さんが来られたから東横デパートまでくるようにとのこと（見合い）大塚さんとは先年別府歌会でお会いし、その後文通をした。当時、京城医学専門学校教授で海外留学から帰られたところであった。三人で食事を頂き、大塚さんが座を立たれた隙に、先生は綺麗な化粧品の筥と手紙を手渡された。」と語っている。）

⑥昭和十五年一月三十一日　ふさ子宛　茂吉ハガキ

恭賀　皇紀二千六百年　併而高堂の万福を祈上げます〈印刷〉御母堂武子さまによろしく御伝言願う

⑦昭和十五年二月十二日　ふさ子宛　茂吉歌一首ハガキ

讃　詞

二千まり六百とせの真秀ぐにと限もしらに豊足らすはや　　茂吉

（注＝昭和十五年二月十一日の日記に「紀元節、紀元二千六百年紀元節。奉祝、感謝黙禱、○今日ハ賢所参拝ノ儀ニ参列御許可になつたのであるが体を顧慮して拝辞。」とあり、手帳に「読売新聞社橿原神宮献詠紀元二千六百年讃歌（選者吟）一月作

紀元二千六百年の新明《にひあか》り一億《いちおく》の御民《みたみ》きほひ立つべく　　極《きはま》りしらに

あらた代《よ》の日いづる国の真秀国《まほぐに》と限もしらに豊足《とよた》らすはや　　（極《きは》み）

と書かれ、上句を「二千まり六百とせの」と添削して、書いたもの）

⑧昭和十五年二月二十五日　ふさ子宛　茂吉との大塚九二生寄せ書ハガキ

拝啓　京城より大塚君御上京いろいろよろこばしく御うわさ申上げ居ります。御自愛願升

斎藤茂吉

その后御元気ですか。突然東上、只今先生をお尋ねしてゐます、にこやかにお元気でゐられます、東京もうすら寒さです

九二生

（注＝この頃、ふさ子は妹たけ子の縁談の依頼に茂吉宅を訪ね、在京〈香雲荘〉していた。）

⑨昭和十五年八月七日　ふさ子・たけ子宛　茂吉絵ハガキ（未発表）

拝啓　今夜は御心づくしの品々いたゞき子供等一同大よろこびに御座候　又花の種子もありがたく、記念にまき申すべく候　今年は去年ほどの元気無之候。◯知合の人々にたのみ置き候。京城の大塚君　芦屋の高安さんには手紙出しおきしが神戸のお叔父さんの方是非御熱心に御たのみ願上ます

早々　頓首

（注＝たけ子さんの結婚相手の世話をしている茂吉の書簡。妹の結婚相談にかこつけてふさ子は香雲荘に下宿し、茂吉は度々逢いに訪ねた。）

⑩昭和十六年七月二十九日　ふさ子宛　茂吉書簡（未発表）

拝啓　土屋君に御会ひ下さいました由、それで、もうお会ひしてはなりません。

老生も連日の豪雨で体が弱つて居りますし、到底だめです。この際堪へしのびたいとおもひ

ます。どうぞ御身御大切におねがひいたします。老生も無限の悲哀をこめて当分この山中にゐませう　頓首

七月廿九日　斎藤茂吉拝

永井ふさ子様

（注＝昭和十六年七月十日、又香雲荘永井ふさ子から「来書ガアツタリシテ、心ヲ専ラニスルコト出来ズ、従ツテ勉強ハカドラズ」と日記にしるす。

七月十八日、香雲荘からの永井ふさ子の手紙をみて過す。

七月二十九日、日記に「永井ふさ子、土屋君ニ愬《ウッタ》ヘシ由ノ手紙アリ、一夜会談ヲ欲シタガコトワッタ。敬天堂老人ノ『人外ノ魔』ナリ。今日ハソンナコトデ何モ出来ナカッタ。」と記しているのが、前出の書簡で「コトワッタ」と記している。ふさ子が身体の変調をうったえ、茂吉に結婚を迫ったが、とり合わなかったので、土屋文明にうったえた。そして茂吉と一晩話し合いたいと言ってきたものである。）

この頃の茂吉の歌、

夏山はさ霧にくらみほとほとに女おそるる吾身に沁みわたる

次に永井ふさ子宛土屋文明未発表書簡の一部を紹介しよう。

⑪昭和九年十二月三十日　ふさ子宛　土屋文明ハガキ
拝復斎藤先生は御都合で行かれぬことになりました、小生は出来れば松山に参りたいと存じます。道後に一泊し子規の遺跡をみれば他には見たいものもありません。会員の方に御目にかかるのは宿へでも来てくれれば結構ですが、講演と字をかくことは全く閉口でこれだけは御配慮を願ひます。八日別府の昼便で参り出来たら徳島へ廻って大阪へ出るかだめなら高松から船にするか、未だきめて居ません。万々拝眉の上はがき着いたところへ御恵送の品とゞきました有りがたう存じます

（注＝昭和九年十二月二十九日、松山の永井ふさ子宛の茂吉ハガキに「○明春の別府歌会、体の工合にて欠席するかも不知。万事土屋大人に御願ひしおきし間、左様御ふくみの上御出席願上げ候」に照合するもので、昭和十年一月三日から三日間、別府市で催される安吾《あんご》会のことで、茂吉欠席、文明が参加した。ふさ子は別府歌会の帰途、文明を松山へ案内し、永井家で松山アララギ会員数名と伊予史談会の景浦稚桃氏から松山における子規と漱石などの話をきき、そのあと、道後ふなや旅館で、松山在住歌人三十名ばかり集り、歌会が開かれた。翌朝文明は高知へ蘭を見にゆくといって旅立ったということである。）

⑫昭和十年三月十八日　ふさ子宛　文明ハガキ
蘭の写真ありがたく存じました小生只今萬葉巻二の通俗註釈書をかいて居るのでそれにかかりきりです田舎家に閉ぢこもつてやつて居ります御約束の色紙も後れてゐます。四川蘭はシンビヂュウム、トラキアナム（少し異つて居るかも知れません）とはどんな関係でせう。姿

が似て居るので一寸思ひ出しました。

⑬昭和十年四月四日　ふさ子宛　文明書簡

四川蘭珍品を御分ち下され何とも御礼の申しやう無之候昨夜正ニ拝受即刻植込み申し候、どうかうまく育てたいものと申し居り候、御令兄に何卒くれぐれもよろしく願上候急ぎ御礼のみ申上候

四月四日　　土屋文明

永井ふさ子様

（注＝文明が蘭愛好者と知って兄の家にある珍品四川蘭をふさ子は文明に贈った。）

⑭昭和十年八月一日　ふさ子宛　文明ハガキ

大へん暑いですが、御かはりありませんか。熟田津のこと、おひまがあつたら一度調べてアララギへ書いて見て下さつてはいかがですか。或はいつぞやの老先生に御願ひ下されても結構です。蘭は大へん上機嫌です。大体肥料を要する性質と思ひ肥料をやつて居りましたが、御注意で大へん安心しました。新芽がもう大体親位になりました。今年新芽は一本だけでした。小生の色紙少し涼しくなつてから御目にかけます。

⑮昭和十年十月一日　ふさ子宛　文明ハガキ

御無沙汰いたしました。下手な色紙別送いたします。よろしいのを御取り下さらば幸甚に存じます。十一月上旬広野三郎君が御地に参るかも知れません　土屋文明

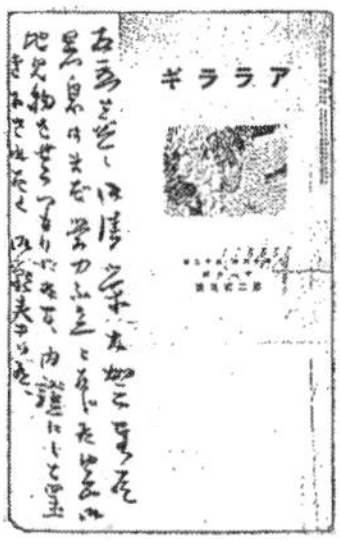

①昭10.2.27

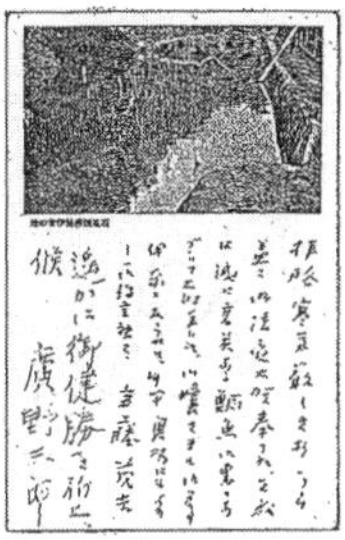

②昭11.1.13

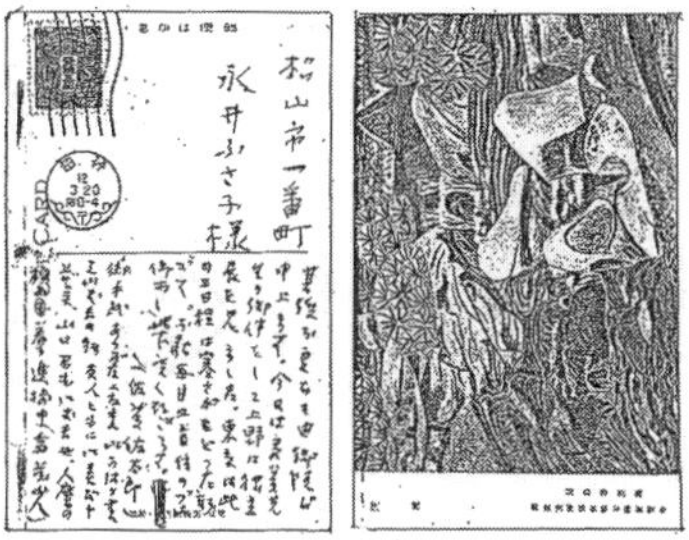

③昭12.3.20

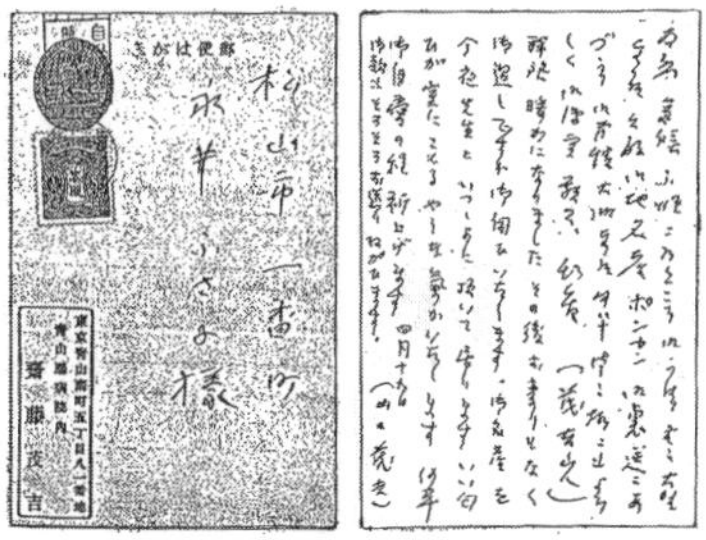

④昭12.4.19

⑤昭13.4.9

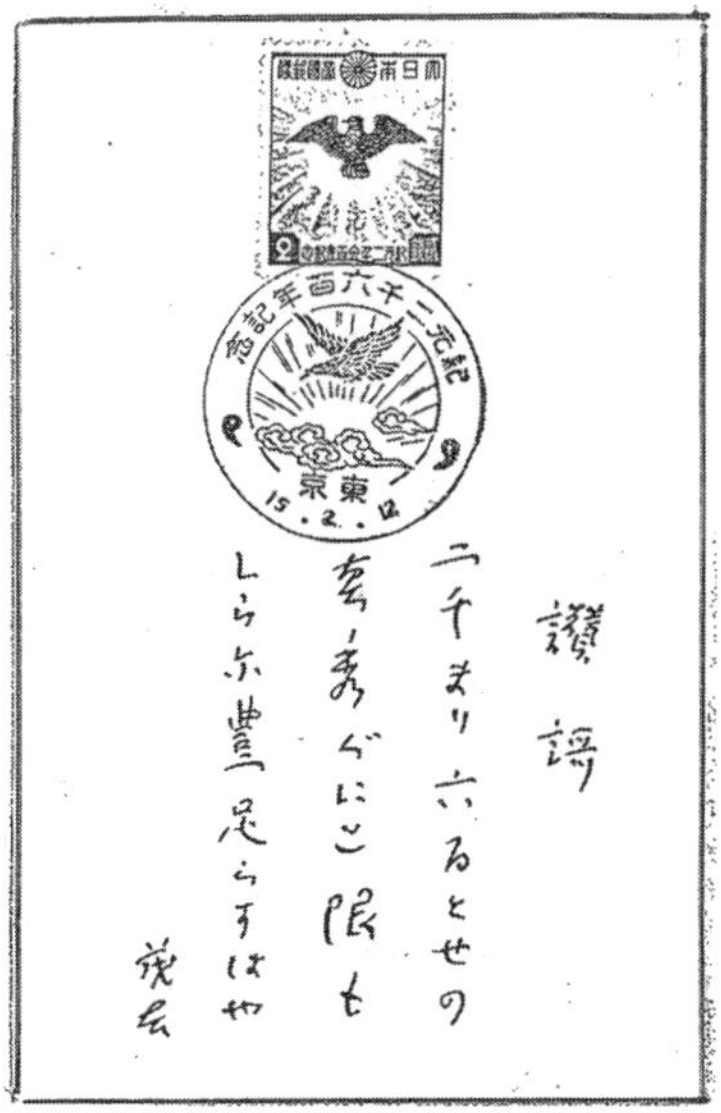

⑦昭15.2.12

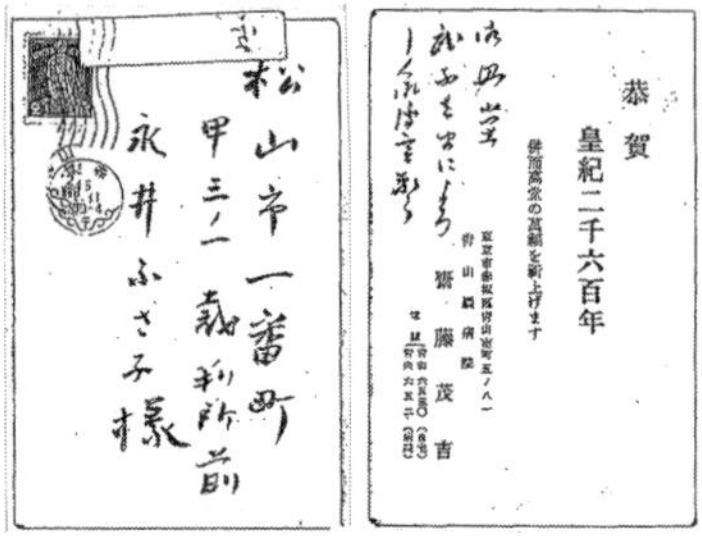
松山市一番町
甲三ノ一 裁判所前
永井ふさ子様

恭賀
皇紀二千六百年
斎藤茂吉

⑥昭15.1.31

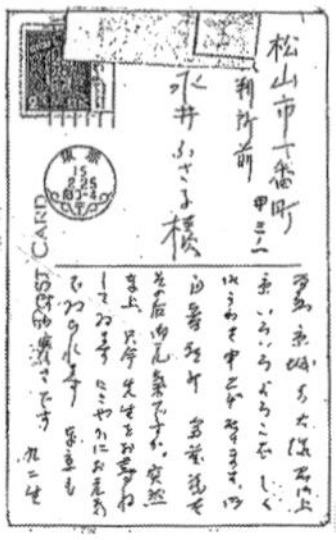
松山市一番町
甲三ノ一 裁判所前
永井ふさ子様

⑧昭15.2.25

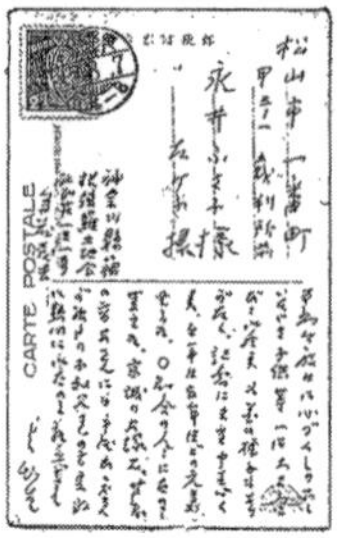
松山市一番町
甲三ノ一 裁判所前
永井ふさ子様

⑨昭15.8.7

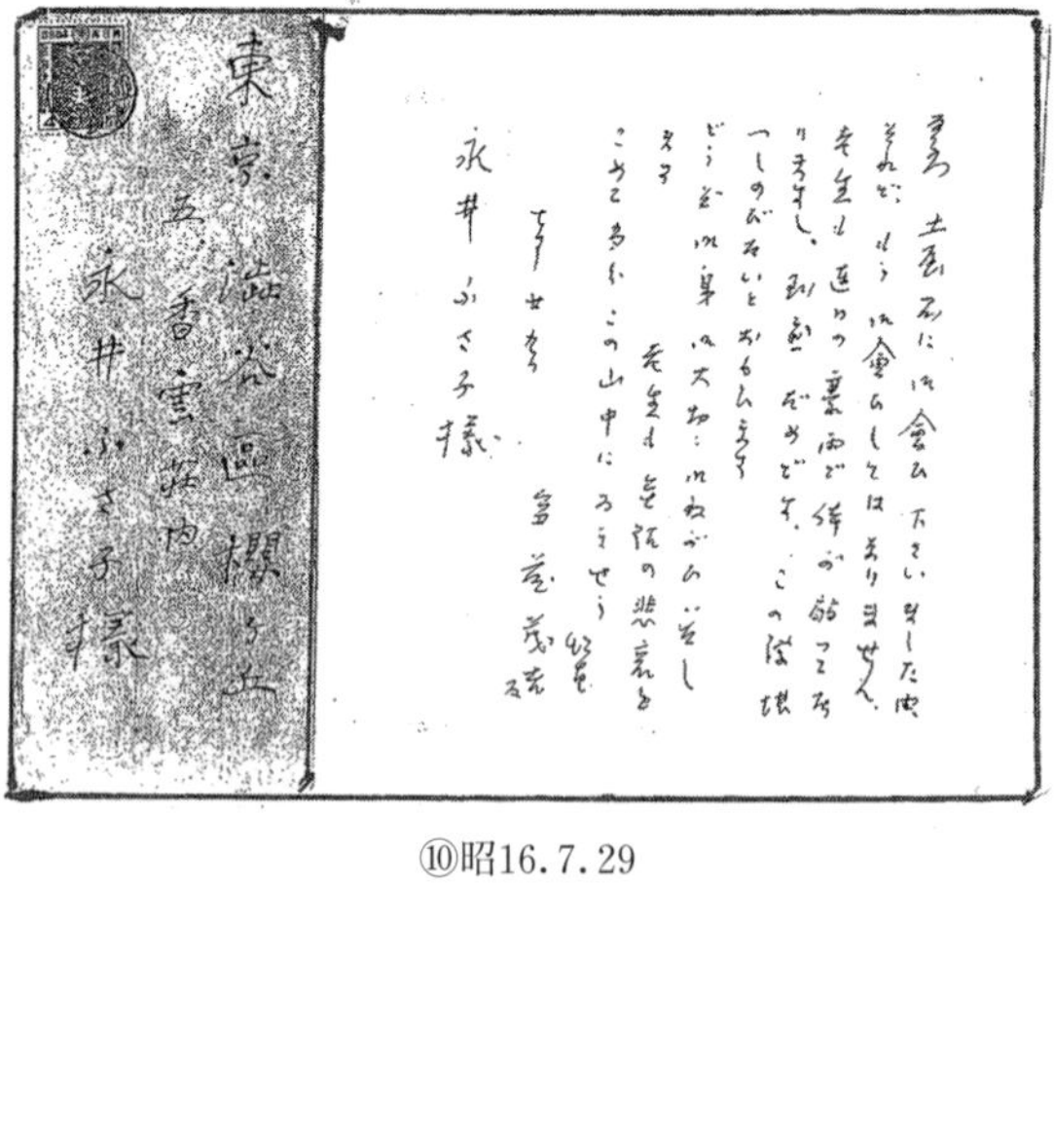
永井ふさ子様

⑩昭16.7.29

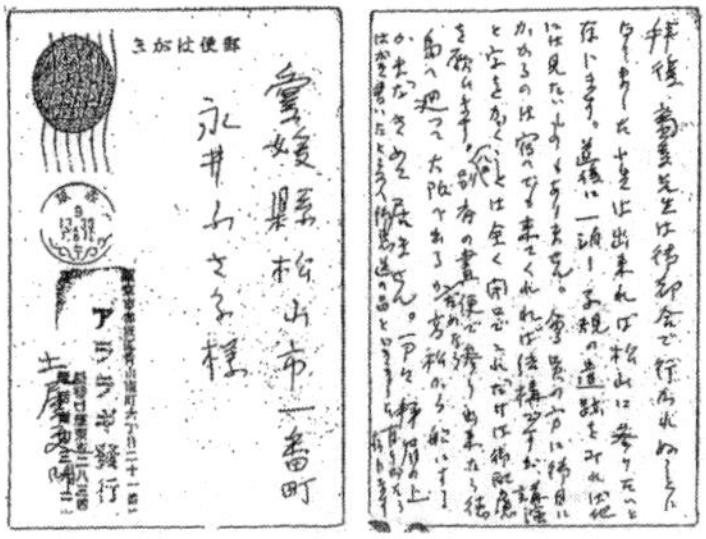

愛媛縣松山市一番町
永井ふさ子様
アララギ發行
土屋文明

⑪昭9.12.30

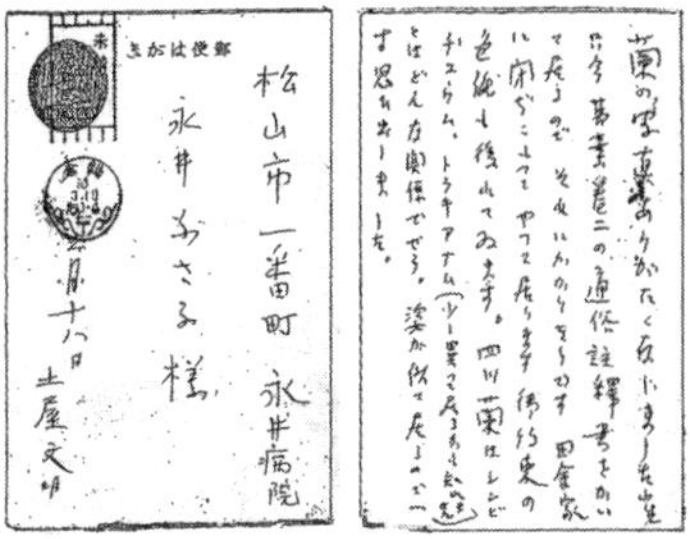

松山市一番町 永井病院
永井ふさ子様
三月十八日
土屋文明

⑫昭10.3.18

〜 **永井ふさ子宛　土屋文明書簡**（未発表）〜

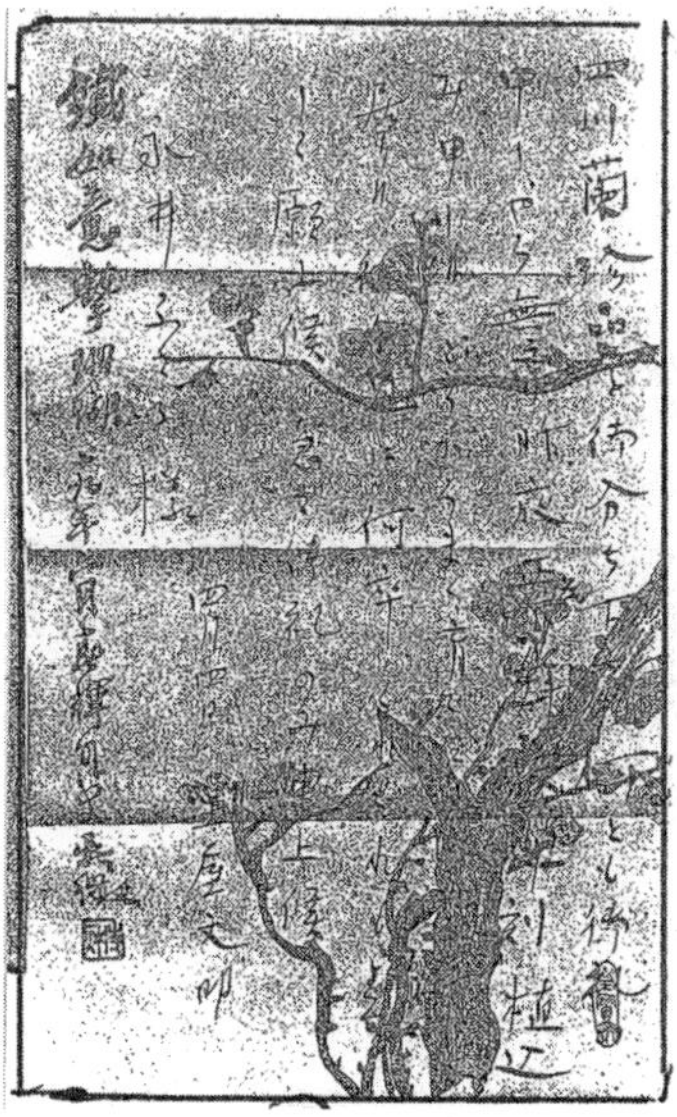

⑬昭10.4.4

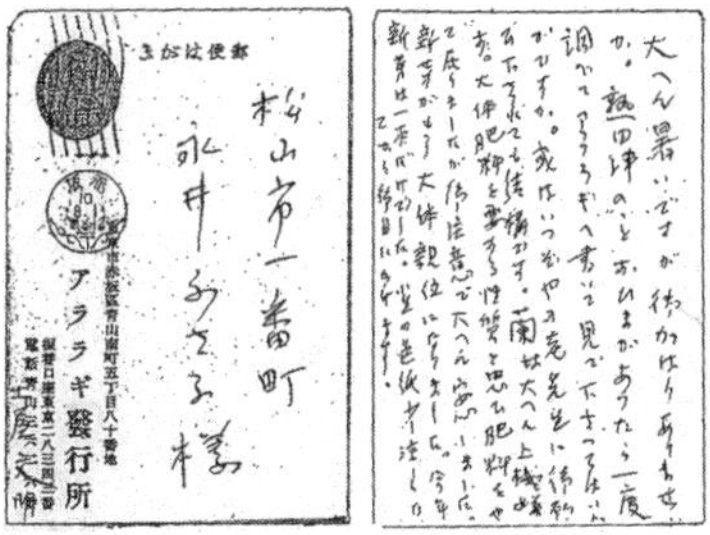

松山市一番町
永井ふさ子様
アララギ發行所
土屋文明

⑭昭10.8.1

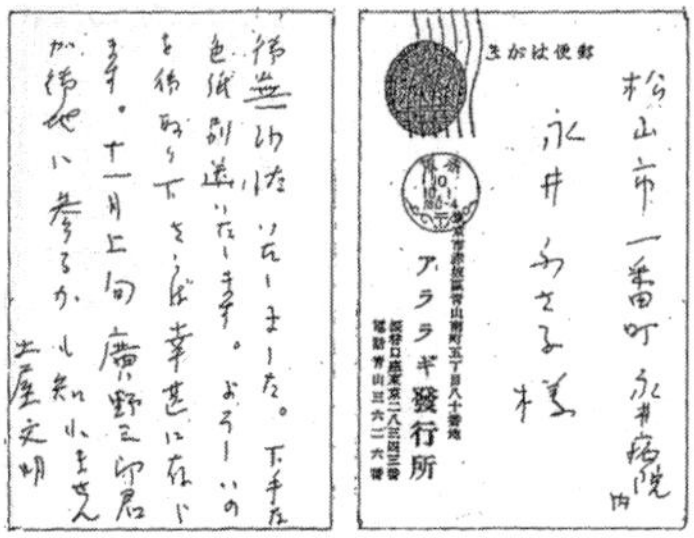

御無沙汰いたしました。下手な色紙副送いたします。よろしいのを御取り下さらば幸甚に存じます。十一月上旬廣野三郎君が御地に参るかも知れません
土屋文明

松山市一番町 永井病院内
永井ふさ子様
アララギ發行所

⑮昭10.10.1

恋愛その後

茂吉・ふさ子の恋愛は、昭和十年から十六年にわたる七年間とみてよかろう。その間交際の烈しかった時期は昭和十一年の一年間、昭和十二年十一・十二月、昭和十六年二月から七月、ふさ子が上京し渋谷の香雲荘に下宿していた時である。ふさ子は「先生と別離の当座は、何をみても涙の出る日々が続いた。食事をしながらも、道を歩きながらも涙を落としていた。先生への想いを絶つ為に歌からも遠ざかった。先生の著書や短冊、軸なども皆、目の届かないところへ蔵ってしまった。ある時訪ねて来られた佐藤佐太郎さんが、私の本棚を見て先生のものが一冊もないので怪訝な顔をして居られたのが印象に残っている。」と語っている。昭和十六年には、ふさ子は茂吉に結婚を迫った。牧野氏との婚約を解消し、二人が旅館を泊り歩いていた頃、茂吉は結婚しようなどと言っていたが、「いざ結婚を迫ると只涙を流して沈黙するだけであった」と語る。結局、「先生（茂吉）には、深い事情があることを知り、あきらめて一人で生きることを決意」、旅館のお手伝いなどして生活費をかせいだ。昭和十七年頃、同じアパートの住民であったアララギ会員の金子越洞氏の語るところによると「愛や恋を歌い続けることの困難な戦時中、戦争賛歌のあふれている中で、愛・恋の歌をよんでいた。実生活でも戦争を拒否しつづけ非国民と呼ばれた。彼女はモンペをはかなかった。」など強い信念をもって生きたようである。ところで、茂吉日記をみると、昭和十七年五月二十八日「永井突如トシテ訪問、一年ブリニテアフ、十分ニシテ辞去ル。アララギ選歌試ミタルモ出来ズ。○佐藤君、予ヲ按摩シクレル。大ニアリガタシ。」十八年三月五日「○永井ふさ子久シブリニテ訪問十分間キテカヘル」同年三月十一日「永井ふさ子タヅネテ来ル」十九年八月二十七日「○午後永井ふさ子サン突如トシテ来リわかめ、ふ、白米クレタソノ時ニ来客アリ帰ツタ」と書かれている。昭和十九年頃には、老母と一緒に静岡県伊豆伊東町玖須美区竹の内一三二に住んでいて、ふさ子宛茂吉のハガキがある。さらに二十年五月十九日、上ノ山、金瓶の斎藤十右衛門家疎開先からのハガキを最後に文通も絶えていた。

茂吉は昭和八年、妻の悲傷事件のころから永井ふさ子との間に進展、推移していく恋愛ドラマとともに、全力的に柿本人麿の研究に没頭していく。それは現実生活の悲惨さからの脱出とも考えられる。しかも全力的で多力者の人麿の中に「渾沌」「悲劇」を見、人麿の中に自分の姿を見出しているのである。

永井ふさ子との七年にわたる恋愛は、戦争の深まる中で別離を告げていった。ふさ子は、

いくばくの幸をたのまむ現身のひとの翳《かげ》さすわが生涯に

などの歌を最後として作歌をやめた。そして結婚の道を自分で断ち切って、一人働きながら生活費を生みだした。茂吉とは戦後は全く交渉もなく、昭和二十八年二月二十五日の茂吉の死をテレビではじめて知ったのであった。

昭和四十九年十月、茂吉の故里を訪ねた永井ふさ子さんは次のような歌を詠んでいる。

過ぎにけるひとつ歎きもおくつきになに愬《うつた》へむ淡き秋の日　（宝泉寺墓参）

遺されし背広の前に息をのむその腕に胸に生々《なまなま》し甦るもの　（茂吉記念館）

最上川の瀬音昏れゆく彼《か》の岸に背を丸め歩む君のまぼろし　（最上川辺）

最上川の空にたゆたふひとつ雲ひとの疑《うたが》ひごころにも似て

閉《と》ざしたる聴禽書屋の障子あけ「来《こ》しか」と告《の》らす声きこゆがに　（聴禽書屋）

茂吉墓前の永井ふさ子
昭和49年

平成５年３月26日
亡くなる２か月前の永井ふさ子さんと筆者

出版された永井ふさ子
歌集「あんずの花」

永井ふさ子さんが茂吉の恋文を世に公開したのは、茂吉没後十年目である。早速私は伊東市宝町の住居を訪ね、現在の心境をおたずねしたところ「うらみと恋しさ」交々であると心情を訴えられた。

〈**参考**〉

私は、その後も度々訪ねて、茂吉の恋文やアララギ歌稿、茂吉添削原稿、写真等拝見。昭和五十八年四月、短歌雑誌「あるご」創刊の折りにも会員として参加された。歌集出版をすすめたところ、頼むということで平成五年十一月、永井ふさ子歌集『あんずの花』を短歌新聞社から出版した。平成五年六月八日、ふさ子さんは歌集の完成を見ず、八十三歳で亡くなられた。

コラム⑲　股火鉢の茂吉――斎藤玉男氏の回想から――

ここに斎藤玉男氏の斎藤茂吉に関する思い出の書かれた私宛の書簡を紹介しよう。

斎藤玉男氏は、東大医学部の茂吉の先輩であり、巣鴨病院時代の同僚でもあった。また高村光太郎の妻智恵子の主治医でもあった人である。私は玉男氏を何回か訪ねた。そして次のような回想を寄こされた。

「茂吉君が東大精神科の医局へ入局したのは明治四十四年二月だと思ふ。医局の中で茂吉の山形訛りの直情は一つの特色であつた。大体丁寧で相手をそらさぬ調子であつたが、時あつて猪の如く憤激突進した。その勢に相手はアレヨアレヨと言ふ計りであつた。私はその鉾先には逢はずに仕舞つた。茂吉の当直の宵毎に医局の火鉢を囲む外来者は、中村憲吉を筆頭として尾山篤二郎、北原白秋、若山牧水であつた。阿部次郎、木下杢太郎等も時に顔を見せた。茂吉の医局生活の間に、長塚節を福岡の久保猪之吉に紹介して大学病院に入れ、島木赤彦の長男を東大病院外科に紹介したりした。この頃、精神科は文科の随意科となつて居たので、芥川龍之介、小山内薫などの顔も折々講堂に見えた。その頃、茂吉君は多分に啄木の歌風に共鳴する一方、書では良寛に傾倒した。宿直の夜、股火鉢の君が眼をとぢて空中に指で良寛の模筆をする姿が憶ひ浮かぶと共に、師匠の左千夫とうまが合はないことを一、二度聞かされた。実相観入の土台はあの股火鉢から生まれたものと思はれる。『アララギは市に売れたり』の有頂天振りも『あげびの花の散らふかなしみ』の沈潜の境地も、あの火鉢なしには考へられない。」と語られている。

高千穂の峰吟行

昭和十五年は皇紀二千六百年に当たる。
それに先だち鹿児島県では、十四年十月、茂吉に神代の聖蹟をめぐらせて、祝歌を作らせた。この企てに応じた茂吉は勇猛心を振るいたたせ、神代に関連した感激の歌、二百十首の大作をなした。

天孫《すめみま》のみささぎのうへに年ふれる樟《くす》の太樹《ふとき》のかげにわが立つ
高千穂《たかちほ》の山のいただきに息《いき》づくや大きかも寒《さむ》きかも天《あめ》の高山《たかやま》
はるけきや高天《たかあめ》の門《と》にあはれあはれ頂《いただき》あをき温泉《うんぜん》が嶽《たけ》
大《おほ》きなるこのしづけさや高千穂《たかちほ》の峰の統《す》べたるあまつゆふぐれ

茂吉はこれらの歌を自解（『作歌四十年』）して「自分はこれまで諸処を旅して写生の歌を作つたが、わが国の神話歴史に統一せられた感激を根幹とし、皇紀二千六百年を祝賀しようとい

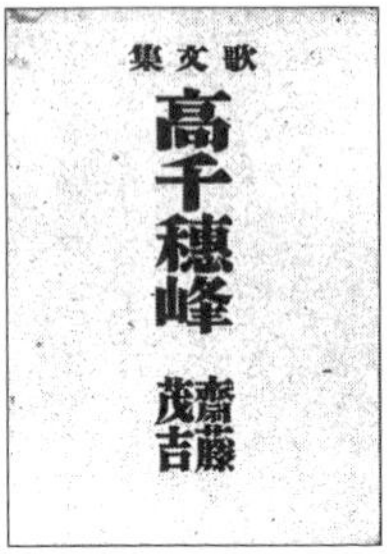

高千穂峰
（昭和15年６月27日）
改造社刊

村田邸で
（昭和14年10月14日）

のぼり路
（昭和18年11月20日）
岩波書店刊

ふ意図に出でた今回の旅の歌のやうなものは先づ無かつたと謂《い》つていい。されば、その技法の点に於て、手馴れないための新工夫新苦心といふやうなものが随処にあつて、自分みづからのための記念とすることが出来る。」と自負している。また、歌を収録した歌集『のぼり路』の後記にも「一巻全体を通じてながれてゐるひびきは、決してなまやさしいものでないことがわかる。これ本歌集が自分の生涯にとつての一特色を有つ所以である」とまで言い切る。歌集「解説」の佐藤佐太郎も「覇気充溢して格調の高い荘重な作」「作歌力量というものは常にディオニゾス的」（『斎藤茂吉選集』第五巻）とのべている。

いわゆる戦時の国威発揚歌一連のものである。茂吉自身にとっては、五十八歳から五十九歳の初老の時期に当たる。なぜ熱情的、激情的になっていったのか、一つには、『柿本人麿』研究の大著を成しとげた昂揚のときである（昭和十五年五月十四日、帝国学士院賞を受賞）。私的には、永井ふさ子との関係が一時途絶えていたが、この時期に復活、熱狂的に燃え上っていた。

紀元二千六百年奉祝歌集
大日本歌人協会編

『紀元二千六百年
奉祝歌集』
（昭和15年）

高千穂の山のいただ
きに息《いき》づくや大きか
も寒きかも天《あめ》の高山

高千穂峰　頂上
中央茂吉
（昭和14年10月10日）

薩摩別荘前にて
左より４人目茂吉
（昭和14年10月６日）

霧島高千穂寮にて
左より３人目茂吉
（昭和14年10月10日）

鹿児島・薩摩別荘の茂吉
（昭和14年10月６日）

鹿児島・島津公邸
（右：奥田童山）
（昭和14年10月14日）

柿本人麿研究

茂吉は作歌を初めてより三十年、常に心中を去来した歌人として人麿をあげている。その間、人麿に対する評価も動揺しながら進んできたことを告白している。そして昭和九年の時点において、人麿の力量に近づき、なおその力量に及びがたいと説いている。そこには人麿を短歌の最高峰として畏怖し、讃仰する態度がみうけられる。

人麿作品の評釈、人麿地理調査活動は、全力的に行なわれ、一心に柿本人麿を追及してやまない。その結果、人麿を次のように評価している。

○声調が流動的である。○根源の特徴をディオニゾス的という言葉で求めようとした。○重々しく、切実で、そのひびきは悲劇的である。○混沌が包蔵されている。○全力的である。

というが、このことは、とりもなおさず高峰と仰ぐ人麿の中に求尋していたものである。他の万葉作家からは求めることのできないものであった。人麿はいかなる場合でも作歌に際しては全身的であり、その声調は重々しく、切実で、そのひびきは悲劇的である。そこには「混沌」が包蔵されていると論ずる茂吉のことばは、そのまま、そっくり茂吉の短歌の特徴だといえるのである。則ち人麿を追尋した茂吉は、自己の姿の投影を人麿の中に見出していたのである。それが故に人麿を敬仰し、人麿に近づこうとしたのであった。

帝国学士院賞受賞祝賀会

昭和十五年五月十四日『柿本人麿』の業績に対し、第三十回帝国学士院賞が授与された。その受賞審査要旨を抄記すると「全篇に現はれたる人麿に対する熱意は、実に著者の実作者たるに基づくものにして、本書の特色も亦此に在り。されば読者は、往々此の書に於いて主観的色彩の強きを感ずといへども、資料の蒐集整理等に採りたる方法は、全く科学的なりといふべし」と、著者の努力と考察を認めるとしている。

ところで、六月四日には、受賞祝賀会が学士会館で開かれ、土岐善麿が司会、太田水穂が万歳三唱の音頭をとっている。祝辞は徳富蘇峰、佐佐木信綱、高島米峰、和辻哲郎、折口信夫、木下杢太郎、水原秋桜子等であるが、窪田空穂の祝辞の一部を掲げておこう。

「今までその全部に亘りましてさうしたことをした著述は恐らくなかつただらうと存じます。それが今度初めて出来たのであります。さういふことから、あの本を手に致しまして、これは申さば因縁とでもいふやうなものが熟して出来たものだと第一に感じたのであります。（中略）

『柿本人麿』全５冊（昭和９年11月～15年12月発行）同書によって昭和15年５月14日帝国学士院賞を受賞

佐藤佐太郎編集発行による『「柿本人麿」批評集』（昭和10年５月20日）

帝国学士院賞受賞祝賀会（昭和15年６月４日）左より：佐佐木信綱・徳富蘇峰（立つ人）・茂吉（右端）

時代としての因縁を感じた次第でございます。次に、註釈といふものは、これは誰にも出来るものでございますが、良い註釈となりますと、略々作者に迫る程の力を持つた者でないと出来ないものだらうと存じます。（略）私は歌人斎藤茂吉さんの歌を読みまして、人麿の調べをこの人程身につけて居る人は古来恐らくなかつたのではないか、これは今度の歌集でなく、以前の歌集を拝見した時、さういふ心持を窃に持つて居りました。それから（略）斎藤さんは宗教的情操とでも申しますか、さういふものを余程濃厚に持つていらつしやると思ひます。これが妙に眼につきました。一方人麿が濃厚にさういふものを持つて居るやうに存じますので、一脈通ふ所があると思ひまして（略）人麿の本を註釈されますには最も適任で、時代とその人と相俟つてあゝいふ本が出来たことだらうと感じた次第でございます。」と喜びのことばをのべている。

茂吉は挨拶で山口、柴生田、佐藤の三君の校正、索引の作製や徳富、佐佐木、久松、武田、澤瀉、岡崎、藤田教授らの紹介文によって励みとなったことを謝している。

愛国歌人への転身

ところで『寒雲』の後記で「昭和十二年に支那事変が起り、私は事変に感動した歌をいちはやく作つてゐるのを異なつた点としてもかまはぬやうである」といい、その言葉どおり事変を歌った作品が多数うたわれてくる。

よこしまに何ものかある国《くに》こぞる一《ひと》ついきほひのまへに何なる
あな清《すが》し敵前渡河《てきぜんとか》の写真みれば皆死を決して犢鼻褌《たふさぎ》ひとつ
上海戦《しゃんはいせん》の部隊おもへば炎《ほのほ》だつ心となりて今夜《こよひ》ねむれず
おびただしき軍馬《ぐんば》上陸のさまを見て私《わたくし》の熱《あつ》き涙せきあへず
かたまりて兵立つうしろを幾つかの屍運ぶがおぼろに過ぎつ
いのち死にし臣《おみ》もののふにかしこきやすめらみことは額《ぬか》ふしたまふ
われ遂にこの戦《たたかひ》に生《い》きあひておごそかに幸《さち》のかぎりとぞせむ

これらの歌が示すように、支那事変（日中戦争）によって茂吉の心は大きくゆすぶられ、戦争や戦士のありさまが、日常生活の身辺におしよせてくるのである。戦争を素材とした茂吉自身のいのちにふれてくるものを、彼独自の声調によってうたいあげるのである。戦いの中の生の緊迫に感動をよせる歌は、しだいに「私《わたくし》」から「臣《しん》」への自覚へと高められていくのである。こうして恋愛歌人からにわかに愛国歌人へと転身してゆくのが『寒雲』の大きい特色である。

ところが、太平洋戦争勃発の翌日、十二月九日執筆の「アララギ」に「会員諸君に告ぐ」と題した文章をのせ、それにはつぎのように書かれている。

（前略）八日の朝、ラジオの臨時ニュースが、『大本営陸海軍部発表、十二月八日午前六時、帝国陸海軍は今八日未明西太平洋において米英軍と戦闘状態に入れり』と放送したときに、拙者のごとき老生も、満身の紅血、みなぎりたぎり、跳躍鳴動するのをおぼえたほどであるから、年わかきアララギの諸君のありさまは今まさに想像するに難くはない。

今や吾等が眼前に於て、アララギの同志は、正岡子規・伊藤左千夫の源流に本づいて、歓喜踊躍して、その全力、その真骨頂を発揮すべき時が到来した。

『敵を愛せよ』などといふ相待人為末世的なくだらぬことを云ふを止めよ。吾等は日本神代の源始にたちかへり、濛々渾沌たる大威力を以て、動物にも等しい紅毛碧眼の無礼国を撃ちほろぼさねばならない。

さらに「制服的歌」と題して、

（前略）戦争がはじまると、歌人は勇奮感激して歌を作り、また放送局でも雑誌でも新聞でも競うて戦争の歌を徴求し、ここに於て歌も武装せざることを得なかつた。

そして実際歌壇は武装した。しかしその武装は一様の武装で、千差万別各人各別といふわけには行かなかつた。なぜかといふに、事変が一つで、それを報道する新聞などの文章もまた一つだからである。その一つの材料に数千の歌人、数万の歌人が寄つてたかつて作歌するのであるから、いきほひ、一つの材料だけの歌に始終し、単調にならざることを得ぬ運命になつた。私はさういふ歌に、『制服的歌《ユニフォームてきうた》』といふ名を付けて、みづからを慰めた。併しこの制服的歌はもはや国家的で、個人的でないのだから、善悪優劣について彼此いふべき性質のものではあるまい。さう云はざることを得なかつた。

茂吉ら歌人が求めに応じて、多くの戦争歌を制作したが、それら一連の歌を茂吉自ら「制服的歌」と名づけて類型化された歌に嘆きをこめてのべている。しかし、つぎつぎに戦意高揚のために武装化された短歌が制作されていく。それも国家的な立場に立っていたしかたないことだと覚悟している。さらに「善悪優劣」についてかれこれいうべきことではないとのべる茂吉は、すでに詩人の道から国家的大事に臨む臣民の道を歩み出してしまったのであった。

やみがたくたちあがりたる戦《たたかひ》を利己《りこ》妄慢《ばうまん》の国々よ見よ

（開戦）

一億のみ民ことごとく御軍《みいくさ》とおもほゆるときこころは躍《をど》る

（とどろき）

こういった戦意高揚のために武装化された短歌が作られていった。これは一人茂吉だけではない。

いつとせを戦ひつぎてこの春やまさにあじやの時は来れり

土岐善麿

事しありて死なまく我ら一億の定《ぢやう》あきらなり将た生きむとす

北原白秋

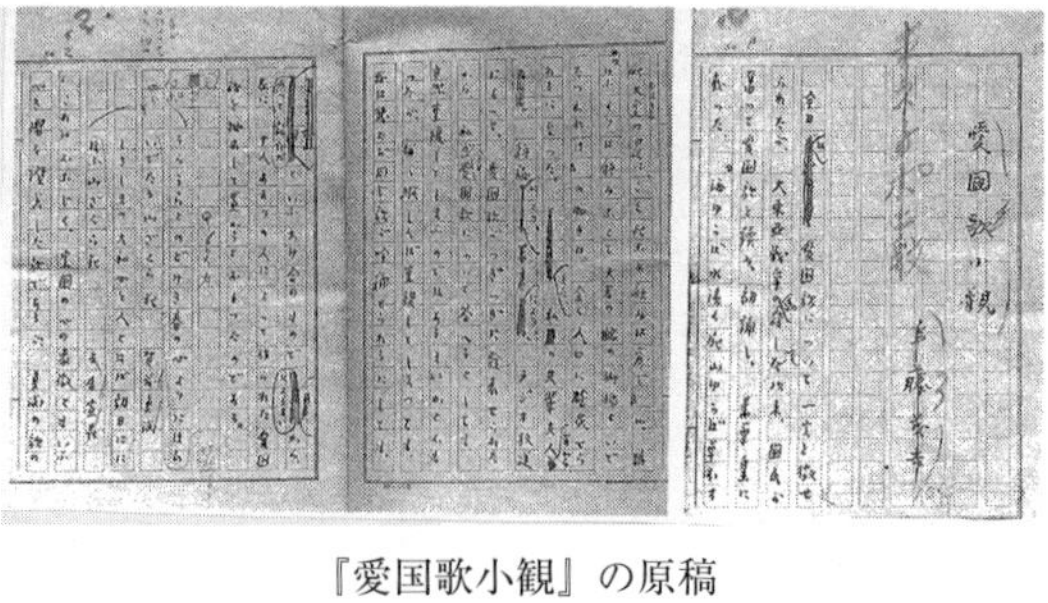

『愛国歌小観』の原稿

多くの歌人が太平洋戦争に突入するに及び、宣戦の詔勅の下った瞬間、こぞって愛国者となり、憂国の士と化してしまった。

茂吉は、昭和十七年五月号の雑誌「日本評論」に「愛国歌小観」を書き、つぎのようにのべている。

大東亜戦争の勃発して以来、国民が奮って愛国歌を読み朗読し、万葉集に載つた、『海ゆかば水漬く屍山ゆかば草むす屍大皇《おおきみ》の辺にこそ死なめ顧みは為じ』や『けふよりは顧みなくて大君の醜の御楯といでたつわれは』の如きは、全く人口に膾炙せられるに至つた。また私の先輩友人等から、雑誌により著書により、ラジオ放送によつて、愛国歌がつぎつぎに発表せられたから、私が今日愛国歌について答へるとしても、自然重複してしまふのではあるまいかとおもつたが（中略）左に、十人あまりの人によつて作られた愛国歌を抽出して置かうとおもつたのである。

一高時代は、日露戦争の戦捷に湧きたつ国民の感激を体験し、茂吉の好戦的な態度は、国の政策が軍国主義の方向をたどる歩みの中にあって一段と生彩を加えていった。万葉精神の祖述者であった茂吉は、太平洋戦争に逢着して、前述のように国学的基盤にたって、積極的に協力した。皇国民としての使命感にもえ、愛国者茂吉としての心情を、短歌に吐露していったのである。

勝ちきほふあらたしき代のときのまも皇御民《すめらみたみ》はおほらかにせじ　（「とどろき」）
あらたしき年のはじめに誓はなむこの勝戦つらぬかむとぞ　（「くろがね」）

このような愛国心にもえた歌がつぎつぎとつくられ、それらの歌を「いきほひ」「とどろき」「くろがね」の三つの歌集に編むことが予定されたが、戦争の終結によってついに世に出なかった。

これら戦争詠の中には「個」は埋没し、制服的歌ともいうべき讃嘆の声と変り、臣の道を歩み出していくのである。こうして愛国者歌壇の大行進が始まった。茂吉もその中の一人であり、多くの戦争歌を熱心に詠んだ。しかし茂吉は、一方では、こういった戦争歌のむなしさを知っていた。太平洋戦争の開始の直後に「独語」と題して「たたかひの歌をつくりて疲れたるわれの一時《ひととき》何か空《むな》しき」とうたっている。そうして、深く自然観照に向った歌をよんだ。

雪ふりし山のはだへはゆふぐれの光となりてむらさきに見ゆ

桑の葉のやうやく芽ぶくけふの日を笹谷《ささや》にむかひ越えつつゐたり

（「霜」）

こういった自然詠は、茂吉の心に深く沁み入り、その観照の深さを示している。一方、戦争歌を「死骸《しがい》の如き歌累々とよこたはるいたしかたなく作れるものぞ」と詠むなど、茂吉の芸術的自己の真実を守ろうとしているのである。

国策にそった作品が生産されていった中にあって、茂吉もその国策に協力した一人であるが、しかし一方では「死骸の如き」歌だという内省にたち、自然観照の作品も多く作っていった。

愛国者茂吉であると同時に、自然詠、生活詠の中に「私」を見出していたことは、歌集『霜』『小園』によって明らかなことである。

雪のこる狭《せま》き山路《やまぢ》に床《とこ》なめになめ石古《いしふ》りてむかしおもほゆ　（「笹谷越」）
はかなかるわれの希《ねが》ひの足《た》れるがに笹谷《ささや》峠《たうげ》のうへにゐたりき
わが父のしばしば越えしこのたうげ六十一《ろくじふいち》になりてわが越ゆ
笹谷《ささや》のたむけを分水嶺《ぶんすゐれい》としたる水たちまちにして音たぎつかも

昭和十七年五月一日、六十歳の還暦を迎えた記念に、甥高橋重男を伴として上山をたち、笹谷峠をこえる。その折の歌である。

笹谷峠にて
(昭和17年５月１日)
甥高橋重男同行

歌集『小園』
(昭和24年４月20日岩波書店刊)
昭和18年より21年１月の疎開先金瓶から大石田移居までの歌を収める。

枡富照子邸庭園
(昭和20年１月５日)

◎疎開生活

書簡でたどる疎開への道

昭和二十年に入って、空襲は愈々激化し、いつ爆撃に逢うかわからない情勢となった。まず荷物の疎開に多忙をきわめた茂吉も、自らの疎開を考えるようになり、二月に上山の弟高橋四郎兵衛の許へ相談に赴くのである。一方松原の本院は東京都へ移譲する話が斎藤家の戸主西洋によって進められ、茂吉は分家することになった。

さて、茂吉はいつ頃から疎開のことや、どこに疎開するかを考えていただろうか。まず第一に箱根強羅の別荘を考えていたことが、次の書簡で明らかになった。

それは**昭和十八年七月二十一日付、斎藤淑子宛（西洋夫人）（全集未載）茂吉書簡**である。

（前略）

さて、つくづく考ふるに、この強羅の別荘はなかなか大切なところだから、貸さずにおく。けふも横浜の外人夫婦が、小田原署の巡査部長と来て行つたが、小生の勉強ぶりを見せて、かへした。横浜あたりでも、爆撃を見こして疎開いそいでゐるのだ。○そこで万一の場合は、親戚よりも却つてここの方が自分の宅だから却つてい丶だらう。西洋にもこの事話し、都合つけばたまにこ丶に来てみるとい丶。○東京都庁の役人でアララギ会員ゐるが、このごろしきりに小生に疎開をす丶めてゐる。しかしこれは大問題で、なかなかおいそれとはまゐらぬ。疎開するとすると、上ノ山か強羅だが、これもなかなか決しかぬる問題だ。これも西洋に話しておいてくれ。
母上にもよろしく。万々

兄より

斎藤淑子様

（注＝〰〰線は藤岡）

斎藤家の箱根別荘は、大正十一年に斎藤紀一が箱根土地会社から購入し、それに手を加えたものである。昭和十七年には茂吉の手で北側の空地に木造瓦葺平屋の八坪ばかりの書斎を建て、自ら「小宅」、「新宅」と称した。

〈この新宅（童馬山房書屋）は、現在上山の茂吉記念館傍に移されている。〉

ところで、神奈川県箱根強羅の別荘には、とくに昭和十年から毎年夏の間滞在し、歌集の整理や原稿執筆がなされた。別に茂吉設計の平屋二間は、隠居するために考えられたものである。

昭和十三年七月二十六日付、斎藤西洋宛（全集未載）茂吉書簡

拝啓　○御手紙ありがたう。森田、松永にすでに御話ならば、今、別な大工にたのむのも具合わろし　○そこで、瀬戸にはことわらうとおもふ。小生も今度、岩波の創立廿五年の記念の一冊たのまれて、書きはじめたから、余りうるさくない方よく、又非常戦時だからそれも考慮せねばならぬし、のばすことにし、西洋に万事たのむ。兄は普請のことは得意でない。○母上などの来て、ラヂオでも何でもかけてもよくなるし、明年あたり戦がすめば、建ててくれ。設計はやはり六畳と四畳半（平家）が一番よいからあの如くにたのむ。今は、坪あのくらゐはあまり高くないことが分かつた。（以下略）

昭和十三年七月二十九日付、斎藤西洋宛（全集未載）茂吉書簡

拝啓　御かはり御座なく候や　○小生廿二日にまゐり、松田タカシは廿五日（きのふ）まゐり候。○植木屋瀬戸まゐり候につき、書斎のこと話したるに、早速只今、図面ひき来り、六畳と四畳半にて、（平屋）

　一千百六十二円五十銭　七坪七合五―

（一坪たり百四十円余）　地ならし、土台等一式にて、

少し高けれど、いかゞいたし候や。金の方はどうにか岩波にでも話して、取立てられるかとも存じ候が、御意見願上げ候。今はじめれば、八月一ぱいにて出来あがるよしに御座候　○

これは瀬戸知合の大工（宮城野）にて会社とは関係無之候。○これが出来れば、小生は隠居するゆゑ、多勢にて避暑に来られるわけにて好都合とも存じ候。○淑子にもよろしく　御大切に願上候。

七月　　兄より

西洋殿

至急便

西洋賛成なら、早速はじめる。

「母上などの来て、ラヂオでも何でもかけてもよくなるし」とは、別荘だけでは、うるさくて自分の仕事が出来ない。新宅が出来れば「多勢にて避暑に来られるわけ」である。

この茂吉設計の新宅は、色々な事情からのびて、昭和十七年（前出）に建てられた。

さて、**昭和十八年八月廿一日付、斎藤淑子宛**（全集未載）**茂吉書簡**では「（前略）新しい二間の小宅を人に貸して、こちらを貸さずにおくやうになるかとおもひます。只今考慮中ですが、多分さうなることゝおもひます。」

昭和十八年八月二十七日付、斎藤西洋宛（全集未載）**茂吉書簡**「拝啓　御多忙の事と存上げます。さてここの別荘のことについて、毎日そのことばかりに苦労して何も出来ずにゐましたが、横浜の医師、東北帝大出身、佐藤小児科で学んだ、野崎寿三男といふ人に　大体貸すこと

西洋夫人　淑子《よしこ》

箱根強羅別荘

茂吉の建てた新宅

にきめようかとも思ひます。そして都合がつけば小さい新宅の方にまゐつて、食事はその野崎の方に頼むといふ工合、入浴も水道も共同に使ふといふことになるだらうかとおもひます。明けておくとやかましくて、「強制」にでもなると困りますから、さうしたいとおもひましたが、御意見御考へおき願ひます。その医学士は西洋の名をも知つて居り、二三回あつてゐるやうな風でした。

八月二十七日夕認　　兄より

月末に帰京

西洋殿

今日午后その医師に会ひました。」

箱根別荘地は「疎開地としてはよろしいのですがお伴がゐないのでそれが一番困ります」（**昭和十九年七月二十六日　泉幸吉宛茂吉ハガキ**）とのべている如く、一人で疎開するのでは世話する者が居ないのでダメとして疎開候補地からこの時点ではずされている。したがって別荘は、昭和十九年八月二十七日「医師、野崎寿三男、貸家ノ件大体キメタ。イロイロ見セテヤツタ。」と日記に記す。

八月二十四日付山口茂吉宛、茂吉書簡にも、別荘を「あけおくことやかましいとの評判にて、気がくしやくしやいたし、八月三日以来、殆ど連日何もしない有様也。今后は県の方針にて、妊婦疎開、老人疎開の由也。そこで大きい方を大体貸すこととし、小さい方だけに荷物を入れて、一先づ下山（今月末）といふことにいたすべく候。荷物も、平和時には十数人も来た家ゆゑゴタゴタもの相当にあり、七面倒くさくそれに、台所の小物がゴタゴタ沢山にあり、毎日、悲哀と憂鬱とに閉され居り候。佐藤君の来られた時に話のあつた人とは別な人に貸さねばならぬかもしれず、その家庭は小供が五人も居るといふのだから、もう夏の勉強も断念せねばならざるべく、実に深刻なる世と相成申候、然らば小生一人疎開せばよろしからむも、やはりたゞの一人にては難儀の点多く、結局左様せねばならぬことゝ相成申候、八月廿四日　茂吉山人　山口兄」

そこで、いよいよ上山の山城屋（弟高橋四郎兵衛）をたのみとした。

昭和十九年七月二十一日付結城哀草果宛、茂吉書簡「（前略）〇疎開の件、大にありがたし。どうしても東京はやられる。やられるとすると、連続式だ。さうすると東京は燃えてしまふ。目下ミユンヘンがその式で大体燃えてしまつた。疎開は、箱根か上ノ山だが、箱根は、配給だの何ので又、誰もつれてくるものがない。毎日の生活に困難だ。そこで上ノ山だとすると、風呂場の向ひの二階の一室だと小生一人で充分だ。書籍類は金瓶の蔵にでもおくるか、いづれにしても大問題は大問題だ〇そこで決定しかねてゐます。目下都庁の役人で、疎開のかゝりの人でアララギ会員ゐますが、しきりに小生に疎開すゝめてくれます。〇しかし病院長でもあり、それも二つだし、アララギもある、これも何の彼のと用がある、○御上京の折も、林さんとも山口、佐藤とも御あひの上、御熟談ねがふ。○しかし、戦争は勝つ。へとへとになつて、つひに勝つ、この点は大丈夫だ。それまで僕は生きてゐたい。茂老人　哀草果兄」

ついで**七月二十四日付高橋重男宛茂吉ハガキ**「（前略）いよいよとなると上ノ山かもしれず、結城もさういつてくれるが、そのときはよろしくたのむ、」**八月九日付山城屋高橋四郎兵衛宛茂吉書簡**「（前略）○結城も心配してくれて、小生上ノ山疎開の件いろいろ話していつた。いよいよ東京ダメならば上ノ山にゆくからたのむよ、十右ェ門、傳右ェ門、三軒で面倒みてくれたら、この老身も大丈夫だ。細君連にもよろしく話しておいてくれ。○強羅もなかなか面倒になつた。八月九日朝　茂吉より　四郎兵衛殿」

いよいよ東京大空襲がはじまった。

昭和二十年三月九日の茂吉日記「午前0時半頃カラB29百三十機来襲、続々ト焼夷弾ヲ投下シ、火災ガ次々トオコツタ。病院玄関ニ焼夷弾ノ器落下、コンクリート破壊、」三月十一日、夜、名古屋大空襲「宇田博士来リ小金井ニ疎開決定ノヨシ、報告セラレタ。○義作内証ニテ荷ヲツクリ貞重ニ手伝ハセ、一荷車（二千円）ニテ秩父ニ運ブヨシ也。イマイマシ。○昌子、宗吉イロイロ骨オル。」三月十四日「○朝食后直チニ本院ニ行ツタガ二時間カカツタ。ソレカラ西洋トイロイロ談合（緊急相談）母上ガ秩父ニ疎開スルコトキマル」四月九日「○輝子、美智子ニストツク品ヲ引継ガシム。○西洋来リ、財産分配ノコトニ関シ話シテ行ツタ。」

茂吉単身金瓶疎開――遺言

昭和二十年三月十日の東京大空襲があってから、疎開を急ぐこととなる。三月二十日には世田谷区松原町の青山脳病院（本院）を東京都が買いとる話となった。茂吉は疎開を決意したので三月二十九日、十二年間別居していた妻てる子を正式に青山の自宅に帰した。四月九日には義弟西洋から離れて分家となる。（分配金十九万円）。四月九日、斎藤西洋にわたされた**茂吉書簡（全集未載）**は**遺言状**ともなっている。

拝啓
○今夜、一夜の御宿を願ひ、しみじみと御話もいたし、将来のこと等万々御願いたす筈の処、身辺の整理つかぬため、参上いたさずに、残念ながら、このまゝ出発いたすことになりますから、あしからず御願いたします。
○大体のことは昨夜淑子に御話し、御願しておきましたから、御話ねがひます。
○輝子もどうにかやつてをりますし、改める気持もあるやうでしたら、兄弟のことであり、時には御許あつて、相談にのつてください。
○茂太は、到底ここから通勤といふことは困難になりましたから、あてにするわけにはまゐりません
○美智子は万一の場合は宇田に御願します
○宗吉は七月一日に入学式あつて、あとは軍人になるとおもひますから、これはこれですみます。
○臆病の昌子は、汽車の都合で到底山形迄はゆかれまいとおもひますから、いよいよの時は御宅でしばらく御保護ねがひます。
○輝子は自分でどうにかしませう。
○右の条々どうぞよろしく願升。小生一身のことは何も御心配いりません。上山と金瓶との二ケ所（上ノ山町湯町山城屋方。山形県南村山郡堀田村金瓶　斎藤十右ヱ門方）で生活します。
○若し万一、死去するやうなことあつて、御相談たまはる時には、戒名が別紙のとほり既に出来てをりますから、新しく僧侶にねがふ必要がありません。
○いづれ、松澤病院気付にて御手紙さしあげます。
○御自愛の上、御奮闘お願いたします。頓首

四月八日夕　　兄より

斎藤西洋殿

○万一死去の節は、戒名左の如く出来居り候間茂太の方で取計らひ出来ぬ時はよろしく御願申上候（昭和九年血脈受）

赤光院仁誉遊阿暁寂清居士

斎藤茂吉

西洋様

淑子様

土屋文明様

こうして四月十日、六十四歳の茂吉は疎開のため単身上山におもむき、岸家の別荘の一室を借りて滞在した。四月十四日には岸家の部屋は使用は承知したが借間にはしたくないというので、弟四郎兵衛と相談し、金瓶を中心として生活することを決心し、金瓶の斎藤十右衛門の土蔵を借りて住むことにする。弟の山城屋は学童疎開のため満室であった。斎藤十右衛門家は茂吉の生家の上隣りにあり、妹なおの嫁ぎ先であった。茂吉は四月十四日、岸家から金瓶の十右衛門家に移った。

生家守谷ノ家は「五ケ年据置ニテ五万円ニテ売リ、利子三分（一千五百円）ニテ生活シ、五年后ハ大体一万五千円ニテユヅリワタス。カラソレデ守谷ノ家ノ復興ガ出来ルデアラウ云々」

と茂吉日記に書かれている。村の風習であろうか、茂吉は挨拶廻りに現金を包んでいる。茂吉日記四月十八日「〇挨拶、三右衛門、徳太郎、才兵衛、次右ヱ門、善兵衛（連合会長）、利兵衛、富右ヱ門（10円）、板垣村長（30円）駐在所（10円）郵便局（10円）隣組14軒（5円又ハ3円）合計一八〇円バカリ。」と記す。

昭和二十年五月五日付斎藤西洋宛（全集未載）茂吉書簡

「（前略）〈青山脳病院分院のこと〉開業出来ねば休院といふことにし、あとの処置考へる必要があるとおもひますから、青木君とも（手紙やりました）小林、守谷、輝子らとも御相談下さいませんか。そして御意見を入れた御返事を青木へでもかかせて下さい。〇山城屋の急転直下に陸軍病院になり、兵七十名割当て、疎開児童は全部近村のお寺に移動、金瓶のお寺に五十名の割当です。〇小生も妹夫婦が大切にしてくれるので助かりますが、万事がそのやうで村の疎開者もいろいろ困つてゐるやうです　〇荷が少しも届かず、只今でも冬服、外套等も冬でやつてゐますが、博がスプリング持つてきて、やうやくそれを用ゐました。

ヒットラも悲壮劇中の人物としてをはり感慨にふけつてをります。」

と書く。五月十八日には、世田谷区松原町の青山脳病院本院を東京都が百七万円で買収し、松沢病院分院梅ヶ丘病院となり、西洋は松沢病院副院長として病院公舎に住むこととなる。

ところが、五月二十五日、東京大空襲、青山の自宅・病院が全焼し、松原町の都に移譲した梅ヶ丘病院も罹災した。青山脳病院は創立四十三年にあたる。当時自宅に残っていた者はてる子、美智子（茂太妻）宗吉（北杜夫）二女昌子《まさ》の四人、長男茂太は山梨県下部療養所に軍医として勤務、病院（分院）は守谷誠二郎、渡辺婦長、黒木医師だけであった。家族は幸い近所で罹災をまぬがれた青木義作方に寄宿した。

昭和二十年六月七日付松沢病院公舎、斎藤西洋宛（全集未載）十右ェ門方茂吉書簡

「（前略）○秩父の洋一からハガキもらひ候。おババも無事　安心いたし居り候。青山の青木の家助かり皆々御厄介になりし趣　感謝いたし居候

○行く処がなくなり、輝子、昌子無事きのふ朝、上ノ山駅無事着。金瓶の暗い土蔵の部屋にごぢやゝゝ起居といふことに相成るべく、昌子鬱なるベシ。」

と報告している。

東京空襲で焼けた青山脳病院分院跡（茂吉住宅）

罹災證明書

東京都罹災證明書

「逃亡者」意識

単身上山におもむいた茂吉は、妹なおの嫁ぎ先である金瓶の斎藤十右衛門家の土蔵を借りて生活をはじめた。その頃の歌に、

かへるでの赤芽萌《あかめも》えたつ頃となりわが犢鼻褌《たふさぎ》をみづから洗ふ
蔵の中のひとつ火鉢の燠《おき》ほりつつ東京のことたまゆら忘る
のがれ来し吾を思へばうしろぐらし心は痛し子等《こら》しおもほゆ
きぞの夜も猛火《まうくわ》あがりぬといふなべに止みがたくして都し思ほゆ

茂吉は金瓶疎開生活の中で「のがれ来し吾を思へばうしろぐらし心は痛し子等しおもほゆ」と歌ったように、自ら「逃亡」の意識をもち、疎開者意識をもち続けるのである。五十年ぶりに故郷に住むことになった茂吉も都会生活者であったよそ者意識が働いて、すぐには同化できなかったが、幼少時の想い出をもつ自然に接しながら次第に郷里の中に安住の心を見出してゆ

くのである。

妹なをも茂吉の世話をよくした。なをは、明治二十四年一月七日生まれで茂吉より九歳下の五十五歳であった。斎藤十右衛門家は、むかし庄屋をつとめた旧家で、村内に多くの分家をもつ大本家で、所有の田畑も多く金瓶でも上位にあった小地主階級で自作農家でもあった。茂吉はこの妹夫妻に気がねをしていたようで、畑にでて手伝いをはじめたりするが、慣れない仕事のためすぐ疲れてしまうといった具合であった。こうして妻子と三人で茂吉は金瓶生活を続けたが、誰もが生きることに必死で食糧事情も悪かった時だけに、疎開生活には複雑な感情の起伏があって寂しい生活であった。別に大切な為事もないままに山に行ったり、川のほとりを逍遙し、少年時代の思い出に慰められていた。しかし東京からのがれてきた「逃亡者」として、その「うしろぐらい」気持をもって、郷里に同化しがたい疎開者としての意識が、心の痛みとして「この村にのがれ来りてするどくも刹那を追はむ」と歌われるのである。

戦争から疎外された中で、山形の自然に安住を求めていた茂吉は、やがて八月十五日の終戦を迎えたのである。

くれなゐの血潮の涙はふるともこの悲しみを遣らふ術なし
もろもろのさやぎさもあらばあれ今ゆのち大土のごとわれは黙さむ

このように歌った茂吉は、日記にも「悲痛の日」と書きとめている。茂吉はひたむきに戦の勝利を信じてやまなかっただけに、「沈黙のわれに見よとぞ百房の黒き葡萄に雨ふりそそぐ」といった悲痛さを一身にうけとめているのである。「山に行っては沈黙し、川のほとりに行っては沈黙」する茂吉は、戦火によって生活の基盤であった病院や家は灰燼となり崩壊した。国家は敗北の中に変革をとげねばならず、茂吉はこの徹底的な敗北の中で、もはやどうしてよいか分からず、沈黙の中に自らの生を養おうとしたのである。

金瓶斎藤十右衛門家
土蔵（座敷倉）

斎藤十右衛門家
妹なお

疎開の茂吉
（昭和20年６月）

大石田への転居

終戦後も帰る家がないまま茂吉・てる子・昌子は金瓶に残り、茂太・美智子は宇田家へ、宗吉は松本高等学校寄宿舎でそれぞれ生活を続けるのである。

昌子はのち東洋英和女学校に通わせるために、長女の嫁ぎ先宮尾家に寄宿させる。このような家族離散の生活を送るのであるが、二十年の暮、杉並区大宮前六丁目三四〇番地に家を買って長男茂太夫妻が住むことになった。

昭和二十年十二月一日付松沢病院公舎西洋宛（全集未載）茂吉書簡

「（前略）〇次に、小生らは十右ヱ門に厄介になるのは本年一ぱいといふことになつたのを、一月のばして貰ひ、明年一月一ぱいといふことになりました。これは小生一人ならばもつと長く居られるのですが、輝が来てからは、女同志は面倒なものであるし、第一は食糧の関係です。そこで種々苦心した結果、山城やにも願ひに願つて、二月以降（茂吉）山形県北村山郡大石田町二藤部兵右ヱ門方

（輝子）山形県上山町湯町　山城屋方（但し一ケ月位）

といふ風にきめましたから、当分西洋だけ御ふくみ居てください。
○小生は大石田では、**役場の仕事を少しくする。**
又半折や何かに歌をかいたりする。

輝子の分は配給以外は炭と米を持参する
右の如くであります。

小生の生活は大体夏迄といふのですが、小生はどうにかして生きて行かれます。問題は輝子を東京にかへして皆と一しよに住まはせるにどうしようかと苦心してゐる次第です。」

とのべ、あけて

昭和二十一年一月一日付西洋宛（全集未載）金瓶茂吉書简では

「（前略）○茂太、小宅発見よろこんでをります。小生の勉強室なきゆゑ、何とかしたく考へて居ります。
○小生、来月から、山形県北村山郡大石田町二藤部方に移ります。これは既に申上げましたとおもひますが、重ねて申上升　輝子は一二ケ月（二月から）上ノ山山城屋方に厄介になります。やはり食糧の関係からです。
青木来書、不平だらだら、青山脳病院に副院長になつたことを後悔し、自分で開業してゐたなら、もう相応の財産家になつた筈だの何のと、実にいやになつてしまつた。中学から大学、大学の助手、誰に世話になつたかも知らずの態度です。おばゞが甘やかして青木々々といつたものだから、こんな者になつたのでせう。又彼は書物一冊戦災にかかつては居らない点などをもちつとも勘定に入れてをりません。

○今家のこと茂太から来書ありましたが、昨年四月小生の立つ前に捺印すませ、西洋にとゞけるやういつてまゐりましたから届けたとおもつてゐましたが、赤坂区役所の焼失によつて無くなりましたでせうか。新春になりましたならば又手続しませう。**輝の問題もあの時に離縁の小生の印も捺した**のでしたが、これは茂太の考をも参考しませう。小生ももう老身ですから、行先きのことあまり頑張つてもいけないでせう。

○小生は今年ぢゆうには帰京いたします。そして残年の生涯をおくらうとおもつてゐます。大切の用が溜まつてゐますから、上京したいのが山々ですが、この状態では、ぢつとこらへてゐるより他ありません。」

という。妻てる子との離婚届のこともはじめてあきらかになる。

二十一年二月十一日に妻てる子は上山を引き揚げ、茂太の許へ上京したのである。茂吉は茂太らの住む家が狭いため帰京を見合せるとともに一室増築を考えたりするが、結局門人板垣家子夫（金雄）の世話で大石田に移居するのである。金瓶の斎藤十右衛門家は出征していた三人の子供らが帰還してくるのでどうしても部屋をあけねばならなかったのである。行き場に困った茂吉は疎開中に度々歌会で訪れた大石田を選び、北の地最上川畔にある二藤部《にとべ》兵右衛門家の離れに転居したのであった。

昭和二十一年一月三十日大石田に移った茂吉は、門人板垣家子夫宅に二泊したあと、聴禽書屋と名づけた二藤部家の離れ家を借りて生活するのは、二月一日のことである。

ところで茂吉は、なぜ大石田の地を選んで移住したのか、その事情を考えてみたい。茂吉の移住先は、実弟高橋四郎兵衛の上山が想念にあったようだが、これ以上迷惑をかけたくない気持が働いていたようである。一方、弟子の結城哀草果が山形に借家を探していたが、適当な家がみつからぬまま時がすぎた。これ以上他人に迷惑もかけられず、妻てる子の妹清子の嫁ぎ先にあたる影山家の持家を交渉することを考えたりするのである。黒江太郎氏の蔵座敷の話がでたときには、すでに大石田移居の話が進んでいたあとであり、土屋文明氏の世話で鎌倉という話も、大石田決定のあと、引越荷物を送る手筈となっていた時である。移住先の候補地がいくつかあったが、最初から大石田が茂吉の心をとらえていた。茂吉が移住先を大石田に決めた心情には、第一に大石田の人びとの厚情と熱心とがあったことである。第二として最上川を中心とした大石田の風光である。「最上川流らふ国はあな清《さや》けありあけの月ひくくかがやく」(『小園』)とうたう風光に対して芸術意欲をたかめていることである。

さらにこの大石田が芭蕉曾遊の地であることも念中にあったことであろう。歌集『白き山』の後記に「大石田も尾花沢もまことに好いところである。それは元禄の芭蕉を念中に有つといよいよなつかしいところである。」と記している。板垣家子夫氏はこのことを注目して「昭和四年来、再三大石田を訪れ芭蕉曾遊の地として関心を持ち親しんで来た。そして念中には、『さみだれをあつめて早し最上川』の芭蕉の句があり、最上川に興味をもち、密かに作歌意欲を燃え立たしていたようである。これが最上川添いの小邑大石田に移居するに至った要因の一つに数えることが出来よう。」とのべ、「要するに、文学的自然追究欲が、大石田移居を実行させるに至ったとみてよいだろう。」とのべる。

さて、茂吉在住中の大石田町は、戸数八三〇、人口約四、六〇〇名で雪の多いところである。板垣氏は「大石田の冬は厳しい。不運にもこの冬は、大石田の人々も驚く稀有の豪雪で、寒さも又甚しく厳しかった。広い邸の庭の中に建てられた茂吉の住む離れ家は、四囲を高く厚い雪に包まれ、室内は宛も冷蔵庫の如く冷えていた。」と当時の状況を語っている。

茂吉の住んだ二藤部家の離れ家は二階建で、階下の十畳・四畳の二室を居間としていた。二藤部家は町の旧家で地主階級であった。主人兵右衛門氏は襲名までは徳郎といい、慶応大学中退、楯岡銀行支店に勤め、のち山形銀行となってから大石田支店に勤務していた。

茂吉は大石田転居後、十日程して左の胸が痛みだし、三月十三日高熱、佐々木芳吉医師に、左湿性肋膜炎と診断され、その手当をうけ、看護婦高橋千代の看護によって六月まで闘病生活が続いた。家族と離れ、北辺の地で大患にさいなまされ、体力も気力もすっかり衰えていったのである。

大石田町二藤部兵右衛門
家離れ家
自ら聴禽書屋と名づける

最上川辺にたつ板垣家子夫《かねお》

大石田の茂吉
左より坂垣家子夫・茂吉
・二藤部兵右衛門
（昭和21年５月26日）

昭和二十一年七月十七日付西洋・淑子宛（全集未載）大石田町二藤部方・茂吉書簡

「拝啓　御無沙汰いたしました　〇六月十三日に看護婦の手を離れましたが、代筆者がゐなくなつたわけで、太儀で直ぐ疲れるし、不便で困ります。又部屋を一寸掃いただけでも直ぐ息切がして困ります。肋膜の肥厚と癒着のためでせう。（中略）〇小生も当分駄目で、何も出来ません。

御食事御難儀の趣、実に同情申上げます。何も彼も、戦敗れたためです。戦は未来永劫してはいけません。

〇山城屋の青年、二人とも戦死しました。重男は、腰骨カリエスらしくコルセットの由」と近況報告がされている。

同年九月四日付西洋宛（全集未載）大石田町・茂吉書簡

「（前略）○小生まだぶらぶらです。肋膜炎の方は直りましたが癒着でこれきり直らないといふことですから、あきらめてゐます。

○保管御願した品物は明春まで願上ます。小生帰京のうへ、引取いたします。何しろ只今のところ置くところもありません。

○代田に家を見つけた様子ですが、今度のはいくらか、よいやうです。いろいろ借金して工面したやうです。」

こうして、翌年の十一月三日代田の家に帰っていった。

虹の断片——歌集『白き山』の世界

歌集『白き山』は、昭和二十一年一月三十日、大石田に移り、二月一日から二藤部家の離れ家を借りて生活、翌年十一月大石田を去って上京する一年八か月間の大石田在住の歌八二四首が収められる。歌集の「後記」に次のようにある。

「白き山」といふ名は、別にたいした意味はない。大石田を中心とする山山に雪つもり、白くていかにも美しいからである。「白き山」所収の歌は、自分の六十五歳、六十六歳の時の作といふことになる。

戦後まもない茂吉には敗戦の痛手が生々しく歌われ、変貌をとげる時代状況にも敏感に反応を示していく。

軍閥《ぐんばつ》といふことさへも知らざりしわれを思へば涙しながる
現身《うつしみ》はあはれなりけりさばき人安寝《ひとやすい》しなしてひとを裁《さば》くも
「追放」といふことになりみづからの滅ぶる歌を悲しみなむか

くらがりの中におちいる罪ふかき世紀《せいき》にゐたる吾もひとりぞ
終戦のち一年《いちねん》を過ぎ世をおそる生きながらへて死をもおそるる

敗戦後の心の痛みが絶唱を生み出していく。
大石田移住まもなく病床に臥し、孤独と悲哀を深めていった。その病床吟は、つぎのような歌である。

日をつぎて吹雪《ふぶき》つのれば我が骨《ほね》にわれの病《やまひ》はとほりてゆかむ
幻《まぼろし》のごとくに病みてありふればここの夜空を雁《かり》がかへりゆく

雪深い大石田の地で「気にかかる事も皆あきらめて」病臥し、寒さに耐え、孤独に耐え、冬に耐えるその境涯が歌われる。終戦の悲しさ、孤独さ、それに加えて病臥の苦しさは相重なり、ともに響きあって悲痛極まりない生の象徴をかもし出す。

熱いでてこやれる夜の明けがたみ焼けぬ東京の夢さへぞ見し
昼蚊帳《ひるがや》のなかにこもりて東京の鰻のあたひを暫しおもひき
いくたびかい行き帰らひありありと吾の見てゐる東京のゆめ

東京を離れて居れど夜な夜なに東京を見る夢路《ゆめじ》かなしも

ここには東京を離れ、家族と別離した北辺の生活の中で、夢にあらわれる内的心象がうたわれている。故郷の山形県内に移り住んで、最上川の自然に讃歎の声をあげる茂吉であるが、一方ではこの大石田の地に永住しようとは思わなかった。やはり五十年間住みついた東京の地や家族と一緒の生活を望む帰心の歌である。みる夢は「東京の夢」とうたうとき、孤独と流離の悲しみが一層こみ上げて寂寥にそめた独特の色調をつくり出してゆく。

しかもその寂寥が、最上川を中心とした風土の自然に歌いこめられるとき、抒情にとんだ融《ゆう》通無碍《ずうむげ》の歌調は茂吉短歌の高い位置を示すことになった。

彼岸《かのきし》に何をもとむるよひ闇《やみ》の最上川のうへのひとつ螢《ほたる》は
最上川の上空《じやうくう》にして残れるはいまだうつくしき虹《にじ》の断片《だんぺん》
やみがたきものの如しとおもほゆる自浄作用《じじやうさよう》は大河《たいが》にも見ゆ
最上川に手を浸《ひた》せれば魚の子が寄りくるかなや手に触るるまで
あまつ日のかたむく頃の最上川わたつみの色になりてながるる
最上川逆白波《さかしらなみ》のたつまでにふぶくゆふべとなりにけるかも
ほがらほがらのぼりし月の下びにはさ霧のうごく夜《よる》の最上川

やまひより癒《い》えたる吾はこころ楽《たの》し昼《ひる》ふけにして紺《こん》の最上川《もがみがは》

最上川の流のうへに浮びゆけ行方《ゆくへ》なきわれのこころの貧困《ひんこん》

ここには、最上川の自然の姿の中に同化しきった茂吉がある。その時々の心境が最上川の色調を変え、それぞれ違った意味を付加しつつ投影される。「虹の断片」といい、「自浄作用」といい、「逆白波」といい、「こころの貧困」といい、みな最上川のほとりに沈静し、世相の変革、社会の混乱ぶりを見守り続けて、老残の生に耐える茂吉自身の象徴であるともいえよう。

やうやくに夏ふかむころもろびとの厚きなさけに病癒えむとす

われひとりおし戴きて最上川の鮎をこそ食はめ病癒ゆがに

しづかなる秋の光となりにけりわれの起臥《おきふ》せる大石田の恩

歌集『白き山』

大石田の最上川にたつ茂吉（昭和21年２月）

最上川に見入る茂吉

藁靴を穿き、桟俵を抱えた姿を、町の人々は可笑しく思いながらも、一層親しみをこめた好意の眼で見るようになった。大石田の人々に親しまれ、温かく遇せられた。

歌集『白き山』の世界は、敗戦の心の痛み、病臥の生活に孤独悲哀を深め、最上川を中心とした風光に心を慰めた作品が作られ、融通無碍の歌調を示すにいたる。それは敗戦という現実の中で、病気から立ち上った茂吉の最後の力をふりしぼったものである。そして文学上の転機を求めていった。

ここに『白き山』が『赤光』と双璧をなす歌集となったのである。

茂吉の絵

茂吉は少年の頃から絵がうまく、凧絵や習画帖が残され、画家になろうと考えたこともあった。それだけに敗戦の年から翌年大石田町で過ごした生活の中で、本格的に絵を描き出したことは、偶然のことではない。少年時代からの絵に対する興味と関心と執着心があったからであろう。

茂吉の日本画の手ほどきをした加藤淘綾は「敗戦の打撃も深く、大きい寂しさにあった先生に、こう言う時こそと思って画を描くことをお勧めし、大石田の板垣君宅の土蔵に疎開してあった、自分の画紙、筆その他を差上げた。」と語り「画風的に言って誰の真似でもなく、誰の匂いも入っていない。自然物に茂吉が一人で向い合って生れたもの、分類的に言えば子規の画と相似たものと言えると思うが、私は思い切った言い方をすれば、子規よりよいのではないかと思う。」と評価している。

茂吉が大石田に移居した丁度その頃、対岸の横山村に疎開中の金山平三画伯がおり、両者は旧知の間柄であったのである。板垣家子夫氏は「二十一年九月、庄内海岸にお二人揃って招待された時、画伯が鳥海山の遠望を写生し始めると、背後から観ていた先生は、段々に近寄って行き、しまいには、顔を並べるようにまでになってしまい、『一寸そこの所をもう少し』と口出しを始めた。画伯は、堪りかねて『うるさい。余計な世話をやかずに、歌よみは歌でも作って来なさい』と一喝された。」とのべている。平三画伯は「アララギ」の茂吉追悼号で「斎藤さんの絵は、デッサンが実にこくめいで真面目すぎる程で、中川一政さんも、これはまじめすぎる、もつと気楽にやりなさいと言はれましたが、あそこに斎藤さんの性格が表れてゐるのでせうね。」と評している。今日『斎藤茂吉全画集』(昭44・1、中央公論美術出版)が刊行され、八十五枚の絵が収められているが、どの絵をみても観察が細かく、仔細に写すという筆致が伺われ、実相観入のあらわれとみられ、素直な写生であるといってよかろう。加藤淘綾氏は「先生の性来の勝れたデッサン力、色彩感覚、それに先生の謙虚で素直で純粋な気持が集中して、これらの画が成つた」という。茂吉は敗戦まもない大石田の地で、町民の恩頼を蒙り、精神的な安らぎを得たに違いない。そうして絵を描く境地に入った時に心の豊かさ、精神的に満たされるものを味わい得たのではなかっただろうか。

茂吉の絵と歌
おのづから善を積たる代《よ》々《よ》を経て白玉のはなにほふが如し

茂吉に日本画の手ほどきをした加藤淘綾《とうりょう》（右）

◎老残の生

父帰る・父帰る

茂吉は、昭和二十二年十一月三日、板垣家子夫を同行して一年八か月住みなれた大石田をあとにし、四日に家族の住む世田谷区代田一丁目四〇〇番地の自宅におちついた。同行の板垣氏は、茂吉上京の様子をつぎのようにのべている。

（前略）代田の駅の待合に、斎藤医院の広告板が掲げてあるのを見られて「ウン、矢張りかうしなければ駄目でつす。東京では医者が沢山居るから」と感心し、駅を出た道路に医院の指導標が立つてゐたので「なかなか茂太もやるなつす」と満足さうに足を停めて言はれた。駅の近くの神社の林があつたが、「ここは俺には丁度いい場所だ。ここに来て昼寝するつす」と、早くも場所選定をしてしまつたり、お宅への生籬添ひの道も閑寂でいいと、ゆつくり楽しむやうにして歩かれた。門を入る前一寸停まり、「此処だ、此処だ君、菊池寛の父帰るだ」と笑ひながら言ひ、それから玄関にツカツカと入つて呼鈴を押した。夫人、茂太夫人とお嬢さんが直ぐ出迎へられると「父帰る、父帰る」と言はれ、「茂一は、茂一はどうしてる」と

バケツを下げた茂吉

帰ってきた代田の家

問はれて地下足袋をぬがれたのだつた。

代田の家は、てる子の裁量により買ったもので前年の九月一日に家族は引き移っていた。そこには孫の茂一も出生して家庭の一員となっていた。茂吉は帰京してから、この孫茂一をつれ出すことが日課となり、最高の喜びとなった。

孫溺愛の日々と女人との性

帰京した日の日記に「茂一ハハジメハ変ナ顔ヲシテヰタガ抱カレルヤウニナリ、一シヨニ食べ物ヲ食ベサセタ」とあるように茂一が祖父茂吉とはじめて対面した状況がのべられている。その翌日から「茂一ヲツレテ一寸散歩」となり、こうして孫中心にした茂吉の生活がはじまり、孫溺愛の日々がはじまった。孫茂一が足をすべらせて転んだところ「廊下が古く、黒光りしているからボーチャンが転ぶのだから、その黒光りを洗い落とせというのである。私の妻と、宗吉と昌子が動員され、灰や粉石けん、それにクレンザーまで持ち出され、みんなハダシになってゴシゴシと廊下をこすり、ザーザー水を流した。（中略）これでも茂一が転ぶようなら、廊下にギザギザを、キザミ目を入れなさい」（斎藤茂太著『茂吉の体臭』）というありさまだった。孫茂一を中心とするあるがままの生活の中で、心を遊ばせ、楽しむ老残の茂吉の姿があった。しかしいくら孫を溺愛しても、やはり可愛い孫のうるささを離れて孤独を楽しむ茂吉の性情がある。

東北の辺土に世捨人の如く、田舎者となっていた茂吉も、東京にもどると早速、戦後風俗の中心である、銀座、日本橋、浅草六区、玉の井、鳩の町をめぐり、その見聞を、「むく鳥印象記」と名づけて発表した。「むく鳥ハ田舎者ノ義デアル」と日記に記すが、その複雑な気持を次のように詠んでいる。

むく鳥のおどおどし居るさまを見て楽しと言はば其時代善けむ

みちのくの山より来たり椋鳥が一こゑ鳴きていざかへりなむ

さらに「むく鳥印象記」の中で「復活の第一歩はやはり女性にあつた」ことを嘆いているのである。戦後の解放された性の風俗を熱心にとらえ、戦後復興の息吹きを女性の肉体に見出だす茂吉である。

孫茂一と散歩の茂吉

孫茂一・章二と茂吉

独占をしてはならぬといふごとく桃割のをとめここに一人立つ

紅玉《こうぎょく》のごとくににほはむ真《ま》をとめこの老人《おいびと》に来《きた》らば来《きた》れ

こうして茂吉は最晩年にいたるまで女人と性にかかわる歌をうたいつづけるのである。

養母ひさの死

昭和二十三年一月二十六日には養母ひさ（勝子）が亡くなった。養母ひさは、埼玉県秩父郡皆野村五三番地、青木丑松の長女として出生。家は農を営んでいたが祖父定八の時代から生糸商をはじめた。明治二十四年に斎藤紀一の妻となったが、若いときから結核を患い、病弱であった。紀一は病弱なひさを「病に勝つ」という意味で勝子と改名して「おカツ」とよんでいた。勿論正式に改名届も出されておらないので俗名というべきであろう。もの静かな人で、紀一の外出後は必ず患者の病院を見回っていたということである。茂吉は、斎藤家に養われるようになってから、養母ひさの信用を得ることが第一だという考えをもっていた。

養母ひさ（勝子）

京都の旅
養母ひさ

この頃の茂吉は、大石田疎開中に肋膜炎を患ってすっかり老い衰えた姿となっていたのである。養母ひさは、長男斎藤西洋、嫁淑子と松沢に住んでいた。もう茂吉家は分家していて、それぞれ独立した生活が営まれていた。

茂吉は、昭和二十五年八月、箱根強羅の別荘に滞在中、心臓喘息の兆があらわれた。十月十八日、次兄守谷富太郎が亡くなった報をうけ、翌十九日から第二回目左側不全麻痺がおこる。箱根行はこの年最後で以後臥床の身となった。

コラム⑳　福引の賞品となった茂吉色紙

東京医師会の福引の賞品として書かれたものであって珍しい。

「むら山の青きを
占めてこの朝明
ひとよとゞろきし
雲はれにけり」

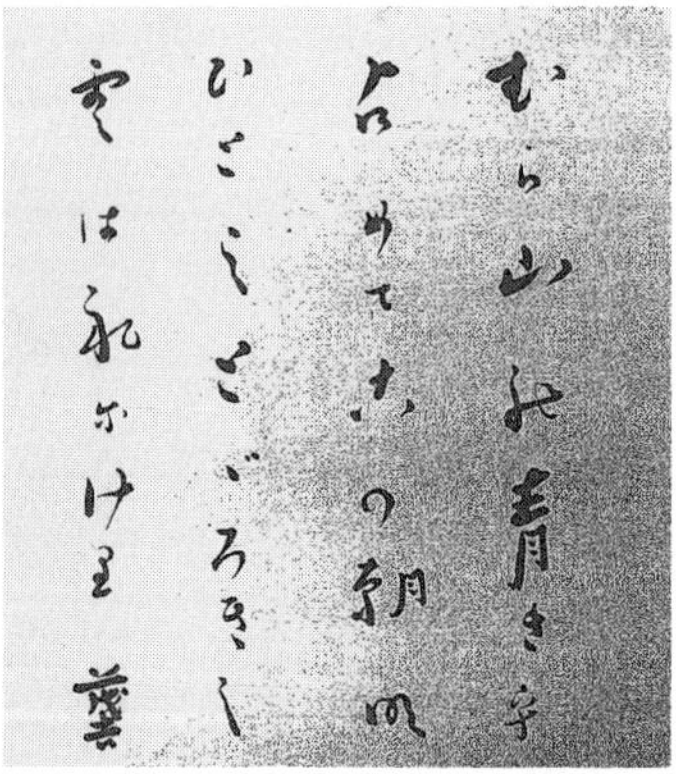

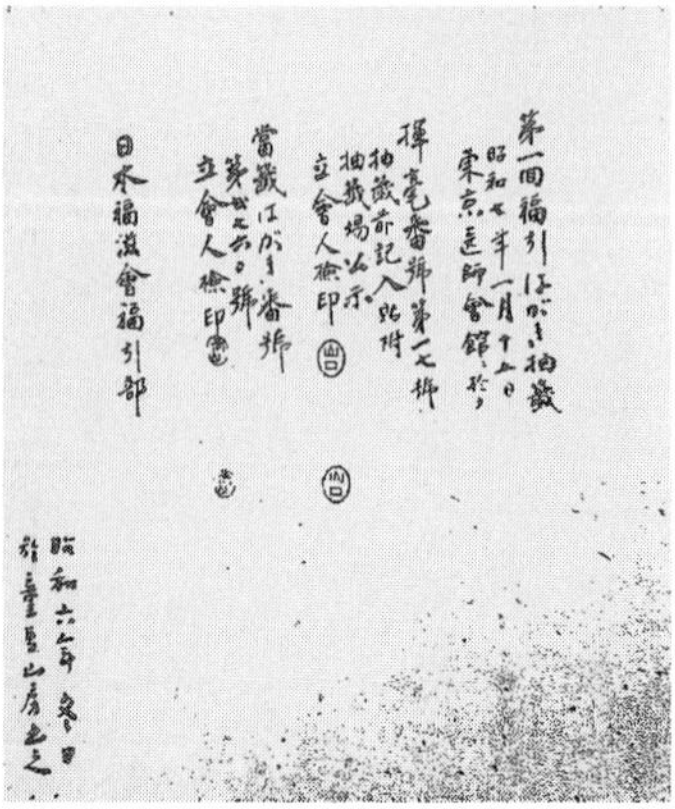

最期の地大京町二十二番地

斎藤家が新宿区大京町二十二番地にある中央気象台長和達清夫氏の土地を買い求め、そこに家を新築したのは、昭和二十五年十月のことである。茂吉は十一月十四日、やっと寝台車に横たわって代田から大京町の新宅に移った。

大京町の茂吉の部屋は、四畳半の居間と六畳の書斎二間であった。このうち四畳半の居間は、茂吉が最後の息をひきとった部屋でもある。

なぜ茂吉は、青山の地に家を建てようとしなかったのか。それについて、長男斎藤茂太氏は「父がそこに帰りたくなかったからである。父はそこで二度の火難に遭い、爪に灯をともすようにして買い集めた膨大な蔵書を二度にわたって焼いてしまった。父は疎開先から上京してきてから、ただの一度も空襲で潰滅した病院と自宅の焼跡をみに行こうとしなかった。」とのべているように、茂吉にとってはいまいましい想念のまつわった土地であったからである。養父紀一が一代にして大病院を築き上げた創業の地であったが、二度の火難によって、そういった過去までも焼きはらい、いまわしい場所と変貌してしまったからであろう。

苦難の思い出にみちた青山の地に帰ることは、茂太氏の述べるように精神的苦痛であったと思われる。

あけて昭和二十六年二月、茂吉は心臓喘息による最後の発作が六日間も続き、体はますます衰えていた。十一月三日、文化勲章を授与されたとき、はじめは宮中に伺うことは身体の都合を考えて遠慮したが、数日前になって出席することを言いだし、家族に付添われてかなり歩行の不自由な足をひきずって授与式に参列したのである。茂吉七十歳の晴れがましい日であった。

昭和25年強羅別荘行き最後となる
北杜夫と茂吉

わが生《せい》はかくのごとけむおのがため納豆買ひて帰るゆふぐれ
永世楽土、永遠童貞女、永遠回帰、而して永世中立、エトセトラ
辛うじて不犯《ふぼん》の生《せい》を終はらむとしたる明恵《みやうゑ》がまなかひに見ゆ
暁《あかつき》の薄明《はくめい》に死をおもふことあり除外例なき死といへるもの
七十路のよはひになりてこの朝けからすのこゑを聴かくしよしも

これらの歌を収める茂吉最晩年の歌集『つきかげ』は、漢語や俗語、口語をとり入れ、破調がふえていったが、そういった声調の試みは、最後まで伝統的な短歌の世界に努力を傾けた茂

吉の姿であり、短歌の世界に文学的生涯を貫きとおした最後の悲歌ともいえるのである。

昭和二十七年に入って「アララギ」に発表する茂吉の歌は毎月一首となり、同年六月号の、

冬粥を煮てゐたりけりくれなゐの鮭のはらごに添へて食はむと

という一首を最後として歌の発表を絶ったのである。

昭和二十七年は、中村研一画伯と鈴木信太郎画伯が茂吉の肖像を描き、『斎藤茂吉全集』の編集会議（童馬会）が開かれた。童馬会は三月十一日夕六時、神田旅籠町「末はつ」に集まったが、茂吉も出席したのである。

三月三十日には、かねてから念願であった浅草観音様詣りを実行するため、自動車で青山墓地、自宅焼跡、銀座、日本橋をへて浅草にゆき、観音様に参詣、さらに斎藤家菩提寺の日輪寺に、養父母の墓詣でをして帰宅した。ついで三日後の四月二日、次男宗吉の大学卒業祝で新宿「武蔵野」に家族と鰻を食べにでた。これが茂吉最後の外出となった。そして四日後の四月六日夜から第二回目の心臓喘息の発作に襲われたのである。その後は臥床の生活が続き、顔面、下肢に浮腫が顕著となった。

そうして、ついに翌二十八年二月二十五日、朝、餅、半熟卵、おすまし、すりおろした林檎を小量食べたが、十一時頃から容態が急変し、顔色蒼白、脂汗が流れ、呼吸が浅く、脈搏が微弱となり、午前十一時二十分、心臓喘息のために満七十年九か月の苦難にみちた生涯を終えた

文化勲章受賞の茂吉
（昭和26年11月3日）

東京築地本願寺で葬儀
（昭和28年3月2日）

文化勲章受賞を喜ぶ
茂吉を囲む家族たち

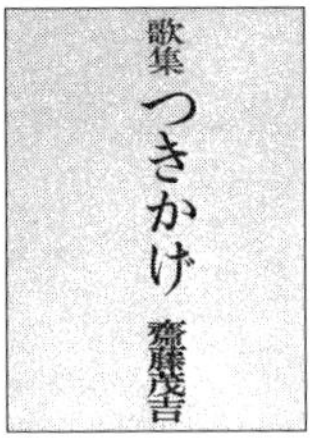

遺歌集
『つきかげ』
（昭和29年2月25日）

郷里の
宝泉寺の墓

青山墓地の墓

大石田
乗船寺の墓

のであった。

遺体は二十六日東大病理学教室で解剖、二十八日火葬に付す。葬儀は学習院長安倍能成氏が委員長となり、三月二日午後一時から東京築地本願寺で行い、同二時から三時まで告別式が行なわれ、九百名が参列、明治・大正・昭和の三代にわたって歌人として偉大な足跡を遺した茂吉の死を悼んだ。

斎藤茂吉一家——無類の海外旅行好き

妻てる子の渡欧

大正十三年六月、てる子夫人も主人出迎えという名目で渡欧し、茂吉のもとへ来た。その後二人は、ロンドン、アムステルダム、ライデン、ベルリン、チューリヒ、ベルン、ミラノ、ベネチア、リヨン等を周遊し、四十日問パリで生活した。これがてる子夫人の海外旅行の最初である。当時のことをてる子夫人はつぎのように語っている。

「一番最初ね。あのときは、お祖父さま（斎藤紀一）もお祖母さまもまだ生きてらして、茂太（長男の斎藤茂太）は幼稚園に行っていましたけど、わたくしはピアノのお稽古していたものだから、一緒に行ってピアノのお稽古でもしてきなさいって」いわれた。ところが、「いよいよ茂吉が出発するときになって一緒に行こうとしたら、『留学するのに女房連れてくなんて日本人の恥だ』って言い出したの。『仕事が全部すんだら、世界じゅう一緒に歩くからアルバイトがすんだらきなさい。』わたくしが語学の勉強ずっとしてたのを知ってるから、一人でも大丈夫だと思ったんでしょう。わたくしも、しようがないからあとから行くことにして」という。

こうして大正十三年五月に出発したてる子夫人は、アレキサンドリアで、ギゼーのピラミッドにみんな行くと男の人がいうので、ぜひみたいというと、船長が、女は危険ですからやめて下さいと、しきりに止めた。茂吉は、もう往くときに行ってるから、帰りには寄って呉れないので、強引に、船長と喧嘩みたいにして行ったのである。

趣味が違うために喧嘩

「それから、まあ、パリのホテルで落ち合いまして（中略）茂吉が、日本人とつき合うな、日本人とつき合うなってうるさく言うのよ。それから旅を始めたんですけど、茂吉はわりに絵が好きだったものですから……。毎日毎日ルーブルに通うの。その頃、女が一人で、エスコートなしで街を歩いてたら、プロと間違えられたの。（中略）で、ルーブルまで毎日迎えに行くんです、時間決めといて。……お父さまが毎日毎日ルーブルに通うでしょう。わたくしは一週間くらいつきあったら、もうくたびれちゃったのよ。それに、わたくしはまた、音楽会に行きたいでしょ。音痴だけども、やはり勉強してたから、音楽会には行きたいし、楽譜は買いたいし。音楽会のプログラムなどはみんな集めたし、ずいぶんいいコレクション持ってたんだけど、二人の趣味が違うのよ。喧嘩ばかりして。わたくしの行きたいところなんか決して行ってくれ

斎藤一家
左より北杜夫・てる子・茂太

ないでしょう。買物に行くったって、お伴《とも》がなかったら、どうにもしようがないんですよ、プロと間違えられるから。しようがなくて、わたくしは、ピアニストの小熊さんに頼み込んで、いつでもエスコートしてもらって、茂吉の行かないところはお伴してもらって行ったの、（中略）それから二人でほうぼう歩いたでしょう。ヨーロッパじゅう相当歩きましたけど、こっちが行きたいところはあっちで行きたくないって言うし、あっちで行きたいところは、こっちが行きたくないって言って、あげくの果ては喧嘩なのね。」（『快妻オバサマ vs. 躁児マンボウ』昭52）

茂吉は美術館に、てる子夫人は音楽会に、それぞれ趣味が違うためにヨーロッパに行っても二人の喧嘩はたえなかったのである。

百回以上の海外旅行

さて、斎藤てる子といえば、今や海外旅行百回以上の体験をもつ無類の旅行家である。一年に七・八回は海外へ、半分以上は旅で暮らすという八十五歳の熟年パワーの最たるものである。茂吉留学の折が海外旅行の最初、その後、再び昭和三十五年にヨーロッパに行ってから病みつきとなり、世界地図を広げて、行ったところは丸をつけながら、「次は」というねらいをつけるときの「征服感」がたまらないという。「何でも見てやろう」という冒険心、人一番の好奇心である。前述の大正十三年のヨーロッパに茂吉出迎えの旅でも女性一人で、砂漠をゆく姿は、旅行家てる子夫人の今日の姿を如実に物語っている。

昭和五十年正月早々には七十九歳のてる子夫人は、南極大陸を征服。南極最年長レコードは、それまではアメリカの七十九歳のおじいさん。女の最年長記録である。エベレスト山四〇〇〇メートルにいどむ女、この時は八十歳。いまでは世界各国を征服、シルクロードや秘境、辺境を探訪してあきない。とくにアフリカの自然と動物が好きだという。昭和五十四年にはウガンダにマウンテンゴリラを見に行き、道を切りひらき三時間ほど歩いてもう死ぬ思いだったという。八十三歳の言葉は、まさに壮挙といわざるをえない。

七十歳をすぎた折のイタリア旅行では、八十男のイタリア人につきまとわれたエピソードがある。ホテルがわからなくなって、「禿げ頭で、歯がすっかり抜けた、じいさんがいたの。それなら大丈夫だと思って、自信を持って訊いたら、じゃ、わたしが送ってあげましょうといい出して、一緒に歩いてたら、そのうちに英語で『アイ・ラブ・ユー』といいだした。ホテルまでくっついてきたら困ると思っていたら、ホテルが見えだしたので『グラッチェ』といって脱兎のごとくホテルに飛び込み、エレベーターにのって、自分の部屋に入り鍵をかけてしばらく様子をうかがっていた」というのである。

ドナウの源流を探索する長男茂太

ところが長男茂太氏もこの父母に似て、なかなかの旅行家であり、好奇心の強い人である。茂吉のあとをつぎ斎藤精神科病院の院長であるが、学会出張、その他をかねて世界各地を旅行している。しかも、茂吉が「ドナウ川の源流」を求めていった跡をたどる。茂吉はドナウエシンゲンにある「ドナウの源泉」をみて、それ以上にブリガッハ川をさかのぼってゆくことをあきらめて帰ったが、茂太氏は、父茂吉の願いをかなえる如く、ブリガッハ川の源泉をつきとめている。「時に一九七七年五月十六日午後七時、父がブリガッハに『心を残して』から五十三年目であった。」(『とにかく飛行機への情熱』昭54)と感慨深くのべている。

ところでブリガッハ川とブレーク川が合流してドナウ川となるが、もう一つのブレーク川こそ本流と見倣すべきであったことを地図をたどっているうちに気がつき、翌五十三年にブレーク川の源流を求めてゆくのである。そしてついに「ドナウの源泉」にたどりつく。土地の人は「正真正銘のドナウ本流の源泉のわき水」と称しているということだ。茂吉の果しえなかったドナウの源流をつきとめた興奮を語っている。茂吉の心は長男茂太氏のドナウ源流行の中に息づいているのである。無類のヒコーキ好きの茂太氏も今や旅行作家と呼ばれ『モタさんの汽車の旅――世界の街　世界の人』(昭51)他、数冊の旅行記がある。

『どくとるマンボウ航海記』が起爆剤

さて、茂吉一家の中で無類の旅好きがもう一人いる。二男の斎藤宗吉、筆名を北杜夫という。実は茂吉一家の中で、戦後の海外旅行に先鞭をつけたのは、北杜夫である。それは昭和三十三年十一月、水産庁調査船、照洋丸の船医としてシンガポール、インド洋を経てヨーロッパへ行ったことである。この約半年間の航海が『どくとるマンボウ航海記』として本になった。この船旅は、北氏自身「医学論文一つないため留学試験に書類選考で落とされたため」であると語っている。北氏はこの航海で友人の忠告でプレゼント用に風呂敷をもってゆけと言われ、デパートなんかでくれた風呂敷をもっていった。その時にハンブルグで現夫人（横山喜美子）にめぐりあった機縁をつぎのように語る。

「ハンブルクに着いて、ある商社の支店長に世話になったでしょう。その娘さんが、いまの僕の女房なわけね。そこに礼として、僕、風呂敷を置いていったの。みやげに持ってきた風呂敷だから、よほど高級の風呂敷だと思って開いてみたら「斎藤専用」と書いてあったんですよ。それが宿命で、ああいう女房もらっちゃった。悲劇的ね。」（『快妻オバサマvs.躁児マンボウ』昭52）

北氏の『どくとるマンボウ航海記』が起爆剤となって母てる子も兄茂太も負けてはならじというわけで海外旅行の回数が重ねられる。

昭和三十八年二月末から一か月砕氷船宗谷に同乗し、オホーツク海の流氷調査を見学し、三十九年には夫人同伴し香港、マカオ、台北へ旅行、昭和四十年には京都府山岳連盟の西部カラコルム・デイラン峰登山隊にドクターとして参加し、四二〇〇メートルまで随行し、体力の限界を知る。四十二年二月には、母輝子のおともでアフリカへ旅行、四十三年四月下旬から六月中旬まで国務省招待による訪米、月ロケット計画をみる。四十四年七月には朝日新聞の仕事の取材で訪米し、アポロ打上げを見学、かぐや姫の子孫の乞食と称し、月乞食となる。帰途ヨーロッパにまわり、辻邦生と汽車旅行をし、トーマス・マンの墓にまいる。八月帰国、十日雑誌「太陽」の取材でヤップ島・グアム島へといったように毎年の如く海外旅行に回を重ね、もう二十回になろうとしている。てる子夫人は船には弱いが、北氏は船旅に強い。五十三年三月下旬にクイーン・エリザベスⅡ世号にのってハワイまで行くなど、船医としての体験は、船旅を強くさせている。

飛行機事故で死にたいてる子夫人

ところで北氏は、母てる子に向ってお葬式の話を出し、てる子夫人は次のように答えている。「わたくしのいちばんの望みは、飛行機事政で死ぬことなのよ。だからこの間の南極遭難は惜しいことをしちゃった。予約でいっぱいだっていうのであきらめたんだから。来年は是非と予約たのんでおいた。」「お葬式なんて、なんでしなきゃならないのですか。あんなに不経済ではた迷惑なものはありません。遺族にとっては莫大な出費です。詣る方だって、ほとんどお義理でしょう。心からくやんで詣る方なんて、ほんとにきまっている人たちだけですよ。だから、わたくしは葬式不要論者なの。」といい北氏は「遺された者にとってはそうはいかない場合もある」といえば、「そういうときには、無宗教にして、ただ写真とお花一輪だけでいい。それに音楽を流したくらいで……。」北氏は「『おサルのかごや』でも流せばいい。」(『この母にして』昭55)といっている。

あとがき

本書は、短歌雑誌「歌壇」（本阿弥書店）に三年六か月連載した「斎藤茂吉・探検あれこれ」（平成25・7～28・12）の集大成の書であります。ただし後半十八編とコラムは本書に新しく加えたものです。

私は本年で、茂吉研究六十年となり、丁度卒寿を迎えました。したがって卒寿記念として、茂吉の生涯をまとめたものです。

本書のような伝記研究はあくまでも事実の追及が基本であり、その真実を描き出すことが大切です。したがって多難な人生と闇に包まれた点に主力をおいて、新資料を駆使し、明らかにしようとしたものです。多くの茂吉書で明らかに出来なかった問題を新発見のもとに、出来るだけ茂吉の実像に迫り、少しでも闇の部分を解明出来たかと自負している者です。

長期にわたる連載と本書の出版をしていただいた奥田洋子編集長をはじめ池永由美子様に厚く御礼申し上げます。

ぜひ多くの人に読んでいただけたらと願っております。

なお、卒寿の記念として他に評論集『私の中の歌人たち』、歌集『蝸牛節《まいまいぶし》』をあわせ出版（「あるご短歌会」刊）致しましたので三部作として読んでいただければありがたく思っています。

平成二十八年十月一日

藤岡武雄

著者紹介

藤岡武雄（ふじおか・たけお）

短歌誌「あるご」主宰
日本歌人クラブ顧問
斎藤茂吉を語る会会長

（略歴）大正 15 年（1926）2 月 14 日、山口県長門市生まれ。
文学博士・研究書『年譜斎藤茂吉伝』（昭 42）、『評伝斎藤茂吉』（昭 47）、『茂吉評伝』（平元）、『書簡にみる斎藤茂吉』（平 14）、〈斎藤茂吉短歌文学賞、日本歌人クラブ評論賞受賞〉・歌集『うろこ雲』（昭 32）、『富士百景』（平 9）、『一本の樹』（平 13）

現住所　〒411-0027
静岡県三島市千枚原 7-13

斎藤茂吉《さいとうもきち》　生《い》きた足《あし》あと

二〇一六年十一月二十日　第一刷

著　者　藤岡　武雄
発行者　奥田　洋子
発行所　本阿弥《ほんあみ》書店
東京都千代田区猿楽町二―一―八　三恵ビル
〒一〇一―〇〇六四
電話　（〇三）三二九四―七〇六八（代）
振替　〇〇一〇〇―五―一六四四三〇
印刷・製本＝三和印刷
定価はカバーに表示してあります。

ISBN978-4-7768-1278-4 C0092（2996）　Printed in Japan

〜卒寿記念三部作〜

藤岡武雄著

〈茂吉伝記書〉
斎藤茂吉　生きた足あと

平成28年11月20日発行
定価　二九〇〇円（税別）
申込み　本阿弥書店

〈近代歌人評論集〉
私の中の歌人たち

〈第十歌集〉
蝸《まい》牛《まい》節《ぶし》

平成28年12月1日発行
頒価　各二〇〇〇円
申込み　あるご短歌会
〒411-0027　三島市千枚原七―十三
TEL　〇五五―九八六―三九〇七
FAX　〇五五―九八六―一六四四
振替口座　〇〇八五〇―二―八二〇四
あるご短歌会